U0858131

Михаил
Юрьевич
Лермонтов

莱蒙托夫戏剧研究

黄晓敏 著

图书在版编目（CIP）数据

莱蒙托夫戏剧研究／黄晓敏著. —北京：知识产权出版社，2014.5
ISBN 978-7-5130-2753-3
Ⅰ.①莱… Ⅱ.①黄… Ⅲ.①莱蒙托夫，M.Y(1814～1841)—戏剧文学—文学研究 Ⅳ.①I512.073
中国版本图书馆CIP数据核字（2014）第107697号

内容提要

本书以莱蒙托夫的戏剧创作为研究对象，运用比较文学的批评方法将其置于广阔的本土文学与世界文学大背景之下，追溯作家所受影响，分析其剧作文本与个别作家的互文现象。此外，运用宗教文化批评方法对作家所处时代、家庭环境、创作动机等追根溯源，阐明其矛盾的宗教观。本书亦采用传统的文本细读方法，挖掘文本间的联系，体悟潜台词，从微观之处展示作家广阔、深邃的思想空间，从而更加准确地界定作家在戏剧创作方面所取得的成就。

责任编辑：许　波　　**责任出版：**谷　洋　　**封面设计：**燧天下

莱蒙托夫戏剧研究
Laimengtuofu Xijü Yanjiu
黄晓敏 著

出版发行：知识产权出版社有限责任公司　**网　　址：**http://www.ipph.cn
http: / / www.laichushu.com
电　　话：010-82004826
社　　址：北京市海淀区马甸南村1号　**邮　　编：**100088
责编电话：010-82000860转8380　**责编邮箱：**xbsun@163.com
发行电话：010-82000860转8101/8029　**发行传真：**010-82000893/82003279
印　　刷：北京中献拓方科技发展有限公司　**经　　销：**各大网上书店、新华书店及相关专业书店
开　　本：880mm×1230mm 1/16　**印　　张：**16
版　　次：2014年5月第1版　**印　　次：**2014年5月第1次印刷
字　　数：300千字　**定　　价：**48.00元

ISBN 978-7-5130-2753-3

仅以此书献给俄罗斯伟大作家

莱蒙托夫

诞辰200周年

Лермонтов

米哈伊尔·尤里耶维奇·莱蒙托夫

1814－1841

序

黄晓敏博士的专著《莱蒙托夫戏剧研究》即将付梓，她请我写一个序，我欣然答应了。

我和晓敏博士是多年的好朋友，她聪颖、朴实、热情、诚恳，乐于助人。在我前几年致力于完成国家社科基金课题《19世纪俄国唯美主义文学研究》的时候，她想方设法甚至千方百计，通过在俄罗斯的熟人和朋友，帮我买来了极难买到的1937年俄文版《谢尔宾纳诗集》，以及1968、1969年相继出版的相当翔实的《俄国诗歌史》第一、二卷，不仅使我比较圆满地把俄国19世纪唯美主义“纯艺术”诗歌的7位诗人（费特、迈科夫、波隆斯基、阿·康·托尔斯泰、丘特切夫、麦伊、谢尔宾纳）“一网打尽”，同时学术视野也更加开阔，而且使我拥有了一套连国家图书馆目前都没有的、资料相当翔实的俄国诗歌史。

迄今为止，莱蒙托夫在西方是与普希金、丘特切夫齐名的俄国19世纪三大古典诗人之一，在俄国当代，也是与茹科夫斯基、普希金、丘特切夫、费特齐名的五大诗人之一。与此同时，他还是一位极其出色的小说家和戏剧家，只要一部《当代英雄》、一部《假面舞会》就足以奠定他在小说和戏剧方面的重要地位。这么一位在诗歌、小说、戏剧方面都有重大贡献和深远影响的经典作家，在我国的研究相对来说却是颇为稀少。据我所知，目前国内系统、深入研究莱蒙托夫的人很少，主要成果集中在北京大学顾蕴璞教授身上，但他已经八十好几岁了。为了俄罗斯文学学科的良好发展，为了更好地理清俄国文学发展的线索和脉络，对莱蒙托夫的研究就需要接班人。我早就知道，晓敏的博士论文是《莱蒙托夫戏剧研究》，所以，我曾建议她继续深入、系统地研究莱蒙托夫，她愉快地接受了我的建议，而且在前年成功地申报了国家青年社科基金课题《莱蒙托夫诗学研究》。这两年，她全力以赴，一心扑在莱蒙托夫研究上，阅读了不少新材料，有了不少新的想法，因此，也就自然而然地对十年前花了几年心血的博士论文《莱蒙托夫戏剧研究》加以修改和补充，并且这本修改后的充实著作就要面世了，这使我非常高兴。

1830～1836年，在短短的6年时间里，莱蒙托夫共创作了戏剧5部：《西班牙人》《人与情》（又译《人与激情》或《人·情·欲》）、《奇怪的人》（又译《怪人》），这是其早期戏剧三部曲，创作于1830～1831年；《假面舞会》《两兄弟》创作于1835～1836年。这些戏剧大多集中创作于1830～1836年，此后五六年，莱蒙托夫不再创作戏剧，转而全力创作诗歌与小说。一般认为，莱蒙托夫的戏剧总体成就在俄国戏剧史上不是很高，创新也不是太多，除《假面舞会》外，大多为模仿之作，但《假面舞会》达到了一定的高度，是一部经典之作。不过，我个人觉得，莱蒙托夫的戏剧在俄国戏剧史上也有其开拓与较大的意义：首先，他在俄国戏剧史上较早地更多转向俄国日常生活的悲剧（仅最早的戏剧《西班牙人》例外），而此前俄国18世纪的戏剧家们甚至包括普希金，都受法国古典主义和启蒙文学、浪漫主义文学的影响，往往更致力于重大历史事件或传奇剧；其次，莱蒙托夫的5部戏剧几乎都集中于写人们日常生活中的不幸，表现社会主题与个人主题，尤其是较早地把握到了现代人的孤独这个主题，善于形象、生动、深入地描写人的不被人理解以及人们之间的隔阂与冷漠，他们只一心一意生活在自己的观念和欲望中，而这是相当具有现代意义的主题；最后，莱蒙托夫在戏剧中较早进行心理分析。以上这三个方面，在果戈理、屠格涅夫、奥斯特洛夫斯基那里，得到进一步地发展，在契诃夫那里达到了高峰。正因为如此，莱蒙托夫的戏剧非常值得研究。

《莱蒙托夫戏剧研究》除绪论、结语外，共包括五章。第一章传承与外借，首先，通过《怪人》《智慧的痛苦》与《假面舞会》《智慧的痛苦》之间地比较，探析了莱蒙托夫对格里鲍耶多夫的继承；然后，通过创作动机之迥异、共同的浪漫主义诉求、同涉西方经典、剧本之舞台宿命，清理了莱蒙托夫与普希金的关系；最后，通过影响之渊源、剧作之间的共性、《两兄弟》与《强盗》，剖析了莱蒙托夫对席勒的外借与改造。第二章莱蒙托夫戏剧创作的思想艺术特色，包括：其戏剧创作的自传性、社会性、宗教性，戏剧创作中的恶魔主题，莱蒙托夫与俄国浪漫主义，以及莱蒙托夫戏剧中塑造人物形象的手段（对白、独白、旁白、情景说明、停顿）等。第三章《假面舞会》——莱蒙托夫戏剧创作的巅峰，则在介绍了俄国19世纪前半期的戏剧创作状况后，详细论述了《假面舞会》与其创作的时代，《假面舞会》的创作过程，《假面舞会》在莱蒙托夫整个戏剧创作体系中的地位，《假面舞会》的思想艺术特色，包括《假面舞会》中的三个隐喻空间和阿尔别宁的三个隐喻变体。第四章莱蒙托夫剧作演出史，比较详细地梳理了莱蒙托夫的四部重要戏剧：《假面舞会》《两兄弟》《怪人》《西班牙人》的舞台演出史。第五章莱蒙托夫的戏剧与抒情诗之间的联系，主要论述了莱蒙托夫表现在戏剧中的悲剧性意识同时也体现在他的抒情诗创作中，较为深入、系统地挖掘了莱蒙托夫的戏剧与其抒情诗之间的关系，说明了其不同体裁创作之间的内在联系。通观全书，我觉得有如下几个突出的特点。

一是首次对莱蒙托夫的五部戏剧进行了全面、系统、深入的研究。由于莱蒙托夫的戏剧为其诗歌、小说的盛名所掩，更由于一般人认为莱蒙托夫的戏剧成就并不高，因此，就连俄国对莱蒙托夫的戏剧研究也并非系统、全面而深入。虽然从19世纪末开始，就有关于莱蒙托夫戏剧的论文发表，但时至今日，俄国对莱蒙托夫戏剧的研究，依旧以论文为主，全面、系统、深入研究的著作不多，比较出色的是1924 年出版的雅科夫列夫的《作为戏剧家的莱蒙托夫》。而这部书不仅时间有点久远（距今已近百年），而且其主要内容是：19 世纪 30 年代初的莫斯科剧场；莱蒙托夫对待剧场的态度；莱蒙托夫戏剧中的社会主题；莱蒙托夫早期戏剧的自传性及文学渊源；戏剧《假面舞会》等。受俄国影响，国内对莱蒙托夫戏剧也重视不够，迄今为止，只有一些相关论文；顾蕴璞教授的《莱蒙托夫》虽然单列一章戏剧论专门介绍其戏剧，但由于该书篇幅所限，其对戏剧的研究也主要是概括性的（“戏剧创作扫描”），资料梳理性的研究（“娱乐舞台与人生舞台的交叠——论诗剧《假面舞会》”）。晓敏博士的《莱蒙托夫戏剧研究》则是在国内外首次对莱蒙托夫的全部5个戏剧进行了全面、系统、深入的研究，既探讨其传承与外借，又研究其主题、艺术特色，更挖掘其不同体裁创作之间的内在联系，从而使莱蒙托夫的戏剧以立体的形式展现在读者眼前。

二是外部研究与内部研究结合。《莱蒙托夫戏剧研究》的第二个显著特点，是外部研究与内部研究结合。全书首先梳理了莱蒙托夫所受的颇为重要的外来影响，包括西欧的和本国的影响，论述了其戏剧与其时代的关系，在此基础上，转向内部研究，深入地研究了莱蒙托夫戏剧创作的思想艺术特色，其戏剧创作的自传性、社会性、宗教性，戏剧创作中的恶魔主题，以及其戏剧中塑造人物形象的艺术手段，如对白、独白、旁白、情景说明、停顿等，更以《假面舞会》为例，深入探讨了这部戏剧代表作在莱蒙托夫整个戏剧创作体系中的地位，其思想艺术特色，尤其是该剧的三个隐喻空间和阿尔别宁的三个隐喻变体。这种外部研究与内部研究的结合，使得全书既立足于文学发展的历史长河，视野开阔，又把握了艺术本体，回归到艺术研究本身，从而更能突显出莱蒙托夫的戏剧艺术，并且颇有联系的、独到的见解，如：“莱蒙托夫在戏剧创作上的探索从早期的悲剧三部曲到后来的巅峰之作《假面舞会》，逐渐形成了他的戏剧创作体系。无论是从形式还是内容上，他都试图超越自己。戏剧探索的过程大约持续有 6 年的时间，每一部戏剧之间的间隔都不是很长，但每一次他都尝试掌握新的体裁形式。在不重复前面剧本的前提下，尽力达到更高的艺术水准。从体裁的变化上看：诗体—散文体—诗体—散文体，每一次对新体裁的尝试都为莱蒙托夫开启了更为广阔的视界。在最初的试作中他已经以惊人的速度掌握了对话艺术、情节发展的戏剧原则。但作者最主要的注意力还是集中在独白上，而独白在浪漫主义戏剧原则的体系中占有重要地位。他试图探索出浪漫主义戏剧最完善的形式。而《假面舞会》正是在这条探索之路上所达到的高峰。这部剧的优势体现在结构的严整，局部对整体的从属性，结构的动感性；同时还表现在对一些细节的处理上。”

三是关注到了莱蒙托夫戏剧创作的舞台演出史。当前，我国不少的戏剧研究基本上是案头剧研究，也就是说这是一种脱离舞台演出的纯文学研究。但是，戏剧的真正生命是舞台，脱离舞台，这一研究就缺乏生机和活力。《莱蒙托夫戏剧研究》一书花了整整一章的篇幅，详细地梳理了莱蒙托夫的四部重要戏剧：《假面舞会》《两兄弟》《怪人》《西班牙人》在俄国舞台上的演出史，这是既见功力也富远见的，而且对当前的戏剧研究富有启发意义。

当然，由于篇幅与时间所限，本书还有一些问题将来可以继续深入研究。

第一，莱蒙托夫戏剧的影响方面，还可以进一步深入，如《西班牙人》除了本书中论及的影响外，还把拜伦的《阿比多斯的新娘》和莱辛的悲剧《爱米丽雅·迦洛蒂》巧妙地融为一体，前者写朱丽被她的父亲逼嫁不愿嫁的人，她向哥哥诉苦，哥哥却告诉她，他其实并不是她父亲的亲生儿子而是他的侄儿，他的生父是被她父亲暗杀的，她父亲其实是海盗，他向她求婚，恰好她父亲进来，杀了少年，女儿也悲愤自杀；后者讲述15世纪的意大利瓜斯塔拉公国的统治者赫托勒亲王为诱骗爱米丽雅，采用宠臣玛里内利的计谋，在爱米丽雅去结婚的路上，雇佣一批强盗杀死她的未婚夫阿庇阿尼伯爵，把她骗到宫中，爱米丽雅的父亲奥多雅多为了保护女儿的贞操，忍痛杀死了她。莱蒙托夫把这两者融合起来，却改成作为“哥哥”的费尔南多与“妹妹”埃米莉娅（与莱辛的爱米丽雅同音）相恋，最后由于仁慈不忍杀死邪恶的索里尼而被迫杀死埃米莉娅。

第二，在莱蒙托夫戏剧与其小说的相互渗透方面似还有些文章可作，如戏剧中心理分析在后来散文创作中的延伸，如《两兄弟》亚历山大对薇拉说：“是的！……我自打出生之日起就命该如此……所有的人都觉得我的脸上刻着劣性的征兆……本来没有劣性，但是人们宁信其有——于是劣性就产生了。我本来很谦虚，人们却骂我诡诈——于是我学会了隐藏心迹。我本来爱憎分明，却无人爱怜，反而屡受欺辱——于是我变得记仇成性。我生来寡言少语，弟弟则善于言谈——我自觉高于弟弟，可在别人眼中，我却比他不如——于是我学会了嫉妒。我本来准备真心去爱整个世界，可世上却无一人爱我——于是我学会了仇恨……我那暗淡无光的青春在与命运和世俗的抗争中度过。我最美好的情感，由于怕人嘲笑，只好深藏在心底……任它们在心底消亡……我开始追求功名，供职多年……却总是被人超过；我跻身于上流社会，变得精于世故，却又发现不通世故的人有多么幸福；于是，我心生绝望——这种心境，不是一声枪响就能治愈的，无论现在，还是将来的生活中，都找不到一剂良药……”这在《当代英雄》中得到延续，体现在毕巧林在与梅丽的谈话中揭示了自己矛盾复杂的情感与性格形成的原因一段：“没错，还从童年起，我的命运就是这样的！大家都在我脸上识读出一些恶劣品性的标记，那些恶劣品性并不存在；可是，一旦有人把它们设想出来——它们也就生成了。我本来很谦逊——人们却指责我滑头，于是我就变得城府很深。我深深地体验着善与恶；谁也不曾爱抚我，大家全都欺负我，于是我就变得容易记仇了；我小时郁郁寡欢——别的孩子性情快乐而夸夸其谈；我觉得自个儿比他们高明，——人们却把我看得比他们低劣。这样我便变成一个易于嫉妒的人。我本来是准备要热爱整个世界的，——可是谁也不理解我，于是我就学会了憎恨。我的没有光彩的青春岁月，就在与自个儿与社交圈的搏斗中逝去了。由于害怕嘲笑，我便把美好的情感都埋藏在内心深处，那些情感也就在心底枯死了。我诉说真情——人们不相信我，于是我就开始撒谎行骗；在好好地了解社交内情，下功夫熟悉上流社会的内幕之后，我便深谙人生的学问，于是，我看到别人不凭本事也能活得很幸福，不费心血也能享受到我正在孜孜以求的那些好处。于是，我胸中就萌生了一种绝望——不是人们常用手枪枪口去医治的那种绝望，而是一种冷冰冰、软绵绵的绝望，是以那种客客气气、温厚和善的微笑掩饰着的绝望。”当然，值得研究的还有作为叙事作品，戏剧艺术手法与小说艺术手法的共通与互渗。

总之，《莱蒙托夫戏剧研究》的问世，填补了我国尚无这方面研究的空白，这确实是令人高兴的事情。我们期待着晓敏博士在她即将完成的《莱蒙托夫诗学研究》中做得更好、更出色！

曾思艺

2014年5月10日至11日

写于天津华苑新城揽旭轩

目录

绪论

第一节　莱蒙托夫戏剧作品内容简介

在莱蒙托夫的戏剧创作中最为我们大家所熟悉的当属《假面舞会》了。的确，这是莱蒙托夫戏剧创作中的巅峰之作。然而，我们却不能忽视作家在达到巅峰之前所走过的创作道路。莱蒙托夫为我们留下的戏剧遗产共有5部（其中不包括《茨冈人》片断）：《西班牙人》《人与激情》《怪人》《假面舞会》和《两兄弟》。这些戏剧作品创作于1830~1836年间。此时莱蒙托夫在文学界还默默无闻，而后来作家再也没有触及戏剧体裁。尽管如此，他的这些戏剧作品并没有被隐没在其他体裁的创作之中。

莱蒙托夫的第一部戏剧是《西班牙人》。这是他在1830年写出的一部完整的诗体悲剧。悲剧的故事发生在16世纪末到17世纪初的卡斯蒂利亚。该剧共分五幕。主人公是一个年轻的犹太人费尔南多。他是一个来历不明的被遗弃孤儿，被西班牙贵族唐·阿瓦列茨收养。他心地善良纯洁，热情豪爽。他强烈地爱上了阿瓦列茨的女儿埃米利娅，而埃米利娅也深深地爱着他。可由于地位的悬殊遭到了阿瓦列茨的横加干涉，并将其逐出家门。而宗教裁判所的神职人员索里尼神甫——一位道貌岸然的伪君子，他在与阿瓦列茨的妻子，即与埃米利娅的继母偷情的同时，又垂涎美丽善良的埃米利娅。于是他派一帮西班牙人企图杀害费尔南多，幸运的是他们没有得逞，费尔南多被他的亲生父亲莫伊谢伊所救。紧接着索里尼又暗中派西班牙人绑架埃米利娅，而他则以解救者的身份出现在埃米利娅的面前。可他最终仍是无法掩饰他想要占有埃米利娅的企图，埃米利娅不从，所以他不得不撕下救命恩人的假面。就在他威逼利诱之时，费尔南多冲了进来。他为了保住埃米利娅的贞节和名誉不得不亲手刺死自己心爱的人。而他自己也在索里尼主持的宗教法庭的火刑中丧生。

在第一部戏剧之后不久，莱蒙托夫又创作了《人与激情》和《怪人》两部戏剧。这可以说是莱蒙托夫早期的悲剧三部曲。《人与激情》的情节带有很强的自传性。主人公尤里·沃林是一个正直、善良、真诚、忧郁的青年。他从小失去母亲，由外祖母抚养长大。他感激外祖母玛尔法·伊万诺夫娜的养育之恩，同时他又深爱着地位低下的生父尼古拉·米哈雷奇。然而这种对父亲的爱却遭到了外祖母的强烈嫉妒。为了占有尤里·沃林全部的爱，在下人达里娅的挑拨下外祖母极力离间父子之间的感情。与此同时，尼古拉的哥哥因为尤里与自己的女儿柳博芙彼此爱慕而心生恨意。所以，他也极尽挑拨之能事。尤里本人也因误会柳博芙背叛自己而痛苦不堪。最后他终于承受不住现实中所面对的一切痛苦而服毒自杀。就在他刚刚服下毒药之后，他得知了真相：原来柳博芙深深地爱着他，并没有背叛他。可一切已经为时已晚。

《怪人》的形式结构与传统的以幕为戏剧结构的体系不同，整部戏分成十三个标有日期的场景。其情节也并不复杂。主人公弗拉基米尔·阿尔别宁是一个聪明、富有正义感并具有深刻思想的人。他的父母离异，母亲处于贫困和疾病的折磨中，但最折磨她的是丈夫不肯原谅她这一事实。她因此而拒绝治病，导致最后被疾病夺去生命。尽管阿尔别宁曾千方百计想说服父亲，可冷酷自私的父亲始终未能宽恕母亲。这使阿尔别宁对父亲感到了极度的失望。他感觉不到来自于亲人的爱。他自己所深爱的姑娘娜塔莎又嫁给了他所谓的好友别林斯基。最后他彻底失去了生存的希望。他觉得自己“自由了”，世界上没有人再顾惜他了，他是个多余的人。亲情、爱情、友情——这一切都被夺走了。他疯了，然后离开了这个世界。他的葬礼与他的恋人娜塔莎的婚礼同一天举行。

《假面舞会》这一具有世界性意义的戏剧对大家来说较为熟悉。主人公叶甫盖尼·阿尔别宁也是一个悲剧性的角色。他也同莱蒙托夫的其他主人公一样心地善良、富有正义感和同情心。他有一个纯洁善良、直爽、钟情的妻子尼娜。他深爱着自己的妻子，并与她过着平静的生活。可一次假面舞会之后，他却不可救药地对妻子产生了怀疑。因为他发现妻子的一只手镯不见了，同时他想到了在舞会上公爵给他看过的手镯及对他讲过的话。于是他断定妻子背叛了他。无论妻子怎样向他解释，他都视为欺骗。因为他太熟悉周围世界中的伪善与欺骗了，所以他宁愿相信尼娜的不忠，而不相信她的无辜。于是他亲手毒死了爱他并为他所爱的妻子尼娜。待他发觉自己受骗之时已悔之晚矣。最后他落得个精神失常的下场。

莱蒙托夫的最后一部戏剧是《两兄弟》，共分五幕。这部戏剧几乎是写在《假面舞会》同时及前后的1834～1836年间。主要内容为单纯善良的哥哥尤里，离家三年后归来，遇到了他所深爱的但已嫁给了公爵的女子薇拉。他不肯放弃曾经有过的美好爱情，于是他继续向薇拉表白，他深信薇拉根本就不爱她的丈夫，而是深深地爱着他。然而，这一切都没有逃过弟弟亚历山大的眼睛，他深深地嫉妒着他们。因为当哥哥不在的时候他曾一度是薇拉的情人。于是他千方百计地阻止他们相互倾吐爱情，并且让他们彼此仇恨。最后薇拉还是跟着她的老公爵丈夫去了乡下。哥哥企图用刀逼着弟弟说出他的情敌，可弟弟却主动说了出来。就在两人争执的时候，他们的父亲死了。尤里也因这一系列的打击而不省人事。只有亚历山大看着这一切似乎无动于衷。

第二节 莱蒙托夫戏剧创作研究述评

到目前为止，莱蒙托夫是俄国文学史上第一个以作家的身份被后人专门编写了百科全书的人。足以见得，俄国文学界对莱蒙托夫研究的重视。众所周知，莱蒙托夫创作的主要成就在于他的诗歌和散文。因此，在俄国国内对其创作中的这一部分研究著作可谓汗牛充栋。然而戏剧作为他整个创作的有机组成部分却相对研究较少。尤其是近年来更少见专门对其戏剧进行探讨的著作或文章。

当然，对莱蒙托夫的戏剧研究并非空白。早在19世纪末就有人针对莱蒙托夫的戏剧写过文章。如：伊万诺夫（Ив.Иванов）曾在杂志《演员》1891年的第十五期上发表过《作为戏剧家的莱蒙托夫》一文。该文主要阐述了莱蒙托夫的戏剧作品是诗人本人个性的反映这一思想。同时也写到了莎士比亚与席勒对莱蒙托夫戏剧创作的影响。接下来在20世纪初，也就是莱蒙托夫100周年诞辰之际，谢尔盖·拉德洛夫（Сергей Радлов）在《现代人》上发表了一篇题目类似的文章《戏剧家莱蒙托夫》。这里的主要内容是：莱蒙托夫早期戏剧的非舞台性特点，命运悲剧《假面舞会》与索福克勒斯的《俄狄浦斯王》（Софокл «Царь Эдип»），及莎士比亚的《奥赛罗》的对比。同年，西波夫斯基（В.В.Сиповский ）也写了《莱蒙托夫与格里鲍耶多夫，二三十年代俄国文学中的性格悲剧》这样的著述。10年之后，即1924年雅科夫列夫（М.А.Яковлев）也撰写了题为《作为戏剧家的莱蒙托夫》的专著。这部书的主要内容是：19世纪30年代初的莫斯科戏剧艺术；莱蒙托夫对待戏剧艺术的态度；莱蒙托夫戏剧创作中的社会主题；莱蒙托夫早期戏剧的自传性及文学渊源；戏剧《假面舞会》等。3年后的1927年叶非莫娃（З.С.Ефимова.）在《俄国的浪漫主义》一书中,写到了俄国浪漫主义戏剧史中莱蒙托夫的《假面舞会》。后来，1938年涅伊曼（Б.В.Нейман）在《戏剧》的第9期上发表了《莱蒙托夫的戏剧》（详见1940年版）一文。次年出版的《17~19世纪的俄国戏剧史》一书中博古斯拉夫斯基（А.И.Богуславский）把莱蒙托夫确定为俄国戏剧中进步的浪漫主义代表。同年，杜雷林（С.Дурылин）在《苏联艺术》的第七十四期发表了《伟大的同时代人》一文，该文主要内容有：演员莫恰洛夫与莱蒙托夫；莫恰洛夫的舞台形象对莱蒙托夫创作的影响；莱蒙托夫对莫恰洛夫的评论等。同时他在杂志《戏剧》1939年的第十期发表了《莱蒙托夫戏剧的主题》一文。在该文中，他主要阐述了莱蒙托夫早期戏剧与席勒戏剧之间的联系，以及莫恰洛夫对费尔南多和卡尔·穆尔这两个角色的处理。另外还提到了书报检察机关对《假面舞会》进行审查的经过。著名的形式主义文艺理论家艾亨巴乌姆（Б.М.Эйхенбаум）也于同年在《艺术与生活》第十期上发表了《莱蒙托夫的戏剧》一文。1940年涅伊曼（Б.В.Нейман）在《莱蒙托夫·戏剧》作品集一书中又发表了《莱蒙托夫的戏剧》一文。尽管涅伊曼认为，与普希金和果戈理相比，戏剧艺术在莱蒙托夫的生活和创作中并非扮演着至关重要的角色。同时，他认为："但是，在他（莱蒙托夫）的创作思索及文化兴趣中戏剧艺术一直占有一定的地位。他到过剧院，喜爱戏剧演出。演员的表演曾使他激动，他阅读过剧作家的作品并思考过他们的创作"。涅伊曼以分析莱蒙托夫的生活与创作活动的总概况为背景来考察其戏剧创作。同年，艾亨巴乌姆（Б.М.Эйхенбаум）在《俄国戏剧的经典作家》中发表了《米哈依尔·尤里耶维奇·莱蒙托夫》一文。随后的1941年正值莱蒙托夫逝世100周年之际，可以说掀起了一个研究莱蒙托夫的小高潮，就在这一年出现了不少研究莱蒙托夫的专著及文章，其中包括戏剧领域的研究。1941年出版的由诺维茨基（П.Новицкий）主编的《莱蒙托夫的〈假面舞会〉》论文集中先后有杜雷林（С.Н.Дурылин）撰写的《莱蒙托夫与浪漫主义戏剧》、洛穆诺夫（К.Ломунов）撰写的《作为社会悲剧的〈假面舞会〉》、涅伊曼（Б.В.Нейман）撰写的《莱蒙托夫剧本的语言》等文章。这一年，俄国学术界除了从整体上对莱蒙托夫戏剧进行研究外，还对莱蒙托夫的个别剧本进行了细致的分析，如格拉斯曼（Л.Гроссман）在《莱蒙托夫与东方文化》中对《西班牙人》的构思与历史上“韦利日事件”的联系作了假设；诺维科夫（А.Новиков）在《戏剧周》的第18期发表了《莱蒙托夫的西班牙人》一文；洛穆诺夫（К.Н.Ломунов）在《莱蒙托夫的生活与创作》一书中写了《〈假面舞会〉的舞台史》一文。进入50年代以后，仍有学者对莱蒙托夫的戏剧进行研究。首先是著名的莱蒙托夫研究专家马努伊洛夫（В.А.Мануйлов）在1950年出版了《米哈依尔·尤里耶维奇·莱蒙托夫（1814–1841）》一书，在这本莱蒙托夫传记中也涉及了作家的戏剧创作，即对其戏剧创作进行了综合性的评价。另外，在《苏联作家》一书中，安德罗尼科夫（И.Андроников）在《“怪人”的创作史》一章中就传记性意义及社会政治内容论述了莱蒙托夫的戏剧。在1957年《文学问题》的第四期上发表了图尔宾和乌索克（В.Турбин и И.Усок）所作的《高傲智慧的悲剧（Трагедия гордого ума）》（论莱蒙托夫戏剧《假面舞会》的艺术特色）一文。20世纪六七十年代，作为莱蒙托夫戏剧的主要研究者之一弗拉基米尔斯卡娅（Н.М..Владимирская）先后撰文如下：《莱蒙托夫的悲剧〈西班牙人〉中的浪漫主义主人公》（1960）、《莱蒙托夫戏剧〈怪人〉中的同时代人形象》（1963）、《作为艺术风格要素的莱蒙托夫戏剧的诗体与散文体形式》（1975）、《莱蒙托夫戏剧作品体系中的〈假面舞会〉》（1976）。另外，1961年艾亨巴乌姆（Б.М.Эйхенбаум）出版《关于莱蒙托夫》（«Статьи о Лермонтове»）一书，其中有一章名为《莱蒙托夫的戏剧》。该文主要叙述了莱蒙托夫戏剧创作史并对其戏剧进行了艺术思想上的分析；1962年，在《批判现实主义与19世纪俄罗斯戏剧》一书中施坦(Штейн А)对莱蒙托夫的浪漫主义戏剧作了简要的评述，也分析了莱蒙托夫戏剧与西方浪漫主义戏剧的区别。

对莱蒙托夫早期戏剧的研究大多集中在两个方面：探究文学创作的渊源和对作品中自传性成分的考察。与诗歌和小说相比莱蒙托夫的戏剧创作相对较少，而且也没有得到应有的发展。因此，研究他的戏剧很难。尽管如此，一代又一代的学者们仍是不断地关注其戏剧创作，并有研究成果问世。作为第一批莱蒙托夫戏剧的研究者之一，雅科夫列夫（М.А.Яковлев）的研究即是探寻创作渊源式的研究，他的研究是非常细致的，在某种程度上可以说是对比性研究。他发现席勒的《唐·卡洛斯》是莱蒙托夫创作《西班牙人》时所依据的基本文献资料。他指出了主人公性格的相似性，个别场景及语句的重合性等。他甚至认为莱蒙托夫剧中的人物都是从那里抄录下来的。对于雅科夫列夫（М.А.Яковлев）的研究，我们当然有肯定的地方，那就是莱蒙托夫确实受到了席勒的影响。关于这一点，我们在后面《莱蒙托夫与席勒》一节中将详细论证。进行这种对比研究是有一定的意义的，但并不能就因此说莱蒙托夫是一个完全意义上的模仿者，没有属于自己的东西。关于影响与借鉴的问题，我们认为杜雷林（С.Н.Дурылин）的观点是比较容易为我们所接受的："莱蒙托夫学习了席勒，但并不想重复席勒。他有自己的主题，自己的内在宗旨（внутренние задачи），自己的爱与恨。他的每一部戏剧，如同他的长诗一样，或多或少，或长或短，都是他个人的独白"，杜雷林（С.Н.Дурылин）尽力从整体上，而不是从局部来把握莱蒙托夫的戏剧。后来的莱蒙托夫戏剧研究家们把主要精力集中在其戏剧的创作特征和内容上。从莱蒙托夫所喜爱的主题与情节来看其戏剧与诗歌和散文的联系等。由于受到所占有材料的限制，对这部分研究不能进行详尽的论述。从整体上看，对莱蒙托夫早期的戏剧研究相对较少。而在对其《假面舞会》这部剧的研究中，却总是不断有新的研究成果出现。这不仅体现了当代学者在对莱蒙托夫研究中不断探索的可贵精神，同时也反映了这部伟大戏剧的价值所在。非常具有代表性的就是在2000年由莫斯科ВЛАДОС人文出版中心出版的《米・尤・莱蒙托夫假面舞会》一书。该书集中了多位学者的研究成果。从不同的角度对《假面舞会》进行了较为细致的研究。包括戏剧本身的思想内容、主人公的命运、作者与主人公的联系、戏剧的文本结构、莱蒙托夫与俄国其他剧作家的对比等。这些研究为我们开拓了更为宽阔的学术视野，同时也让我们对莱蒙托夫的戏剧创作有了更为深刻全面的认识。进入21世纪，尽管针对莱蒙托夫戏剧创作进行专门研究的著作并不多见，但对莱蒙托夫的研究热情并没有减弱。2002年莫斯科"进步——传统"出版社出版的由茹拉夫廖娃（А.И.Журавлёва）撰写的《俄国文学中的莱蒙托夫》一书又是一部具有很高学术价值的专著。在这部书中茹拉夫廖娃选择了在一个相对宽泛的文学、文化语境下对莱蒙托夫进行全面的研究。该书不仅研究了莱蒙托夫的诗歌和散文，而且把戏剧也作为其创作的有机组成部分进行了研究。《通往时代英雄之路：抒情诗、戏剧、散文》一章是对莱蒙托夫不同体裁创作的不可分割性所作的最有力的论证。另外，颇有创新之意的一章是《俄国文化中的莱蒙托夫戏剧〈假面舞会〉》。该文先是回顾了《假面舞会》的创作背景，以及可能受到的国内外戏剧家的影响等；接着从莱蒙托夫的抒情诗创作中探寻戏剧主人公的影子，并对戏剧中不同的主人公及其生存环境进行了分析。并肯定了该戏剧所具有的社会性与哲学意义。作为戏剧终究是要为舞台而服务的，因此该文对《假面舞会》的舞台演出史进行了细致的梳理。最后作者得出结论："如果只是从纯文学角度来看，《假面舞会》并不能与其他俄国经典作品一样成为杰作，但它在广阔的文化语境下确实成了一种经典现象。它的命运恰恰最有力地论证了在民族文化的世界中艺术统一的重要意义。源于文学，本身又作为文学作品，今日又似乎回归于印刷作品，《假面舞会》在其他的艺术中丰富了自己的生命。若非如此艰难而又辉煌的舞台演出史，也许它也只是莱蒙托夫创作中的阶段性作品。但《假面舞会》之所以成为我们文化中的经典现象，并非由于其书中的生命，而是因为——正如其创作者所梦想的那样——占领俄国的舞台，并永远成为我们浪漫主义戏剧的优秀典范。"❶

中国国内对莱蒙托夫的研究相对于俄国可以说要少得多。早年的研究大多是散见于刊物上一些文章，而这些文章中也很少见专门对莱蒙托夫的戏剧进行研究的。可喜的是2002年由顾蕴璞先生撰写的《莱蒙托夫》一书出版了。这是一部研究莱蒙托夫的专著。作者从不同的角度对莱蒙托夫的创作及生平进行了评述。该书由五个"论"组成，即五个部分。第一章，成才论——莱蒙托夫天才三

❶ 卡斯蒂利亚是比利牛斯半岛中部的一个王国，后与阿拉贡王国合并，从而为统一的西班牙奠定了基础。1998年实行自治。

部曲；第二章，诗歌论；第三章，小说论；第四章，戏剧论；第五章，其他论。从该书的结构上看，作者涵盖了莱蒙托夫的全部创作。对于研究相对较少的戏剧，作者也给予了一定的篇幅。但其对戏剧的研究也只是概括性的，资料梳理性的研究。这从每节的标题可以看出：第一节，戏剧创作扫描；第二节，娱乐舞台与人生舞台的交叠——论诗剧《假面舞会》。显然，第一节在更大的程度上是对莱蒙托夫戏剧创作的介绍。第二节中，作者主要从作品的内容介绍、人物的性格分析，戏剧的艺术特色等角度对《假面舞会》进行了研究。尽管没有涉及更多的问题，但这毕竟对莱蒙托夫戏剧研究作出了一定的贡献。可以说，到目前为止这是国内唯一一部研究莱蒙托夫的专著。因此，此书意义不容忽视。

综上所述，可以认为，我国学术界对莱蒙托夫戏剧创作的研究还有欠涉及与深入，因此，对这一课题的探究很有必要。作为俄罗斯文学研究者，我们有责任弥补这一方面的不足。

第三节　本课题研究的学术价值及主要内容

莱蒙托夫短暂的创作生涯中，涉及了广泛的体裁：抒情诗、叙事诗、小说、戏剧等。人们所熟知的抒情诗《帆》、叙事诗《恶魔》《童僧》、小说《当代英雄》、戏剧《假面舞会》等还不足以代表完整的莱蒙托夫。中国国内对莱蒙托夫的研究主要集中在他的诗歌和小说创作方面，尤其是着重于对其抒情诗的研究。确定了其在俄国文学中抒情诗创作的地位。而对其戏剧的研究也大都局限在对其著名剧作《假面舞会》的研究。研究莱蒙托夫戏剧的难点在于：与其散文和诗歌不同，他的戏剧并没有得到应有的发展。莱蒙托夫的戏剧遗产并不像其抒情诗那样丰富，而且其早期的戏剧创作在我国也并不为人所熟知。尽管如此，也有中国学者曾尝试做过这方面的研究，但只是概括介绍，谈不上对其整个戏剧创作进行深刻与系统的研究。这在第一章的研究述评一节有所介绍。而在俄罗斯国内也只有少数人对其戏剧进行过专门的研究。从1981年出版的《莱蒙托夫百科全书》所列出的研究文献中可以看出，对戏剧的研究所占比例是很少的。在所列出的274位研究者中，与其戏剧主题研究相关的只有13位。80年代至今对莱蒙托夫的研究虽然没有权威材料进行统计，但就笔者目前所占有的材料来看，20世纪20年代M.A.雅科夫列夫作为莱蒙托夫戏剧的第一批研究者之一，直接以文学史料为基础对他的戏剧与西欧戏剧进行了对比。随后在莱蒙托夫逝世的100周年之际以C.H.杜雷林为代表的研究者又对莱蒙托夫的戏剧进行了探讨。他们更注重的是莱蒙托夫戏剧本身的特色。如对莱蒙托夫戏剧主题的开掘。但这些论著在对作家整个创作的研究中只是占很小的一部分。进入21世纪，也偶见一些对莱蒙托夫戏剧进行研究的学术专著或文章，但还未见对其整个戏剧创作的系统分析。本课题研究较少对我们来说有利亦有弊，利在于我们会有更多的研究空间，即在前人的基础上拓展研究范围；弊在于我们所拥有的相关资料过少，缺乏充分的理论参照，但本课题旨在探索莱蒙托夫戏剧的可研究性，为今后进一步的工作打下基础。如能做到这一点，也可以说是达到本课题的目的了。

本课题主要从以下几个研究角度来切入：

一、莱蒙托夫在戏剧创作方面所受的影响

首先，俄国国内对其影响较大的戏剧家是格里鲍耶多夫。通过对文本的分析可以发现他们作品之间的相关性。这些相关性首先表现在一些思想主题及情境上的相似。戏剧《假面舞会》是说明莱蒙托夫同格里鲍耶多夫继承关系的最好例证。这里分析了该剧与《智慧的痛苦》之间的共性。两部戏剧都有着高昂的基调，强烈的抒情性；同时基于共同的诗体形式，莱蒙托夫在诗歌的写法上与格里鲍耶多夫具有某种程度上的共性，这表现在对话的风格上，即话语的箴言性、对话的生动性、对白结构的多变性等。莱蒙托夫在戏剧创作上对格里鲍耶多夫不仅有继承，也有发展。他在诗歌的格律上表现得更加自由，而其整个剧情结构也表现得更加复杂。

而在俄国本土文学中，莱蒙托夫与普希金始终是一个不可回避的话题。尽管人们更习惯于称他们为诗人，但戏剧家的身份也同样属于他们。笔者正是从他们作为戏剧家的身份出发，关照他们的创作动机、共同的浪漫主义诉求、对西方经典的借鉴、二者剧本之舞台宿命等。从而分析了他们戏剧创作之间的相关性。无法割裂的创作亲缘关系将两位作家紧密联系在一起。

其次，在国外作家中对莱蒙托夫戏剧创作影响较大的是席勒。年少的莱蒙托夫从翻译席勒的作品开始接触席勒，而当时也正是席勒的戏剧活跃在俄国戏剧舞台的辉煌时代，即19世纪20年代末到30年代初。通过对莱蒙托夫戏剧文本中某些片断的分析，可以论证这种影响的存在。笔者通过对《西班牙人》与《唐·卡洛斯》《人与激情》和《阴谋与爱情》《两兄弟》与《强盗》这些具体作品的对比分析，来探讨莱蒙托夫所受席勒的影响。

二、莱蒙托夫戏剧作品本身的思想及艺术特色

对莱蒙托夫整个戏剧创作本身的思想及艺术特色进行综合性的研究，是本课题所作的一个较新的尝试。这一部分主要论述了以下几个问题：

1. 莱蒙托夫戏剧创作的自传性与社会性

自传性是莱蒙托夫创作的典型特征之一，作家短暂且充满悲剧性的一生，无疑在其创作中留下了痕迹。尤其是在1830年～1832年间的创作，整体上带有明显的自传性特征。笔者就其表现在戏剧中的自传性成分进行了分析。我们发现他的成长经历，他在家庭悲剧及爱情悲剧中所经受的情感历程在戏剧中都有所表现。

本书所指的社会性是莱蒙托夫在戏剧中所反映出来的社会问题，以及他对这些问题的态度。主要从两个方面论述，即他对当时农奴制的强烈抗议，以及对虚伪的上流社会生活地无情揭露。

2. 莱蒙托夫戏剧创作的宗教性

这一选题的初衷是基于俄国本土的宗教文化传统。所有俄罗斯伟大的作家都不可能脱离这块宗教文化的土壤。本书主要从以下几点来阐述这一问题:

首先，介绍了关于莱蒙托夫整个创作的宗教性问题所存在的观点；其次，阐述了莱蒙托夫戏剧创作与《圣经》之间的联系；再次，论证了莱蒙托夫的宗教观在戏剧中的体现；最后，阐述了他对基督教的矛盾态度。

3. 莱蒙托夫戏剧创作中的恶魔主题

可以说，莱蒙托夫对恶魔性问题的思索在其整个创作道路上一直没有停止过。本书首先梳理了恶魔主题的渊源，其次论述莱蒙托夫戏剧主人公的恶魔性特征。这些主人公都有着恶魔的共性：他们都渴望善与完美，都与这个世界有着天然的对立关系，当他们发现上帝所造的这个世界并不完善时，便开始采取报复行动；他们都把自己重生的希望建立在对女人的爱的基础上，但最终爱也没有拯救他们的悲剧性命运，他们的结局或死亡或发疯；他们的恶并没有引起观众或读者的“愤怒”，相反却是怜悯和同情，因为他们才是整个悲剧最大的牺牲品。

4. 莱蒙托夫戏剧中塑造人物形象的手段

在剧本中塑造人物形象是一门很难的艺术。本书主要是尝试分析莱蒙托夫在剧本中是如何运用对白、独白、旁白、情景说明、停顿等手段来塑造人物形象的。通过实例来论证莱蒙托夫的戏剧创作使用了多元手段，已经具有明显的现代性。从而确定，莱蒙托夫的戏剧创作在艺术手段上已经掌握了高超的技艺。

三、对莱蒙托夫最有影响的一部戏剧《假面舞会》进行研究

戏剧《假面舞会》无论是在俄罗斯文化中，还是在莱蒙托夫的整个戏剧创作中都占有很重要的地位。因此，本书单独分出一章专门对其进行研究。涉及的主要问题有：该剧与其创作的时代背景，其中包括社会政治背景、文化背景等；19世纪前半期的戏剧状况；《假面舞会》的创作历程；该剧在莱蒙托夫整个戏剧体系中的地位；该剧的思想艺术特色等。

四、莱蒙托夫剧作演出史

主要根据莱蒙托夫大百科全书记载，介绍莱蒙托夫的戏剧《假面舞会》《两兄弟》《人与激情》及《西班牙人》在俄罗斯戏剧舞台上的演出情况。其中包括介绍不同导演及演员在不同时期对作品所做的不同阐释。

五、戏剧与其他体裁作品之间的联系

尽管选择该切入点的初衷是要发现莱蒙托夫的戏剧与其他体裁作品之间的某种内在联系，试图阐述戏剧作为其创作中的有机组成部分承载了作家一贯所持有的思想观点或情绪。目的是不想将其戏剧创作同其他作品割裂开来，而是要结合其他体裁创作进行可行性研究。但若要涉及他所有体裁的作品是很困难的，同时也非本书主要研究的重点。因此，该章主要论述了戏剧与诗歌之间的联系。诗歌创作作为莱蒙托夫整个创作中的重头戏，是不容忽视的。而莱蒙托夫骨子里的悲剧性意识恰恰渗透在其戏剧和诗歌的创作中。这表

现在他对爱情的悲剧性体验，以及对死亡的悲剧性思索。从相关的例证中我们看到了这种悲剧性情绪的表现。除此之外，我们也发现恶魔形象也是莱蒙托夫在不同体裁创作中所钟爱刻画的对象，无论是抒情诗还是长诗，莱蒙托夫都刻画了鲜明的恶魔形象。正是这一他所钟爱一生的恶魔形象将其戏剧创作与其他体裁创作紧密联系在一起。

本书采用的主要研究方法和理论如下：

（1）运用比较文学批评方法，将莱蒙托夫戏剧创作置于更加广阔的世界文学与本土文学的大背景之下，追溯其所受的影响，以及与个别作家的互文现象。

（2）运用宗教文化批评方法，对作家所处时代、家庭环境、创作动机等追根溯源，从而阐明其创作中所表达的宗教观。

（3）采用文本细读的方法，挖掘文本间的联系，体悟潜台词，对比作家不同体裁文本之间的互文联系，从微观处展示作家广阔的思想空间。从而更加准确地界定作家在戏剧创作方面取得的成就。

第一章 传承与外借

第一节 莱蒙托夫与格里鲍耶多夫

格里鲍耶多夫在俄国戏剧史上所占的地位是不容忽视的。他仅凭一部《智慧的痛苦》便在俄国文学中稳坐戏剧鼻祖的宝座。就思想的深度，讽刺的尖锐性，揭露农奴制的勇敢和激情，形象的典型与令人信服，语言的生动等方面来讲，这部作品都是无与伦比的。自1823年起，《智慧的痛苦》便以手抄本的形式开始在读者手中流传，并引起了极大的轰动。19世纪20年代的格里鲍耶多夫是辉煌的。1825年曾经在选集中刊登的喜剧片段引起了批评界对整个剧本的热烈讨论。于是它更是以无数手抄本的形式在俄国全国传播。只要有人爱好文学，那么这个家庭里就会有《智慧的痛苦》。据现有的资料记载，莱蒙托夫外祖母的弟弟阿尔卡基·阿列克谢耶维奇与十二月党主要领导人是很熟悉的。雷列耶夫和格里鲍耶多夫时常到他家作客。而在他家藏书中就有《智慧的痛苦》的手抄本。莱蒙托夫和外祖母也曾不止一次到这里来作客。尽管发生十二月党人起义的时候莱蒙托夫只有11岁，可他早已熟悉了雷列耶夫、格里鲍耶多夫、丘赫尔别凯等人的名字了。这对他以后的创作不可能不产生影响。莱蒙托夫开始戏剧试作是在1830年，他所能接触的本国文学中自然少不了格里鲍耶多夫的创作。

尽管莱蒙托夫对格里鲍耶多夫的评论没有保存下来，我们无法知道莱蒙托夫对格里鲍耶多夫的有关评价。但从莱蒙托夫的作品中可以看到格里鲍耶多夫的影子。他在某种意义上借鉴了格里鲍耶多夫的创作经验。已被大家证实并认同的是在《里戈夫斯卡娅公爵夫人》中他引用了《智慧的痛苦》中的诗句："Вкус, батюшка, отменная манера.[1]（优雅，老兄，是有种极好的风度。）"如果说这种引用是偶然的，还不能说明格里鲍耶多夫在莱蒙托夫创作中产生了很大影响的话，那么莱蒙托夫百科全书中的记载或许会进一步说明格里鲍耶多夫曾在莱蒙托夫的身上产生怎样的影响。"在去往决斗的途中他对决斗的证人格列波夫(М.П.Глебов)说，他已经构思好了一部小说的框架，取自高加索的生活，写叶尔玛洛夫统治下的梯弗里斯，写他的独裁，写高加索的流血镇压，写波斯战争，而在这场悲惨的战争中格里鲍耶多夫在德黑兰遇难"[2]这说明他曾试图将格里鲍耶多夫写成自己小说中的人物。不可否认的是他对格里鲍耶多夫生平的熟知。1826年俄国与波斯开战。随后的1827年，格里鲍耶多夫便参加了对土耳其和波斯的外交活动。1828年签

[1] М.Ю.Лермонтов. сочинения в шести томах. том шестой Проза, Письма. издательство Академии наук СССР.Москва•Ленинград 1957г. Стр.227.

[2] Мануйлов.В.А. (Гл.ред.) Лермонтовская энкциклопедия. Москва: Издательство «Советская энкцилопедия» 1981. Стр.120.

订土库曼合约之后，他又赴德黑兰任俄国大使。1829年他于德黑兰的任所被害。莱蒙托夫对这些历史事实的掌握，以及据此产生的创作愿望，足以见证格里鲍耶多夫在他心目中的地位。

尽管在莱蒙托夫的作品中能够让人直接联想到格里鲍耶多夫的地方并不多，但要研究莱蒙托夫的戏剧就不能避开格里鲍耶多夫。研究两位作家之间的联系及继承性问题显得很有必要也很现实。本书试图就所掌握的资料对两位作家在创作上的联系进行分析。

一、《怪人》与《智慧的痛苦》

莱蒙托夫的戏剧《怪人》与格里鲍耶多夫的喜剧《智慧的痛苦》相比，在一些思想及某些情境上相似。关于这一点，莱蒙托夫本人在戏剧中也曾经有所强调。这在《怪人》的第二场中可以看出。他让客人甲在数点被邀参加伯爵家舞会的人员名单时提到了“恰茨基”这个姓。他是回答娜塔利娅·费奥多罗夫娜的问题“你真会开玩笑！男舞伴有哪些人呢？……”他说道：“有舒莫夫家的两位公爵、别林斯基、阿尔别宁、斯廖诺夫、恰茨基……以及其他人。”[1]在《怪人》和《智慧的痛苦》中都有对一个好端端的人进行议论并诽谤的类似场景。而在接下来的对白中客人甲竭力诽谤弗·阿尔别宁：“首先他是个地道的浪荡公子，一个好嘲笑别人、恶毒地嘲笑别人的人；其次，你能想象他有多放肆就有多放肆；不过他可是个非常聪明的人。请别以为我这么说是出于个人偏见；

[1] 莱蒙托夫. 莱蒙托夫文集：西班牙人戏剧（1829 – 1831）[M]. 金留春，黄成来译. 上海：上海译文出版社，1998：304.

不，所有的人都是这么认为的。”[1]他还故意强调这是人所共知的看法。这会让人想到《智慧的痛苦》中法穆索夫家的客人们，当他们谈论恰茨基的时候也有类似的独白。例如在第六场中有这样的一段对话：

“**札戈列茨基**：你发现了吗？他神经得了重病。

列毕季洛夫：胡说八道！

札戈列茨基：大伙都异口同声。……[2]

在接下来第七场的对话中仍坚持着对恰茨基的诽谤。

札戈列茨基：公爵小姐，请您说一说，恰茨基发疯了，是不是？

第一位公爵小姐：这有什么疑问？

第二位公爵小姐：全世界都知道这消息……”

在这两部戏剧中都表明了流言传播的速度是极快的。被诽谤的人几乎是无法辩白的。虽也有人试图不相信这些流言，试图为他辩白。可这一切在众人面前又显得很无力。

《怪人》的第四场中有一群年轻人聚在大学生里亚比诺夫家里，他们在高谈阔论，这时有一位叫维什涅夫斯基的人突然没头没脑地问道：“先生们，俄国人要到什么时候才真正称得上俄国人呢？”[3]这又似乎在重复恰茨基在第3幕22场中独白里的话。恰茨基在此发表了自己对当时崇洋病的议论。“唉！如果我们生

---

[1] 莱蒙托夫. 莱蒙托夫文集：西班牙人戏剧（1829－1831）[M]. 金留春，黄成来译. 上海：上海译文出版社，1998：305.

[2] 格里鲍耶多夫. 聪明误[M]. 李锡胤译注. 北京：商务印书馆，1983：225.

[3] 莱蒙托夫. 莱蒙托夫文集：西班牙人戏剧（1829－1831）[M]. 金留春，黄成来译. 上海：上海译文出版社，1998：326.

来就得学人家行径，倒不如效法中国人英明的闭关自守。有朝一日我们能从仿洋梦里觉醒？让聪明理智的我国同胞不至于根据我们说的话而误认我们是外国佬。”❶

戏剧《怪人》与格里鲍耶多夫的喜剧最为相似之点在于两者都憎恨农奴制，憎恨一切虚伪和因循守旧的表现。最后两场中。那就是当客人散布流言说阿尔别宁疯了的时候的情景。当时还不是所有人都相信这样的流言。在十二场中，客人与索菲娅公爵小姐之间有这样的对话：

“**客人**：您肯定认识弗拉基米尔·阿尔别宁吧。

索菲娅公爵小姐：他常上我家来

客人：您没看出他是个疯子？

索菲娅公爵小姐：我经常发觉，他很聪明。我不明白，您怎么会提出这么个问题？”❷

接下来就是客人讲述他是如何在阿尔别宁父亲那里看到了剧本主人公与其父亲之间冲突的戏剧性的场面。于是阿尔别宁给他的印象就是个疯子。但索菲娅并不相信阿尔别宁疯了。

在十三场即收场白中一位显然是比较喜欢阿尔别宁的客人丙又提到了发疯的话题，众人还不知道阿尔别宁的死：“是的！可怜的阿尔别宁！您可知道：他发疯了！”❸接下来众人有这样的对白“怎么会发疯的？年轻的阿尔别宁？我们怎么没听说！”❹

---

❶格里鲍耶多夫. 聪明误[M]. 李锡胤译注. 北京：商务印书馆，1983：199.

❷莱蒙托夫. 莱蒙托夫文集：西班牙人戏剧（1829－1831）[M]. 金留春，黄成来译. 上海：上海译文出版社，1998：363.

❸莱蒙托夫. 莱蒙托夫文集：西班牙人戏剧（1829－1831）[M]. 金留春，黄成来译. 上海：上海译文出版社，1998：378.

❹莱蒙托夫. 莱蒙托夫文集：西班牙人戏剧（1829－1831）[M]. 金留春，黄成来译. 上海：上海译文出版社，1998：378.

又经过几段对白，就是那个先前说阿尔别宁疯了的客人甲又问道："难道阿尔别宁没法治好了？也许，还有某种生理上的原因。真是怪事！怎么因恋爱发疯呢？"❶

所有这些对白，毫无疑问地会使人想起《智慧的痛苦》中的第三场：当索菲娅的杜撰开始起作用并且在个别人物的言语中表现出来时，我们可以发现关于恰茨基发疯的这一说法在不同人身上唤起了这样或那样的反应。而对恰茨基有所同情的赫廖斯托娃曾说："上帝会管他的。而且，他的病可能治好。"❷在莱蒙托夫的戏剧中关于阿尔别宁发疯的说法在情节上并不起非常重要的作用，因为它只是出现在剧本的结尾，而重复出现（13场）已经是在主人公死后，使用同样的东西不可能对事件的进程产生重要的影响，这里只不过是以一种新的方式来阐述，并使其具有某种新的色彩。况且，一部分人物并不相信这一消息。

尽管如此，莱蒙托夫与格里鲍耶托夫的戏剧在某种程度上的相似显然可见。在怪人的身上同样明显地表现出与恰茨基相类似的思想特征，只是莱蒙托夫更强调冷漠的上流社会与"怪人"之间的冲突。

事实上，在那个时代传播某人发疯这样的流言蜚语有可能是恶毒贪婪的亲戚，他们企图尽快获得继承权，使自己获得受害人的财产。在《怪人》第十三场的对话中客人丁带着称赞的口气评价了弗拉基米尔的父亲："是呀，帕维尔·格里戈里奇在各方面都是个可敬的人。"❸接下来客人甲又"半嘲讽地"说："他要

❶ 莱蒙托夫. 莱蒙托夫文集：西班牙人戏剧（1829 – 1831）[M]. 金留春，黄成来译. 上海：上海译文出版社，1998：379.

❷ 格里鲍耶多夫. 聪明误[M]. 李锡胤译注. 北京：商务印书馆，1983：231.

❸ 莱蒙托夫. 莱蒙托夫文集：西班牙人戏剧（1829 – 1831）[M]. 金留春，黄成来译. 上海：上海译文出版社，1998：379.

把自己的儿子送进疯人院去；可是别人劝住了他；而实际上，这大概是由于吝啬！”[1]

这与《智慧的痛苦》中札戈列茨基对恰茨基的说法相一致。“噢！我知道，我记起来了，我听说过。我怎么能不知道呢？这件事有意思：他叔父看他疯疯癫癫，把他关起来了，锁进疯人院里，还加上铁链呢。”[2]

其实关于诽谤发疯的主题无论对格里鲍耶多夫还是对莱蒙托夫都是有一定历史渊源的。曾经有过这样的例子。因为他们都读到或听到过类似的诽谤曾经伤害过天才的作家和政治家拜伦。他们在创作自己的作品时一定会想到拜伦。在《智慧的痛苦》中说恰茨基发疯的这种诽谤实际上与拜伦的个人悲剧有着关联。拜伦的妻子要与他离婚，于是就向其亲人们散布关于诗人患有精神病的消息。在当时，关于拜伦个人命运的消息传遍了整个欧洲。当然在俄罗斯也会得到关注。而在《智慧的痛苦》中情节的高潮就是有关恰茨基发疯的造谣。这一消息传遍整个社会，而且谣言出自所爱女人的口。所有这一切都很像拜伦的个人悲剧。拜伦在自己的祖国作为进步的国会议员，在西欧作为为希腊自由而战的战士，曾是一位非常重要的政治人物。恰茨基与其命运的相似正说明了格里鲍耶多夫的政治观点与拜伦相接近。莱蒙托夫也深受拜伦的影响，在剧本中他直接提到了拜伦的英文诗歌《梦》，这是出自人物扎鲁茨基之口，在读诗之前，他解释道：“阿尔别宁写的是他自己的遭遇，写得朴实，但又有独特的机杼。这首诗在某种意义上可以说是拜

[1] 同上。

[2] 格格里鲍耶多夫. 聪明误[M]. 李锡胤译注. 北京：商务印书馆，1983：177.

伦的《梦》的拟作。”[1]莱蒙托夫在处理题材时的不同之处在于：主人公不仅在生前遭到了诽谤，说他“发疯”，而且这种流言在其死后还在继续传播。这正是莱蒙托夫所要强调的主人公的悲剧性。而且这个主题只是出现在剧本的结尾，也正是因为如此它才没有在戏剧的情节发展中获得重要的意义，只是临近终场的时候突出了剧本的主题。在剧本的结尾处,那个上流社会的代表客人甲对阿尔别宁进行了评判：“但愿您的阿尔别宁不是个伟人……他是一个……怪人！仅此而已！”[2]的确他是与众不同的，他与周围上流社会的不一致导致了他们之间的冲突。因此他被认为“怪”。这也是为什么后来上流社会对他进行诽谤的原因。其实这种“怪”的说法在某种程度上也是来自于《智慧的痛苦》，因为恰茨基也被人认为“怪”，在他与索菲娅的对白中，有这样一句话“我怪癖？谁不怪？那些十足傻头傻脑的，举例说，莫尔恰林 ……”[3]是的，他之所以被认为是怪的，是因为他与周围的人是不一样的。他与周围的世界是格格不入的。没有人能真正理解他。也正是因为如此，他才被人诽谤为发疯。

二、《假面舞会》与《智慧的痛苦》

莱蒙托夫的散文戏剧《怪人》与格里鲍耶多夫的喜剧有某种程度上的联系,但这种联系还不足以说明莱蒙托夫对格里鲍耶多

[1] 莱蒙托夫. 莱蒙托夫文集：西班牙人戏剧（1829－1831）[M]. 金留春，黄成来译. 上海：上海译文出版社，1998：322.

[2] 莱蒙托夫. 莱蒙托夫文集：西班牙人戏剧（1829－1831）[M]. 金留春，黄成来译. 上海：上海译文出版社，1998：382.

[3] 格里鲍耶多夫. 聪明误[M]. 李锡胤译注. 北京：商务印书馆，1983：119.

夫的继承性。当我们分析起莱蒙托夫的诗剧《假面舞会》时，这种继承性便有了更具说服力的例证。

当然，两部作品之间的联系不能仅仅归结为一些外部的特征上的吻合。如台词的一致性、主要剧中人物的性格,以及在事件发展的过程中他们之间的相互关系等。两部戏剧之间的亲缘关系更在于它们有着共同的思想内涵。勃洛克在读到《智慧的痛苦》时曾就这部“天才的俄国戏剧”说道：“它产生于一个心里带着莱蒙托夫式的愤怒和恼恨的彼得堡官员的头脑。”[1]

作为格里鲍耶多夫的研究者，B.H.奥尔洛夫在论述《智慧的痛苦》的特点时如此说道：“事实上，是什么赋予喜剧一种使人留下特别深刻印象的力量呢？是其整个基调崇高的抒情张力。在它的每一句中，每一尖锐的词中都听得出格里鲍耶多夫本人时而嘲讽，时而愤怒，时而鼓舞，但永远充满激昂的声音。”[2]我们发现，这一特点也完全有理由看作是针对《假面舞会》而说的。

的确，两部戏剧都有着高昂的基调，强烈且紧张的抒情性。因此，两部作品都表现出一种政治激情的伟大力量，即反抗周围世界的激情。而且在与整个事件相交织的爱情主题中都可以找到反映个人因素的东西。这一切又与抒情思想的发展结合起来。

两部作品在体裁上也是相似的。尽管《智慧的痛苦》的作者本人用传统的戏剧术语“喜剧”来表示该剧，但就其内在的意义，结构的特点，以及十分值得观众同情的主人公所处的环境来

[1] А.В.Фёдоров. Лермонтов и литература его времени. Ленинград. «художественная литература» 1967г. стр.179.

[2] А.В.Фёдоров. Лермонтов и литература его времени. Ленинград. «художественная литература» 1967г. стр.179.

看，格里鲍耶多夫的创作是具有深刻悲剧性的。的确，喜剧性人物在剧本中所占据的地位，以及讽刺性揭露的尖锐性恰恰符合了“喜剧”这一体裁的概念。但其喜剧性与悲剧性的结合在总体上使得我们可以说它是悲喜剧。《假面舞会》的结局是悲剧性的。它的男主人公阿尔别宁是一个表现鲜明的悲剧性人物。而女主人公尼娜则是一个牺牲品。该剧对事件的整个背景，即上流社会描写的讽刺性，以及主人公经常接触并交往的那些配角所表现出的喜剧性，都是以剧本的整体特征为前提的。如果不说它是悲喜剧，也完全有理由说它是悲剧成分与喜剧成分的结合。其实两部戏剧都更多地偏重于悲剧性。

作为诗体戏剧的作者，莱蒙托夫不可避免地要在诗歌的写法上与格里鲍耶多夫具有某种程度上的共性。《假面舞会》也是用不同的抑扬格写成的。它有不同音步诗歌的自由交替，有各种诗节上不连贯的押韵法。这正是《智慧的痛苦》的特点。莱蒙托夫为自己的新作品选择了这种形式，这意味着在某种程度上是对格里鲍耶多夫传统的继承或与之有着某种内在的联系。我们都知道诗歌的形式在莱蒙托夫的创作世界中占有怎样的地位。选择格里鲍耶多夫的不同音步抑扬格从文学继承性的角度来看对于《假面舞会》来说绝非偶然。事实上，正是借助这种形式，莱蒙托夫有意识地将自己的作品与格里鲍耶多夫的讽刺与揭露社会现实的传统联系起来。

剧本中对话的风格也说明了这一点。《智慧的痛苦》中许多句子后来都变成了谚语和警句。如：“Счастливые часов не наблюдают.（幸福的人儿不看钟）❶”，Шёл в комнату, попал в

---

❶ 格里鲍耶多夫. 聪明误[M]. 李锡胤译注. 北京：商务印书馆，1983：14.

другую.（原意：走错了门。现在表示：故意搞错，以求达到某种目的。）[1] Подписано, так с плеч долой.（不管什么公文，签上字，就没有我的事。）[2] 在《假面舞会》中表现的是上流社会的生活。而在上流社会中充斥着形形色色的人，他们之间的对话被莱蒙托夫赋予了格里鲍耶多夫式的尖刻的语调。尽管莱蒙托夫并没有重复任何一句格里鲍耶多夫人物的话语，也没有重复任何一句格里鲍耶多夫的箴言和警句，但在人物对白的冲突中却同样产生了许多属于自己的箴言和警句。因此，也可以在《假面舞会》中找到一些精辟的诗句。如：

"Глупец, кто в женщине одной
Мечтал найти и счастлив." [3]
傻瓜才幻想在女人的身上能找到自己的人间天堂。

"Что жизнь? Давно известная шарада Для
упражнения детей;
什么是生活？只是小学儿童们习题中人所共知
的答案；
Где первое—рождение! Где второе— Ужасный
ряд забот и муки тайных ран, Где смерть —
последнее, а целое—обман!" [4]

---

[1] 同上。1983：20.
[2] 同上。1983：26.
[3] М.Ю Лермонтов. Сочинения в шести томах. том пятый. Драмы. Мосвка. Ленинград. Издательство Академии наук СССР. 1956г.Стр.341.
[4] М.Ю Лермонтов. Сочинения в шести томах. том пятый. Драмы. Мосвка. Ленинград. Издательство Академии наук СССР. 1956г. Стр.378.

先是——出生！其次——可怕而无尽的人事
纷纭和数不清的隐痛与苦难，最后是——
死亡，而整个一生——只是欺骗！
Жизнь—вечность, смерть— лишь миг! ❶
生——是永恒，死——只是瞬间！”

戏剧总是离不开对话，而《智慧的痛苦》中的对话十分鲜明生动。莱蒙托夫不仅接受了格里鲍耶多夫这一对话生动性的特点，同时也发展了这一特点。在《假面舞会》中，可以说是对话控制了整个舞台，莱蒙托夫通过对话展示了“上流社会”，揭露了上流社会的虚伪和堕落。这种对话或长或短，结构多样。例如，在阿尔别宁替兹维斯季奇赌博之前，他们之间有这样的一段对白：

“князь
公爵
Не знаю, как мне быть, что делать?
不知道该怎么办，该如何是好？
Арбенин
阿尔别宁
Что хотите.
您想要什么。
Князь
公爵
Быть может, счастье.

❶ М.Ю Лермонтов. Сочинения в шести томах. том пятый. Драмы. Мосвка. Ленинград. Издательство Академии наук СССР. 1956г .Стр.379.

或许会有幸运……

Арбенин

阿尔别宁

О, счастья здесь нет!

啊，这里并没有幸运

Князь

公爵

Я всё ведь проиграл!..Ах, дайте мне совет.

我老是在输！…… 哎呀，您替我出点主意。

Арбенин

阿尔别宁

Советов не даю.

没有什么主意。

Князь

公爵

Ну, сяду...

呶，我再去赌……

Арбенин(вдруг берёт его за руку)

阿尔别宁（突然抓住他的手）

Погодите.

等一等。

Я сяду вместо вас. Вы молоды,--я был Неопытен когда-то и моложе,

我替您去赌。您究竟还年轻，——我过去年轻的时候也一样经验不多，

Как вы, заносив, опрометчив тоже,

象您一样轻浮而且自命不凡，

Иесли б...(останавливается) кто-нибудь меня остановил...

假如……（停顿下来）无论是谁要来干预我，

То...(Смотрит на него пристально.)

那么……（凝视着他）

(Переменив тон)

（换了个调子）

Дайте мне на счастье руку смело,

大胆地让我来替你取得幸福，

А остальное уж не ваше дело! [1]

至于怎样取得，不必过问！”

从对话中我们可以想象，不同的角色会有不同的音调，他们的语速也是不同的。加上作者丰富的情景说明：“突然抓住他的手”“停顿下来”“凝视着他”“换个调了”等足见他们之间对话的生动。

又如第三幕第一景第一场中：

“Хозяйка

主妇

Я баронессу жду, не знаю:

我等着男爵夫人，不知道：

Приедет ли—мне, право, было б жаль

---

[1] М.Ю Лермонтов. Сочинения в шести томах. том пятый. Драмы. Мосвка. Ленинград. Издательство Академии наук СССР. 1956г. Стр.283.

她来不来？——我，说实话，替你们

За вас.

有点惋惜。

1—й гость

客人甲

Я вас не понимаю.

我不懂您的话。

2—й гость

客人乙

Вы ждёте баронессу Штраль?

您等西特拉里男爵夫人？

Она уехала!...

她走了……

Многие

众客

Куда? Зачем—давно ли?

哪儿去了？干吗去了？——早走了？

2—й гость

客人乙

В деревню, ныне утром

乡下去了，今天早晨。

Дама

太太

Боже мой!...

我的天哪！……

Каким же случаем? Ужель из доброй воли?

有什么事？真地出于她本人的意愿？

2—й гость

客人乙

Фантазия!—романы!..хоть рукой Махни! ❶

尽是幻想！出于编造！…… 可以置之不理！”

莱蒙托夫在这里使用的是不同音步押韵的抑扬格。因为这种抑扬格适用于不同的谈话风格，比较自由。从而使对话变得十分生动。在这一点上莱蒙托夫继承并发展了格里鲍耶多夫的创作风格。因为莱蒙托夫总是尽量使他的诗获得更大程度上的无拘无束与生动。有时甚至在一行诗中间作了停顿。

例如，在第一幕第一景第二场中当阿尔别宁决定替公爵赌的时候，众赌客对他和他的同伴卡扎林说：

“Извольте, вам и книги в руки, —вы хозяин.

请吧，你们既是内行，——你们又是主人，

Мы гости ❷

我们是客。”

又如：第一幕第二景第五场中在第一假面人的独白中有这样的诗句：

“Он не узнал меня...да и какой судьбою

他不认识我……而且他怎么会猜想到

---

❶ М.Ю Лермонтов. Сочинения в шести томах. том пятый. Драмы. Москва. Ленинград. Издательство Академии наук СССР. 1956г. Стр. 364.

❷ М.Ю Лермонтов. Сочинения в шести томах. том пятый. Драмы. Москва. Ленинград. Издательство Академии наук СССР. 1956г. Стр. 284.

Подозревать, что женщина, которой свет

一个受上流社会艳羡不已的女人

Дивится с завистью, в пылу самозабвенья

竟在激烈的热情中无法控制自己，

К нему на шею кинется, моля [1]

扑向他的肩头，不断颤声求乞”

诗人偶尔也把第七音步放入诗中，例如在尼娜向丈夫就丢掉的手镯而作的回答中：Он двадцати пяти рубрей, конечно, не дороже.[2]（只值二十五卢布，还值得那样急！）

莱蒙托夫对格里鲍耶多夫戏剧风格的继承与发展还表现在剧本的整个情节结构上。《智慧的痛苦》与莱蒙托夫戏剧之间的区别主要表现在主人公形象与日常生活讽刺因素之间的对比关系上。事实上，在《智慧的痛苦》中已经存在主人公与其他人物之间明显的分歧了。这从言语上就能看出来。恰茨基想纠正社会的愚蠢，他与一群傻瓜和无知之徒辩论，而且总是明显地高于他们之上，因为他在精神上有巨大的优势。可没有人能理解他，他被视为从疯人院里逃出来的人。他的悲剧性也正在于此。而在莱蒙托夫的剧本中主人公与其他人物之间的距离相对来说还要大。阿尔别宁几乎同剧本中所描写的生活毫不相容。他与周围人格格不入。随着时间的推移，所有其他人物的言语与阿尔别宁的独白彻底地脱节了。独白中说话的已不是彼得堡的贵族，而是《恶魔》

❶ М.Ю Лермонтов. Сочинения в шести томах. том пятый . Драмы. Москва. Ленинград. Издательство Академии наук СССР. 1956г. Стр. 297.

❷ М.Ю Лермонтов. Сочинения в шести томах. том пятый. Драмы. Москва. Ленинград. Издательство Академии наук СССР. 1956г. Стр.309.

中的主人公。他的独白用充满了痛苦和仇恨的铿锵有声的诗句写成，充满了演说家的激情。

在俄罗斯有不少学者对这两部戏剧的许多方面都进行了对比研究。一般认为，在《智慧的痛苦》中可以找到现实主义的源头，而莱蒙托夫的《假面舞会》及其早期的一些戏剧却是具有浪漫主义特色的。这表现在这部戏剧的思想意义、情节结构、语言等方面。由此可以清楚地意识到这两部作品在戏剧艺术上的差别。

俄国现实主义喜剧的奠基人格里鲍耶多夫在剧本《智慧的痛苦》的结构中依然保留着某些古典主义戏剧三一律的特征：完全遵守时间统一性的要求（事件要在一昼夜之内发展并结束）；在很大的程度上也遵守地点的统一性（事件发生在法穆索夫的家里，如果遵循情景说明的旨意，布景只换一次），事件统一的原则允许有广义的解释，而且从前人们常常会背离它，但格里鲍耶多夫事实上并没有破坏事件统一的原则，因为恰茨基的爱情悲剧与他和社会之间的冲突构成了融合的整体，并且紧密地交织在喜剧的情节中。主人公的性格具有很大的完整性，他还不具有矛盾，而且所有的人物，包括次要人物和配角都在生活的真实中表现出某种完整的性格特征。而且，人物姓名（Молчалин, Скалозуб, Тугоуховские）的脸谱化也起源于古典喜剧传统，就象他们当中的有些人也是传统喜剧的角色（这尤其与丽莎这一角色相关——欧洲古典喜剧中女主人的心腹侍女）。

而在《假面舞会》中却不是那样。事件所涵盖的时间是几天，而非24小时。事件地点在一个城市范围内（彼得堡）多次变化，不仅是从一幕到另一幕，而且在一幕中又分成一系列要求不同布景的舞台场景。因此剧中有幕、景、场三个层次。这一特点对于新浪漫主义戏剧来说是典型的，而莱蒙托夫在这方面依据的是莎士比亚。事件是围绕阿尔别宁展开的。而对人物的刻画在《假面舞会》中具有鲜明的特点。他们具有个性分裂的特点。表现出来的就是性格与动机的矛盾。同一剧中人物既可以做一些卑劣的行径，又可以为此而后悔，如男爵夫人。阿尔别宁更是处于思想、感情和动机的矛盾之中。从主人公身上的这种矛盾性来看，我们可以联想到莱蒙托夫与格里鲍耶多夫主人公之间的对比关系——既相关又相排斥。

恰茨基与阿尔别宁实际上分属不同的时代。恰茨基所处的是十二月党人起义之前的时代，而阿尔别宁则成长于十二月党人起义之后的时代。要知道，这两个时代是有差异的。格里鲍耶多夫描写的是十二月党人起义前社会情绪高涨时期的莫斯科社会。而莱蒙托夫所表现的则是十二月党人起义失败后普遍道德沦丧时期的彼得堡上流社会。他们中的任何一个人都不可能跑到另外一个人的时代。“如果在法穆索夫和莫尔恰林之流的社会中，未来的十二月党人恰茨基还燃烧着勇敢的思想并以自己尖锐的话语而引人注目的话，那么现在，19世纪30年代在卡扎林与兹维斯季奇之流的社会中便丧失了对恰茨基的记忆，恰茨基这样的人在这个时代遭受着西伯利亚流放和监狱中的痛苦。这一名字的本身便是被禁止的。”[1] 说以上这段话的C.H.杜雷林承认两个主人公之间的深刻差别，但不是为了否定两个剧本之间联系。相反，他非常坚定地认为：“莱蒙托夫在《假面舞会》中继续了格里鲍耶多夫在《智慧的痛苦》中所开始的事业。并且这是《假面舞会》遭受书

[1] А.В.Фёдоров. Лермонтов и литература его времени. Ленинград. «художественная литература» . 1967г. стр.186.

报检查机构刁难的唯一原因。”[1] 也许恰恰是因为要继续格里鲍耶多夫的事业，所以莱蒙托夫需要的是另外一个主人公，也是一个与社会相对立的人。

《假面舞会》的另外一个研究者K.H.洛穆诺夫指出了恰茨基与阿尔别宁之间的差别："阿尔别宁不是恰茨基，没有重复恰茨基。他们的差别在哪？恰茨基处于那个他所反对的社会之外。他只是在很短的时间内撞到了法穆索夫、斯卡洛茹勃、莫尔恰林之流的墙上，并且随即逃离。而阿尔别宁却是处于那个他所反对并与之发生冲突、并且因之而死亡的社会之内。而且，他被染上了那个社会的许多恶习。恰茨基被塑造得很现实。而在阿尔别宁的肖像中却充满了浪漫主义色彩。然而他却是十二月起义之后一代人的鲜明代表。他带着失望、悲观与内心的矛盾，带着强烈渴望与现实不幸的矛盾，带着渴望行动又不能找到合理运用的矛盾。”[2] 的确，他们是不同的。而他们之间最本质的区别又在于阿尔别宁采取了报复行动。事实上恰茨基也面对着爱人的背叛与周围世界的不理解等问题，可他选择了逃避，最后他离开了莫斯科，离开了一个不属于他的世界。但阿尔别宁却不这样，他太熟悉上流社会的虚假和欺骗了，所以，当他怀疑并确认自己心中唯一的圣地被污染了的时候，他没有选择逃避，而是亲手毁掉了它。他杀死了自己心爱的女人。由于向往极善而导致极恨，最后产生恶果。如果说恰茨基已经意识到了自己与其社会的不和谐并企图改变什么的话，那么可以说阿尔别宁的反抗意识已经付诸行动。阿尔别宁认为自己的行动可以在某

❶ А.В.Фёдоров. Лермонтов и литература его времени. Ленинград. «художественная литература» . 1967г. стр.186.

❷ А.В.Фёдоров. Лермонтов и литература его времени. Ленинград . «художественная литература» . 1967г. стр.186.

种意义上解决问题，然而他的行动又恰恰彰显了他的悲剧性。恰茨基与阿尔别宁的命运悲剧性在程度上是不同的。

第二节 莱蒙托夫与普希金

同为俄国的伟大诗人，莱蒙托夫与普希金的名字经常会并排出现。“莱蒙托夫不仅是普希金的后继者，而且是普希金与一切普希金后继者之间的纽带。可以说，没有普希金，便没有莱蒙托夫，反过来，没有莱蒙托夫，便没有普希金的天才后继者，至少在当时来说是如此”。[1] 作为诗人身份的他们无论是从个案角度，还是从对比角度都曾是学者们争相探讨的话题。但作为戏剧家的莱蒙托夫与普希金还鲜见对比性研究。故本文专门从两位作家戏剧创作的角度展开对比性研究。

普希金一生共创作了7部剧本，其中2部未完成。而莱蒙托夫共创作戏剧6部，有1部未完成。也就是说，就完成的剧本数量来说，普希金与莱蒙托夫是一样的，都是5部。

戏剧这一体裁与两位作家的结缘皆始于童年时代。普希金很早就开始对剧院艺术感兴趣，童年时代曾经用法语编写悲剧，并亲自在其姐姐的面前表演。年轻时代普希金的生活与剧院联系紧密，可以说他是个戏迷，这在当时是人所共知的。他在自己的回忆录、诗歌等作品中也曾提到对剧院、对舞台活动的热爱，并曾和一些艺术家保持着非常好的关系。还是在皇村的时候，他就经常出入托尔斯泰剧院，并与“绿灯”小组其他成员分享自己对戏剧的热爱。在米哈依洛夫斯克流放的时候曾深入思考过戏剧艺术，思考过莎士比亚

[1] 顾蕴璞. 普希金与莱蒙托夫[J]. 俄罗斯文艺，1999(2)：79.

的戏剧创作。他曾于1819年写过《俄罗斯戏剧之我见》一文，文章充分显示了他对演员的详细知晓以及对戏剧艺术的精细理解。他与戏剧如此紧密的联系一直贯穿于他的整个戏剧创作时期。莱蒙托夫对剧院艺术的兴趣也很早就表现出来了，在莱蒙托夫的创作思考及文化需求上戏剧艺术也占有不可忽视的地位。少年时代的莱蒙托夫曾为木偶剧院编写过小剧本，他曾经也同样非常关注演员们的表演，大量阅读了其他戏剧家的作品，并认真思考了他们的创作。学生时代的莱蒙托夫也曾与自己的同学们分享自己对戏剧艺术的热爱。他也曾醉心于席勒与莎士比亚，参与了关于席勒与莎士比亚剧本创作的讨论，以及这些剧本在莫斯科和彼得堡剧院上演情况的热烈争论。而对莎士比亚的热爱，表现在他对哈姆雷特的热爱，他认为莎士比亚的伟大在于哈姆雷特。最为重要的是莱蒙托夫创作了5部特点、风格及艺术价值迥异的剧本。这是其戏剧创作成果的事实，无人否认。

莱蒙托夫的第一部完整戏剧是创作于1830年的《西班牙人》。他经过了非常精心的准备，在他的练习本上记录了不同构思的情节。《西班牙人》中的事件发生时间是15世纪末或16世纪40年代，该剧以自由诗体的形式写成。而普希金的第一部完整戏剧作品是于1825年（即十二月党人起义前不久）写成的悲剧《鲍里斯·戈都诺夫》。在这部剧本中展现的是所谓“混乱时期”的初级阶段，即1603年–1621年声势浩大的人民起义。本来，普希金想继续这样的主题，但当时的一些政治事件，如十二月党人起义的失败以及沙皇尼古拉一世对该事件的反应等，使得普希金不得不放弃这样的想法。接下来普希金戏剧创作涉及的主题是关于心理与道德方面的：嫉妒、对爱情的不负责任态度、吝啬、面对死亡时人的行为等。1830年秋，即莱蒙托夫创作第一部完整戏剧的这一年，普希金完成了四部小悲剧：《吝啬骑士》《莫扎特与沙莱里》《石客》《瘟疫流行时期的宴会》。在这一时期，普希金还留下了未完成的剧本《鱼美人》。19世纪30年代中期，普希金又重新回到了社会政治主题。未完成的作品《骑士时代的场景》（1835）便是对这一主题的展示。1830年夏，莱蒙托夫完成了第二部戏剧《人与激情》；1831年秋，完成了《怪人》的创作，1835年，几经周折终于完成了其最重要的戏剧《假面舞会》的创作，之后的1836年，莱蒙托夫完成了他最后一部戏剧《两兄弟》的创作。此后，莱蒙托夫再有没有触及戏剧体裁的创作。

一、创作动机之迥异

莱蒙托夫的戏剧创作初衷与普希金不同，除了《假面舞会》之外，他并没有指望自己的剧本能够在剧院里上演。而普希金的戏剧创作初衷则非常明确："读普希金剧本的时候，应当一直记着，与其他许多戏剧家不同的是，普希金的剧本不是为阅读而写，而是为剧院而写，为舞台的表演而写"。[1] 普希金从创作的第一部剧开始就是为舞台而创作。在这一点上，普希金可以说是一个真正的戏剧家，因为一个真正的戏剧家在创作剧本的时候总是会想着要上演的。果戈理称未上演的剧本为未完成作品；他认为，戏剧只活在舞台上，这不无道理。

在戏剧创作的道路上，如果说莱蒙托夫是一个追随者，那么，普希金则是一个探险者。当普希金走上戏剧创作道路之时，

[1] А.С Пушкин. Драматические произведения [М]. Ленинград: «Детская литература». 1968. стр. 4.

俄国的戏剧艺术正经历着复杂的激烈争论时期，也是寻找民族戏剧新形式的时期。一些旧的文学形式、已经确定下来的舞台表现手法和技巧与一些新的展现时代生活的内容相矛盾。普希金敏感地意识到了时代的需求，并认识到了社会发展的趋势。新的社会历史条件下，艺术所面临的共同任务也在发生着变化，普希金尝试探索新的创作原则与手法。在创作《鲍里斯·戈都诺夫》之前的几年中，普希金一直在思索俄国戏剧的发展道路问题。普希金从事戏剧活动的目的在于改革戏剧艺术。他认为戏剧产生于广场，是属于人民的一项重要娱乐活动，而不应该只是为统治阶级的精神需要服务。在当时的历史条件下，普希金认为，人民性的悲剧一定会诞生，而这样的戏剧要求整个戏剧艺术的革新。与莱蒙托夫相比，普希金更加关注戏剧内容的人民性与历史性。

二、共同的浪漫主义诉求

我们知道，莱蒙托夫的戏剧作品都充满了浪漫主义激情，即他的戏剧一般被直接称为浪漫主义戏剧。这一观点在文学研究中已经被确定下来。而普希金的戏剧创作事实上也并未脱离浪漫主义。“普希金对浪漫主义美学与艺术问题的兴趣不只是局限于19世纪20年代初，与浪漫主义美学之间的联系在创作悲剧《鲍里斯·戈都诺夫》期间变得尤为紧密”。❶ 19世纪20年代中期，普希金的美学思想旨在解决浪漫主义美学所提出的问题。因此，普希金一直处于创

❶ И.В.Карташова. Романтизм и Формирование драматургической системы Пушкина （«Борис Годунов»）[A]. А.В. Студецкий. Романтизм в художественной литературе: сборник статьей [C]. Казань: Издательство Казан.ун-та.1972. 34.

作探索的状态。他所创作的叙事长诗已经使其成为当时俄国浪漫主义运动的领袖人物；但与此同时，他对当时浪漫主义艺术的状况并不满意。他在一些文章及信件中曾多次提到浪漫主义诗歌的缺点和弱点等。他在当时比较流行的浪漫主义情绪中感受到了“抑郁”和“幻想”的特征。尽管如此，普希金还是在浪漫主义美学与艺术的最优秀成果基础上发展了它，并且一直坚持寻找俄国式“真正的浪漫主义”原则的表现方式。在创作《鲍里斯·戈都诺夫》时，普希金旨在创作这样的作品，他想在该剧中理想地展现新的浪漫主义艺术原则，他借此寻求“真正的浪漫主义”。

普希金以历史悲剧为体裁努力创作“真正的浪漫主义”作品。戏剧体裁问题，尤其是悲剧在俄国及国外的浪漫主义作家的美学思想中占有非常重要的地位。普希金曾经认真研究过相关的问题，曾关注过法国浪漫主义者与古典主义者的论战。他认为，自己写下的悲剧是真正浪漫主义的。之所以是真正的浪漫主义，是因为普希金的作品中表现的是他对民族历史真实性及心理真实性的渴望，对重现历史久远年代客观现实的渴望。“由于普希金世界观的演变，尤其是哲学见解的演变，他的美学思想与浪漫主义作家相比充满了新的内容”。[1]对于普希金来说，历史是在其客观现实前进的过程中展开的，没有那种浪漫主义的神秘、奇迹等。《鲍里斯·戈都诺夫》一剧的产生正是基于其浪漫主义探索之上的。普希金所谓的“真正的浪漫主义”正是新的现实主义原则的确立。该剧中现实主义的体现正归功于浪漫主义。

[1] И.В.Карташова. Романтизм и Формирование драматургической системы Пушкина（«Борис Годунов»）[А]. А.В. Студецкий. Романтизм в художественной литературе: сборник статьей [С]. Казань:
Издательство Казан.ун-та.1972. 34.

《鲍里斯·戈都诺夫》的浪漫主义表现在其自由的、富有动感的结构上。其场景的转换自然而又自由，生活呈放射状地展现于事件的发展中，即在各种现象的复杂交错中展现生活。悲剧的结构能明显让人感觉到时间前进的步伐。形式上散文体与诗体的交替使用，悲剧的动感性原则决定了其历史性的多样化。严格遵循历史，从内部再现历史时代，同时也贯穿着一种现代感。《鲍里斯·戈都诺夫》中过去的一些东西不知不觉地接近于现代，正因为如此，未来似乎被创造出来了。普希金的悲剧并没有结束，他似乎开启了通往未来的道路。结束时的情景说明这样写道："众百姓沉默无言。"[1] 这里应隐藏着一种预言，关于未来社会大变动的预言。普希金成功地使用了综合表达现实的手段。

《鲍里斯·戈都诺夫》的戏剧冲突也是源于浪漫主义：杰出的悲剧性个人与社会的冲突。在《鲍里斯·戈都诺夫》一剧中明显感觉到不同寻常的悲剧性浪漫主义主人公所具有的"叛逆"的激情。戈都诺夫这一形象非常复杂，具有双重个性，处于善恶之间，是悲剧性历史条件下的牺牲品。然而，冲突的本质及其解决悲剧的方式，整体上看，并非浪漫主义式的。如果说浪漫主义作家对冲突的解决首先是哲学范畴的：如个人反对整个宇宙；那么，普希金的悲剧冲突则具有社会特征。许多研究者认为，《鲍里斯·戈都诺夫》一剧中个人与人民、历史之间的相互关系是基于现实主义的理解的。冲突的解决与历史进程中客观人物的主张相关，与对历史进程中人民的决定性作用的认可相关。因此，可以说《鲍里斯·戈都诺夫》一剧获得了新的内容，悲剧性的确定

---

[1] А.С Пушкин. Драматические произведения [М]. Ленинград: «Детская литература». 1968. стр. 92.

并非一些不幸事件的不幸结合，而是个人行为与历史客观发展运动的不相符合。鲍里斯主观上可以说是高尚的，并真诚希望自己的人民幸福，是一个英明的掌权者，但他却悲剧性地误入歧途，没有考虑到现实生活的需求，因此，他被历史的浪潮所淹没。剧中普希金与舒伊斯基有这样的对白："你看他想把尤里节取消……老百姓好过吗？你去问问老百姓看，只要自称为皇的人答应给他们实行古时候传下来的尤里节，那就要天下大乱"。[1]可以看出，普希金以这种方式来发展浪漫主义作家所提出来的艺术中的历史思想与民族色彩这一倾向。如果说，对于十二月党人作家来说，这是没有实现的理想，那么，普希金则在自己的悲剧中实现了这一理想，并达到了完善。他进入到了久远的历史时代精神中去，并展示了民族文化特色。

普希金在创作《鲍里斯·戈都诺夫》一剧之时一直思索艺术规律问题，这与浪漫主义美学艺术思想紧密相关。就浪漫主义美学原则、浪漫主义情绪来说，莱蒙托夫的戏剧与普希金的戏剧有相似之处。在莱蒙托夫的《人与激情》和《怪人》中，主人公的悲剧发展是以残酷的农奴制为背景的。莱蒙托夫的悲剧特征是：个人的悲剧是在人民的悲剧基础之上展开的。在悲剧的发展过程中似乎让人感觉到：主人公的痛苦源于人民的痛苦。莱蒙托夫戏剧中爱情的冲突与矛盾是与农奴制体制下基本的阶级矛盾相联系的。个人的悲剧只是其矛盾的表现形式，在莱蒙托夫主人公的痛苦中可以感觉到人民无声且无奈的痛苦。尽管这样的场景没有成为戏剧事件的主体，没有直接进入到事件的发展中来，但在某种程度上却暗示了戏剧冲突的根源。农奴制的剥削，农奴主对农

[1] [俄]普希金. 普希金小说戏剧选[M]. 卢永选编 . 北京：人民文学出版社，1994：327.

奴的挖苦、嘲笑乃至肉体的折磨，对个性的侮辱等，这些场景尽管在整个戏剧中占有极少的比例，却可以极有力地抓住读者或观众的心。主观与客观，个人与社会，表面上的爱情悲剧实则暗示着社会政治悲剧。与普希金相似的是，莱蒙托夫的浪漫主义也并不缺少现实的历史内容，并不缺少真实的历史冲突感。他的浪漫主义也是面向未来，因他真实地感觉到了社会的矛盾，并预见到在历史发展的舞台上必然会出现一些新的人物，他预见到了群众运动的开端。可以说，莱蒙托夫的浪漫主义也具有现实性，是正在寻找现实主义的浪漫主义。尽管莱蒙托夫悲剧中有与古典主义悲剧解决冲突相似的手段，即悲剧冲突往往以主人公的死亡来解决。但莱蒙托夫浪漫主义悲剧中主人公的死亡并非结局，而是与旧制度斗争的开始，这不是对冲突的解决，而是一种符号，是对真正解决历史冲突的强烈呼唤，这并非失败战斗的尾声，而是人民为自由解放而斗争的伟大战役的序曲。

三、同涉西方经典

莱蒙托夫与普希金在对西方艺术的借鉴上有所不同。普希金在开始戏剧创作的时候已经对英国及德国文学非常熟悉了。他及其钦佩并热爱的戏剧家是莎士比亚：“普希金在比较两位最伟大的西方戏剧家莎士比亚与莫里哀时，更喜欢莎士比亚”。[1]正是在比较这两位戏剧家时，普希金基本上确立了现实主义艺术的基本特征：生活的真实性、多面性，表现现实的广泛性等。普希金摒弃古典主义原则及浪漫主义的极端部分，开始关注更为自由

[1] Литвиненко Н. Г. Пушкин и театр[M]. М.: Искусство. 1974. стр. 254.

的莎士比亚式的悲剧。莎士比亚之所以吸引普希金，是其戏剧的冲突规模，以及刻画剧中人物的现实性。在人物类型的设计上很随意也很简单，正是在这样的特征中普希金看到了鲜明的舞台性及情感的感染力。普希金在莎士比亚的戏剧中找到了真正浪漫主义悲剧的样板，不只是一个场景替换另一个场景（如古典主义戏剧那样），不是作者的思想，而是主人公性格及其性格之间的冲突来推动着事件的发展。在莎士比亚的戏剧中没有纯粹的体裁和性格，悲喜场景交替，使用普通百姓的语言，展现各种各样的生活与人的多面性。“在对待生活的态度上，在创造性格上，在戏剧原则上，他都极力追随我们的戏剧之父莎士比亚”。[1]普希金学习了莎士比亚所展示的那种情感辩证与发展手段，学习他表现人物的内心世界，学习他摒弃个人的喜好与观念，并接受了莎士比亚的戏剧体系；但普希金并非盲从，他学习的是艺术手段的使用，而非简单的模仿。普希金时代作家所面临的问题是一些新问题，这要求用一些新的手段来解决，普希金深刻地意识到了这一点。因此，普希金笔下的戏剧人物并没有像莎士比亚笔下人物那样被夸张化，没有对个别人物进行极度浪漫主义的展现。

对于莱蒙托夫来说，莎士比亚的名字是神圣的。在莱蒙托夫的评价中：“莎士比亚是不可限量的天才，他可以穿透人心，可以参透命运的规律”。[2]他认为莎士比亚的伟大在于哈姆雷特，他的不可模仿性也在于哈姆雷特。在莱蒙托夫对哈姆雷特的认知

[1] И.В.Карташова.Романтизм и Формирование драматургической системы Пушкина（«Борис Годунов»）[A]. А.В. Студецкий. Романтизм в художественной литературе: сборник статьей [C]. Казань: Издательство Казан.ун-та.1972. 30.

[2] Г. П. Бердников и др. Русские драматурги ⅩⅧ—XIXвв. Монографические очерки в трёх томах[M]. Том 2. Л-М.:Искусство. 1961. стр. 180.

中，哈姆雷特是一个具有坚强意志的人。这样的认知与当时批评界对哈姆雷特的认知不同。德国诗人歌德得出了一个后来成为传统认知的界定：哈姆雷特是使命感意识下意志软弱的人。但这样的理解并没有影响到莱蒙托夫的对其的理解。从人物个性刻画的角度看，莱蒙托夫与莎士比亚有相似的地方，他们都更加关注人物本身，包括人物性格的形成与发展，人物隐秘的内心世界，其激情彰显的功能等。普希金的戏剧更加关注事件的发展，历史感浓重。在莱蒙托夫的戏剧中明显可以感觉到人物是主体，而事件似乎是背景，是衬托；而普希金的戏剧中人物似乎是背景，事件则相对更加突显。如果说莎士比亚创造了一个意志软弱的哈姆雷特，那么莱蒙托夫所塑造的主人公也同样是软弱的，尽管表面上看这些人物是强而有力的，具有惊人的破坏力量，如《假面舞会》中的叶·阿尔别宁和《两兄弟》中的亚历山大等。他们都分别采取了破坏行动，实现了预计的报复行为。但这恰恰体现了他们灵魂的软弱，因为，他们做到了以恶报善，却未能实现以善报善，他们有足够的力量去破坏，却没有足够的力量去建造。他们有足够的能力去伤害别人，却没有足够的能力战胜自己，因为，战胜自身的恶需要更大的力量。软弱的灵魂注定遭受悲剧性的结局。尽管莱蒙托夫希望自己的主人公是坚强的，也赋予他们以反抗的力量，与社会不公正斗争的力量，但最终他们反对与破坏的对象并非真正敌对的对象，而是自己的幸福。因为恶所支配下的意志使他们无法正确判断自身行为的方向。

四、剧本之舞台宿命

普希金的第一部完整戏剧《鲍里斯·戈都诺夫》与莱蒙托夫

的《假面舞会》从创作到发表到上演经历了相似的命运。在写完《鲍里斯·戈都诺夫》之后，普希金在给维亚捷姆斯基（П.А. Вяземский）的信中写道："书报检察机关不会放过它的，茹可夫斯基说，沙皇会宽恕我的悲剧的，但亲爱的，也未必。尽管悲剧的精神是好的，但我却无论如何都不能让自己的耳朵耷拉在傻瓜帽子的下面"。[1]事实证明，普希金预见到了其悲剧作品的悲剧性命运。毕竟，这部历史悲剧所反映的思想中包括对专制制度的控诉。1826年12月卞肯道尔夫将《鲍里斯·戈都诺夫》一剧呈给尼古拉一世，他写道："至少这部剧不适合于舞台"。[2]尼古拉一世建议普希金重新改编其剧，以必要的清理手法将其写成类似于沃尔特·司各特的历史小说。直至1831年，尼古拉一世才准许出版《鲍里斯·戈都诺夫》一剧，但对于剧院来说，这一剧本仍然是被严格禁演的。正如莱蒙托夫的《假面舞会》，创作于1835年，几经审查修改，第一次发表是在诗人死后的1842年。而两位诗人剧本的最终获准上演命运也是相似的。俄罗斯一些优秀的演员曾为两剧的上演做出了非常大的努力。《鲍里斯·戈都诺夫》刚一面世那年，女演员瓦尔别尔霍娃就请求诗人准许演出该剧的一或两个片断。同样是这个卓越的女演员，为争取《假面舞会》上演与检察机关斗争了很久。然而，为两剧上演而斗争的结果是不一样的。刚开始，《鲍里斯·戈都诺夫》一剧的片断都是遭到禁演的，尽管普希金非常想在舞台上看到自己创作的戏剧，但最终，他连一个片断都没有看到。该剧的第一次上演是在1870年，在彼得堡的马林斯基剧院，当然，在时间上要晚于《假

[1] С. Н. Дурылин. Пушкин на сцене[М]. М.: Академия Наук СССР. 1951. стр.67.

[2] С. Н. Дурылин. Пушкин на сцене[М]. М.: Академия Наук СССР. 1951.стр.67.

面舞会》的首次上演，而且悲剧的结构遭到了破坏。在瓦尔别尔霍娃的努力下，《假面舞会》的个别场幕于1852年和1853年分别在彼得堡的亚历山大剧院和莫斯科的小剧院首次上演。直到1862年，《假面舞会》一剧才被完整搬上舞台。

两位作家都没有在有生之年亲眼看到自己的剧本被搬上舞台，毫无疑问，这与当时的时代政治背景紧密相关。有人甚至会因此而认为他们作为戏剧家是失败的。然而，经典具有永恒的生命，此后的百余年间，直至今日，这两部剧仍然活跃在俄罗斯乃至世界的戏剧舞台上。

第三节 莱蒙托夫与席勒

一、影响之渊源

“莱蒙托夫对外国文学的了解颇深，读过英国、法国、德国作家的作品。这位俄国诗人喜欢莎士比亚、席勒、歌德和拜伦。”[1]这段话出自莱蒙托夫的传记。我们发现他所喜欢的这几位伟大的外国作家都曾写过戏剧。足见他之所以走上戏剧创作的道路不仅是受本国文学的影响，同时在某种程度上也受到了国外文学的影响。尽管本书在标题上只是提到了席勒，但这并不意味着对其他伟大作家的排斥。席勒只是国外作家的一个代表。就目前的研究来看，他与莱蒙托夫的联系也颇多。因此本书选择了他。就莱蒙托夫所处的时代，就当时席勒在俄国文学中的地位来说，我们都无法忽视席勒等西方作家的创作对莱蒙托夫的重要意义。

在莱蒙托夫与格里鲍耶多夫的一节中我们已经提到十二月党人传统对莱蒙托夫的影响。从这一角度来看，也会使我们清楚地认识到席勒对莱蒙托夫的重要意义。因为年轻的席勒可以说是18世纪在俄国比较著名的西方作家中最具有“十二月党人性质”的作家。莱蒙托夫最初接触席勒的作品是从1829年翻译他的诗歌开始的。因此，席勒从那时起开始吸引莱蒙托夫。19世纪30年代早期莱蒙托夫已经是一位比较成熟的抒情诗人了。而德国作家席勒

[1] 谢·瓦·伊凡诺夫. 莱蒙托夫[M]. 克冰译. 上海：上海译文出版社，1993：84.

早期的那种充满自由灵魂、反专制激情的悲剧恰恰符合年轻莱蒙托夫的政治追求。这也是与当时俄国的整个氛围分不开的。当时的许多大学生都醉心于席勒。因为他的思想、他的人道主义精神与19世纪30年代的俄国青年很贴近。他们总是把十二月党人的功勋与席勒悲剧英雄的行为相对比。当时进步的俄国知识分子对西欧戏剧很感兴趣，而西欧戏剧的作家中最显著的一个人物就是席勒。莱蒙托夫第一部完整的戏剧作品创作于1830年。当时他仅仅有16岁。对年轻的他来说把握戏剧这样难的文学体裁并非易事，但他还是做到了。尽管他在世的时候就有人说，他早期的戏剧作品在很大程度上都是模仿，但后来的研究者中又有些人不同意这样的看法。不过无论怎么说，在他的创作中还是留下了席勒的痕迹。客观地讲，对于一个年龄仅为16岁的人来说，若完全没有借鉴地去独立创作一部戏剧作品似乎不大可能。他可以借鉴别人的东西来表达自己想表达的东西。所以，尽管后来的研究者们对模仿借鉴问题颇有争议，但这并不妨碍我们对事实的研究。即我们更应该关注的是他模仿了什么，借鉴了什么，而他表达了属于自己的又是什么。如果只是局限于其中的某一点，那么这就很难说是客观的研究了。

首先，我们可以从莱蒙托夫的戏剧中直接见到他所提到的有关席勒的字眼。在戏剧《怪人》中有这样一段对白：

“**维什涅夫斯基**：切利亚耶夫！昨天去了剧院没有？

切利亚耶夫：对呀，去了。

维什涅夫斯基：上演的是什么？

切利亚耶夫：给糟蹋了的席勒的《强盗》。莫恰洛夫那种无精打采的德行；太遗憾了，这位出色的演员有时候情绪不佳。很可能，我昨天看他的戏剧既是第一次又是最后一次：
这就有损他的声誉啦。”[1]

又如：在《怪人》的第五场中弗拉基米尔·阿尔别宁对自己的朋友别林斯基讲：“花招！花招！我看见她，几乎是整个晚上和她待在一起……在剧院里台上正在演席勒的《阴谋与爱情》，我见她眼中闪着泪花！……难道我的痛苦表白她会无动于衷？……”[2]

这一切说明，在19世纪的20年代末到30年代初，席勒的戏剧在俄国戏剧舞台上是很活跃的。否则这样的场景不会直接进入莱蒙托夫的戏剧情节。

二、剧作之间的共性

对莱蒙托夫的剧作《西班牙人》《人与激情》《怪人》《两兄弟》的分析可以看出，他与席勒的戏剧有着相似的本质特征。这表现在他们剧作的思想及体裁结构的共性上。莱蒙托夫的这几部戏剧广义上说全是受到席勒的影响的。

然而，就莱蒙托夫第一部完整的戏剧《西班牙人》来说，许多学者看到了影响的复杂性。他们认为这是莱蒙托夫对西欧戏剧非常感兴趣的反映，并列举了可能对莱蒙托夫产生影响的作家及剧作：席勒的悲剧《唐·卡洛斯》、莱辛的诗剧《智者纳旦》和悲剧《埃米利雅·迦洛蒂》、雨果的剧本《欧那尼》等。当然，现在看来也并不排除莱蒙托夫与这些作家及作品之间有某种联

[1] 莱蒙托夫. 莱蒙托夫文集：西班牙人戏剧（1829 – 1831）[M]. 金留春，黄成来译. 上海：上海译文出版社，1998：318.

[2] 同上。1998：330.

系。这里暂不去分析莱蒙托夫与其他作家的联系，而把目光集中在席勒的身上，莱蒙托夫更接近席勒。社会环境与个人思想的对立所产生的悲剧冲突，人物之间鲜明的对比，可以清楚地分为“恶人”和高尚的人；人物的语言是激昂的，而这又以与不公正及社会的陋习和压迫作积极斗争这一整体思想为基础。这些就是莱蒙托夫与席勒早期创作相对比时可以看到的共同特征。

《西班牙人》与席勒作品的相似更多地表现在总的原则上，而并不是在部分情节或个别对白内容的具体重合上。当然有研究者（M.A.雅科夫列夫）的确找到了这种具体语句上的重合。他曾对比过莱蒙托夫的《西班牙人》和席勒的《唐·卡洛斯》，而且指出了两部戏剧主人公性格的相似性、个别场景及语句的重合等。这并非没有意义。但同时也能说明：这样的语句、这样的情景不仅可以在席勒那里找到，而在不同作家不同体裁的作品里也都有可能找到。而这样的作品属于个性的东西就不一定很多。其实一个作家的创作原则、他的思想基础、艺术结构体系等对于另外一个作家来说越为重要，那么也就会对他产生越为本质的影响。否则，只是作品中有部分表面上的重合并不会成为借鉴的基础。但影响还是有的。首先，莱蒙托夫触及了西班牙的主题，这就会让人想到席勒的《唐·卡洛斯》。成长于俄国的莱蒙托夫选择了一个遥远的国度作为事件发生的地点，而且时间也推移到了中世纪。而《唐·卡洛斯》写的就是16世纪西班牙太子的故事，结局是悲剧性的，最后他被送上了宗教法庭，席勒想通过故事来猛烈抨击当时残酷的宗教法庭。在这一点上莱蒙托夫是与之一致的。中世纪的西班牙是黑暗残酷、反人道精神的典型。作为继承了十二月党人人民民主主义思想传统的莱蒙托夫，他尤其反对等级制度、民族偏见和虚伪的社会准则，同时也十分憎恨神职人员的伪善与残忍。因此，莱蒙托夫让他的主人公以作出了英雄行为，无惧宗教裁判所的烈火惩罚为结局。最后，以主人公崇高的死亡来谴责和抨击宗教裁判所的罪恶，同时表明了主人公在道德上的胜利。

其次，两个剧本在节奏上也具有相似性。《西班牙人》是用无韵脚的抑扬格诗体写成，以五音步诗歌为基础，音步数量时而增加，时而减少。而《堂·卡洛斯》也是以这样的诗体写成。在语言上，他们都善于使用那些夸张的、充满激情的语言。

在继《西班牙人》之后的两部戏剧《人与激情》和《怪人》中，莱蒙托夫不再用诗体来写作。同时他也放弃了浪漫主义的布景。这里情节的展开也不是在别的国家，而是在与作者同时代的俄罗斯，发生在作者所属的社会环境中，整个背景就是日常生活的环境。这两部戏剧的内容很大程度上都是自传性的。自传性就意味着某种现实，而在莱蒙托夫的现实生活中又迷漫着“席勒情绪”。这就是那个年代的思想氛围。莱蒙托夫无法脱离这样的氛围。所以在莱蒙托夫的散文戏剧中仍是继承了席勒某些思想及创作原则。他更接近于席勒的早期戏剧。最接近的应该是《阴谋与爱情》。我们看一下《人与激情》的标题就会明白，最初的标题就是用德文写成的。而且也是有两个表示并列成分的词。德语标题的本身就是在提醒我们这部剧作与德国作家的某种联系。这一联系表现在：主人公语言的生动性及感染力、他们的思维方式、对事件的反应态度及所做出的行为。

莱蒙托夫主人公的语言是激昂的，并带有箴言的性质。这在戏剧《怪人》中就有所表现。当弗·阿尔别宁针对父亲的诅咒、爱人的背叛做出反抗时，他激昂的语言反映了其内心所承受的强烈痛苦。关于语言的细节方面在过去的研究中有人找到了莱蒙托夫与席勒之间的联系。例如，在《怪人》的第五场中当阿尔别宁听了庄稼汉的叙述，得知女地主对农奴的残暴行为之后，他“怒不可遏地”说道：“人呀！人呀！那女人竟恣肆暴戾到这种地步，还说女人有时候像天使一样……啊！我诅咒你们的微笑，你们的幸福，你们的财富——这一切全都以别人的血泪为代价。拧断双手，戳死人，抽打，宰割，拨光所有的胡子！……啊，天哪！……想到这，我的筋络都要抽痛了……我在踩烂这条鳄鱼，这个女人的每一个关节！……光是听一听就会叫人气愤填膺……”[1]与这段激烈的话语比较相似的段落可以在席勒的戏剧《强盗》中找到。在第一幕第二场中卡尔针对不公正现象也同样“激动地”说道：“人！人！虚伪的，伪善的，鳄鱼一样的冷血动物！眼睛是水做的，心可是铁打的。口里是蜜，心里是刀！虎豹还知道抚养它们的幼儿。乌鸦还懂得在腐烂的尸体上给小鸟找食，可是他，他啊！对于坏蛋，我学会了容忍；就是愤怒的敌人喝我自己的血，我也可以对他笑笑。可是如果亲人变成了奸贼，父亲的慈爱变成了仇恨，涵养就要化为怒火了！温顺的羊也要变为老虎，每一根神经都要爆炸。我要报仇，我要毁掉一切！”[2]这两段话语中有部分具体细节的重合，如开头“人！人！”，还有具体的形象“鳄鱼”的出现，都是用来表现恶人的。这种重合并不是偶然的。它恰恰说明了莱蒙托夫与席勒在主人公的语言特点及表情原则上是相似的。他们都让主人公自己把思想直接表达出来了。所以莱蒙托夫与席勒的共性首先表现在思想主题的共性上，在于主人公反抗周围的不公正中。其次，表现在主人公语言风格的共性上，再次，也表现在个别具体部分的重合中。

[1] 莱蒙托夫. 莱蒙托夫文集：西班牙人戏剧（1829 - 1831）[M]. 金留春，黄成来译. 上海：上海译文出版社，1998：332-333.

[2] 席勒. 席勒戏剧诗歌选[M]. 钱春绮等译. 北京：人民文学出版社，1996：40.

我们知道，席勒是18世纪德国狂飙突进运动古典主义文学最重要的诗人和戏剧家。他早期的戏剧是以家庭冲突为起点的。在《强盗》中是两兄弟之间的斗争，而在《阴谋与爱情》中是父子之间的冲突。但这些冲突很快就变成了社会冲突，即正面主人公与社会中非正义之间的斗争。这是一种积极的斗争。年轻的主人公作为反抗社会的代表是处于那种静止的生活制度框架之外的。而这种制度又恰恰作为事件发生的背景。这尤其表现在《阴谋与爱情》之中。从剧中人物的语言来看，席勒在“狂飙与突进”时期的戏剧家中也是先迈出了一步。无论是正面主人公还是反面的主人公，他们的语言一般都是超越日常生活之外的，并被赋予了崇高的激情。也许这与他们地位的不同寻常有关，他们在某种程度上只是作为一种社会象征。这样席勒便在人物的思想与情节角色之间建立了一种平衡。无论是席勒的戏剧、莱蒙托夫同时代的情节剧，还是法国浪漫主义作家的戏剧，总是把社会矛盾作为戏剧的一贯主题，而这种矛盾在人物个人的生活中又会导致悲剧的发生。西欧戏剧的这一特点，毫无疑问，反映的不仅仅是戏剧家们的进步性，有时反映的甚至是他们的革命政治倾向。由此，对于我们来说，问题并不是莱蒙托夫是否借鉴了西方前辈或同时代人的这一特点，而应看到的是，莱蒙托夫在自己最初的戏剧思想中已经融入了世界戏剧中的进步思想。

在莱蒙托夫的散文戏剧中，人物之间的冲突并没有超出家庭与上流社会的范围。他的主人公与席勒的主人公相比在精神上要脆弱得多，消极得多。尽管如此，他们的语言也充满了同样的激情。也带有席勒式的问题。可以说他们的语言超越了他们的角色及事件的范围。莱蒙托夫的散文戏剧在规模上要比席勒的戏剧小得多。莱蒙托夫戏剧的主人公总是来不及从家庭及上流社会中走出来与更广阔的社会环境接触就死了。但是如果认为在这样的环境当中就不能接受席勒的思想因素，并降低其社会意义，则是错误的。莱蒙托夫曾尝试着在自己的散文戏剧中融入社会和哲学问题。这也是源于席勒的早期思想。尽管他的散文戏剧带有很大的自传性，但他恰恰是想把这些思想运用到自己个人成长的社会环境中，让那些思想具体化。就像在《西班牙人》中那样，从过去世界中某种条件下的一些形象身上找到思想的体现。从而我们看到的不仅仅是个人的悲剧，同时也是一个时代的悲剧。

尽管在过去的研究论著中，关于戏剧家莱蒙托夫与席勒早期创作的关系有过许多不同的观点，但我们还是能通过作品来看出他们之间的联系。在莱蒙托夫的戏剧《人与激情中》可以找到多处与《阴谋与爱情》相似的地方。例如，比较一下尤里·沃林服毒自尽情景和席勒这部“市民悲剧”的结局，这里年轻的男主人公和他的爱人也以同样的方式死亡。之所以说它们有相似之处，是因为这里都涉及了爱人实际上并没有背叛的主题。而正是因为这种误会，在两部作品中都引发了惨剧。当然，引起悲剧性结局的动因是不同的。在席勒那里是自私自利的父亲的阴谋，他为了自己的政治仕途而牺牲儿子的命运，而在莱蒙托夫那里只是爱的冲突之一。除此之外，莱蒙托夫的研究家M.A.雅科夫列夫还指出了两位剧作家作品中更具体的相似细节。如在《强盗》中有弗朗茨为父亲读圣经的情景，而在《人与激情》中类似的情景是达利娅为其女主人玛尔法读福音书。另外还有卡尔与仆人达尼尔的对话，类似的是尤里死前与仆人伊万的对话等。为了证明两个剧作家之间的联系，有的研究者甚至用类似的引文来说明。在《阴谋与爱情》的第一幕第七场中斐迪南对自己的宰相父亲说道：“……如果我的生命能够帮助你高升，我情愿把生命献给你。我的生命是你给我的；为了你的荣华，我可以毫不迟疑地为你牺牲性命。”[1]而在莱蒙托夫那里尤里·沃林也对自己的父亲说：“确实，我忘恩负义，不过不是对您。我只有一条命是您恩赐的……要是可能，您把它拿回去吧……喃！这个苦涩的赠予……”[2]除此之外，在两个剧本中还存在着这样相类似的主人公台词。当斐迪南听到了编造的关于露伊斯背叛的谎言之后，他随即向上帝说出了自己的内心的独白：“世界的主宰啊！不要叫她离开我！这个姑娘是我的。为了她我情愿把你的整个世界还给你，情愿放弃你所有全部光辉的创造。把那个姑娘留给我吧！——世界的主宰啊！那边有千百万灵魂向着你——你怜悯的眼睛转到那边去吧——让我自己管自己吧，世界的主宰！（同时他恶狠狠地搓着双手）难道富有四海的造物主还要吝啬一个灵魂吗，何况这个灵魂还是他创造的下品？——这个姑娘是我的！我曾经是她的上帝，现在就是她的魔鬼！……”[3]而在莱蒙托夫的戏剧中尤里·沃林在同样的情景下，即他认为心爱的姑娘背叛之后，直接对她说出了这样激烈的言辞：“（疯狂地）在这些树木和周围盛开的鲜花面前，在这蔚蓝的天穹下，（它们都曾是我俩信誓旦旦的证人）你不觉得害臊，……树呀，瞧瞧吧，她泰然地站在你们中间，她那种丑恶的微笑和假惺惺的贞节，简直同罗得的妻子一样。姑娘，你也来瞧瞧它们吧……它们在摇头谴责你、嘲笑你……不……它们在冲着我哈哈大笑……你听，它们在说：丧失理智的人，你怎么能相信一个女人，女人的誓言建在沙滩

[1] 席勒. 席勒戏剧诗歌选[M]. 钱春绮等译. 北京：人民文学出版社，1996：200.

[2] 莱蒙托夫. 莱蒙托夫文集：西班牙人戏剧（1829－1831）[M]. 金留春，黄成来译. 上海：上海译文出版社，1998：275.

[3] 席勒. 席勒戏剧诗歌选[M]. 钱春绮等译. 北京：人民文学出版社，1996：259.

上，女人的忠实……在空中飘……”[1]在接下来的几段对白之后他又喊道：“不！不！这两片芳唇怎么也不可能是有罪的，我都不知还能相信谁了，要是……该诅咒的眼睛！……全能的上帝！你为什么不使我先失去视力……你为什么让我看见真情，我对你做了什么啊，上帝！……啊！”[2]尽管这样的对比对研究莱蒙托夫与席勒之间的关系未必具有决定性的意义，但这却是为找到“影响”的痕迹所作的努力。事实上莱蒙托夫以其小小的年纪很难在没有外人的影响和帮助下虚构出什么有关戏剧的东西。但是，在莱蒙托夫的早期戏剧中依然有着一些不同于席勒的特点。

席勒把弗朗茨、宰相瓦尔特、秘书伍尔牧等坏蛋的形象引入自己的悲剧,而他们几乎就是主人公死亡的罪魁，而莱蒙托夫在构建自己的早期戏剧时并非如此；主人公的死亡主要是因为他们自身的精神痛苦。他们是产生这些痛苦的生存条件的牺牲品。尽管恶人的角色并没有被消除，但至少被一些新的东西复杂化了。他们的意义被改变了，在整个剧中退为次要的地位。在《人与激情》中悲剧的直接肇事者实际上是一个配角人物——达利娅。她表现出的过分热心是为了讨好自己的女主人。于是她挑拨起了尤里与父亲之间的冲突。但是父亲的诅咒只是导致尤里自杀的原因之一。另外一个原因是误会，误会使他相信了爱人的背叛。而误会是因他的挚友而起。他的心理基础又是在父亲的爱与外祖母的爱之间徘徊。尽管外祖母和父亲似乎是尤里死亡的主要罪魁，但他们与传统意义上的“恶人”并不一样。他们是因为对尤里的爱才 使他们之间互相争斗，

---

[1] 莱蒙托夫. 莱蒙托夫文集：西班牙人戏剧（1829 – 1831）[M]. 金留春，黄成来译. 上海：上海译文出版社，1998：264.

[2] 莱蒙托夫. 莱蒙托夫文集：西班牙人戏剧（1829 – 1831）[M]. 金留春，黄成来译. 上海：上海译文出版社，1998：267.

争求对儿子和外孙的权利，而前提却是因为爱。

《怪人》的主人公在很大程度上复制了尤里·沃林的形象。甚至重复了《人与激情》中的一系列情景。这里有真正的恶人——帕维尔·格里戈里奇，弗·阿尔别宁的父亲。在这个人物身上确实有一些反面的令人讨厌的特征：自私、小气、残酷贪婪。他对儿子的诅咒象《人与激情》中尼古拉·米哈雷奇对儿子尤里的诅咒一样令儿子震惊。但弗·阿尔别宁死亡的最直接原因是爱情的惨剧。这次心爱姑娘的背叛是真的，而不是误会。她嫁给了他最好的朋友。在某种程度上可以说，这一婚姻是由爱上了阿尔别宁的索菲娅公爵小姐安排的。因此，弗·阿尔别宁死亡的罪魁不仅仅是真正的恶人——他的父亲，而且还有一些十分普通的人。而这些人对观众或读者来说有可能还算是可爱的，而且他们对主人公也是欣赏的。惨剧之所以发生，是由于一系列人物之间的相互作用形成的。也正是因为如此，此剧在观众或读者身上可能唤起的情感反应会更加矛盾和复杂。所以从悲剧的成因角度来看，莱蒙托夫与席勒早期的戏剧是不同的。

通过对莱蒙托夫后期戏剧创作实践的研究，俄罗斯学者Б.М.艾亨巴乌姆把莱蒙托夫同席勒后期著作中所阐述的某些理论观点联系起来。他指出："应该认为，莱蒙托夫已经仔细地研究并阅读了席勒的理论文章：《论悲剧艺术》《论激情》《论崇高》。席勒在这里从旧的规范与传统中寻找出路：古希腊悲剧、莎士比亚悲剧与法国古典主义悲剧。他并不建议首先以主人公的罪过或其敌人的恶意来建构悲剧……《假面舞会》已经带着对恶鲜明的认识和对恶问题的深化，并且考虑到了席勒的理论。该戏剧建立在恶的力量与无辜的原则之上（恶与善本是同根生），而且是建立在双重怜悯之上，不仅是对牺牲品尼娜的怜悯，同时也是对造成其死亡的罪人（阿尔别宁）的怜悯。”[1] 尽管在《假面舞会》中有可能表现出了席勒晚期戏剧理论原则的创造性发展。但席勒晚期创作实践的特点，即作为《华伦斯坦》或《玛丽亚·斯图亚特》的作者所表现出来的特点，在莱蒙托夫那里似乎没有留下痕迹。在完成《唐·卡洛斯》之后，对于席勒来说非常典型的特征是客观性、刻画人物的从容、尽量使作者“我”的语言与主人公语言分开的努力等。而这些特点对于莱蒙托夫来说都是没有的。叶·阿尔别宁在激昂地表达自己的观点和感受时与席勒早期戏剧主人公一样拥有无限的自由，似乎不受当时情景的局限。

《假面舞会》在莱蒙托夫的戏剧创作中是一个崭新的、非常突出的阶段，是诗人创作的高峰之一。早期戏剧的主人公（《人与激情》和《怪人》）是高尚的，同时又是消极的，几乎是处于静止状态的。他只是痛苦着，并且首先就是一个牺牲品。在这两部剧中他是孤独的。而叶·阿尔别宁是一个充满激情并有着坚强意志的人。他与散文戏剧中那些高尚的主人公们不同，但同时也不能说他是一个恶人。他身上所体现出来的恶只是对庸俗以及对虚伪的、因循守旧的道德的反应。在莱蒙托夫的散文戏剧中，表面上是主人公与其敌对者之间的斗争，实际上都是善恶之间的激烈斗争，而这种斗争又恰恰反映在阿尔别宁自身的精神世界里。从早期高尚的主人公到叶·阿尔别宁这一具有复杂性格的主人公，莱蒙托夫的戏剧创作实际上是经历了一种转折。而这一转折本身又与席勒所走过的道路有着明显的相似之处。席勒也是从描写单一、普通的人转向刻画多重性格的人。多重性格中融合了多种品质，可以同时唤起观众的怜悯

[1] А.В.Фёдоров. Лермонтов и литература его времени. Ленинград. «художественная литература». 1967г. Стр. 304

和指责，在观众的身上也会表现出一种充满矛盾的心理斗争。在悲剧《华伦斯坦》或《玛丽亚·斯图亚特》中的主要人物都是属于这种类型。

同戏剧《人与激情》和《怪人》相比，《假面舞会》有一个最为重要的特征，那就是它采用的是诗体的形式。而这一特征不仅仅是具有形式的意义。它在许多方面决定了对处于同周围环境相对立之中的主人公性格的刻画。在散文戏剧中，主人公同一系列其他人物尖锐相对。他们的语言和行为是处于戏剧日常生活背景之外的，这就在某种程度上破坏了戏剧的内部统一。然而在《假面舞会》中，诗的形式却起到了协调作用。主人公的语言借助于诗体变得更加激昂，同时也更具有戏剧的自然性，缩短了主人公与戏剧日常生活背景之间的距离。这也是莱蒙托夫所有戏剧遗产中《假面舞会》之所以成为最有生命力的作品的原因之一。

三、《两兄弟》与《强盗》

莱蒙托夫的最后一部戏剧《两兄弟》（1836年）已经超出了其青年时代的创作范围。然而这部戏剧在某种程度上又将我们拉回到莱蒙托夫戏剧创作的早期。这里重新又是激昂、庄严的风格。由于其采用的是散文体形式，所以这种风格更加明显，同时又带有书面语色彩。但这并不说明他走回到老路上去，而是对从前的某些原则有所发展。与最初散文戏剧中那种事件发展相对较慢的节奏不同，这里跟在《假面舞会》中一样，在事件的发展中有情节的焦点，并且表现出人物之间尖锐的冲突。我们发现，在这部戏剧里莱蒙托夫表现的不再是合乎道德的爱。两兄弟爱上了同一个已经嫁了人的女人。主人公在这里不是一个，而是两个。

他们两个人都比以前戏剧中的人物显得意志坚强。这个剧本好在它表现了主人公的人格分裂，而这种分裂恰恰又在读者或观众身上唤起了同情与反感的分裂。作为一定道德特征和思想原则的代表，他们之间的相互关系也是具有显著特征的。

《两兄弟》中人物的安排与席勒的《强盗》相似。戏剧的开头是拉金老人与两个儿子的谈话，而且显然一个儿子对另外一个心怀嫉妒，并且挑拨父亲来反对他。这似乎在提醒人想起席勒的《强盗》。尽管弗朗茨与卡尔没有当着父亲的面见面，但悲剧中总体的布局是相似的。这里并非指表面的某种类似。事实上两兄弟之间的相互关系与卡尔和弗朗茨之间的相互关系绝不是等同的。从他们所代表的道德因素可以看出。亚历山大——这是已经停止作恶的弗朗茨。他不再是完全意义上恶的代表。他成了一个为自己不幸命运、为自己精神孤独而向社会进行报复的报复者。他反对被普遍接受的道德价值。尤里·拉金——这是失去了积极性的卡尔。他不再是反抗社会的代表。他学会了一些怀疑，尽管还保留一点感伤。同时他们两兄弟身上都带有莱蒙托夫早期戏剧主人公身上的某些特点，而在亚历山大身上还有弗·阿尔别宁的特点。父亲拉金这个老人在角色上类似于《强盗》中的老伯爵莫尔，但与两个主要人物相比，他是一个更加日常生活化的形象。他比《强盗》中的父亲更为消极。

同《假面舞会》以及早期其他的戏剧相比，《两兄弟》表现出了很重要的新特点。戏剧中没有这样的人物，可以让读者或观众将愤怒倾泻到他的身上。尽管拉金老人的死、里戈夫斯卡娅公爵夫人的离开、兄弟两人之间的冲突等惨剧的发生是由亚历山大造成的，但他也是这一悲剧的牺牲品之一。如果说《假面舞会》和《怪人》中主人公都是出现在表现很鲜明且相当广阔的“上流社会”背景之下的话，那么事件的发展只是局限在很窄的范围之内。《两兄弟》中人物的数量是很有限的，只为事件发展所需。布景也很少改变。读者和观众的注意力可能只是集中在两个主要人物身上，而与他们相关的其他人物也只是作为陪衬。因此事件很集中，它只发生在一段时间之内，而且地点也较集中。因此，莱蒙托夫所表现出来的这种事件的集中性和迅速性要比席勒戏剧中多。而在席勒的戏剧中参加事件的人物圈子要广一些，而且情节要展开得多一些，特别是在《阴谋与爱情》中。

莱蒙托夫的最后一部戏剧在表面上似乎回到了席勒的第一部戏剧《强盗》上去。他似乎故意让自己的戏剧与席勒的相似，但同时他又与这位德国戏剧家进行某种意义上的论战。他破坏了席勒戏剧中形象的统一性、完整性及单一性。他为自己戏剧中的形象树立了新的特征，重新理解并认识了所谓的“恶人”。如果说莱蒙托夫的刻意改变是在某种程度上接受并掌握了席勒晚期理论的结果，并把它运用到情节中去，那么他的最后一部戏剧便具有十分独特的文学历史意义，它标志着作家整个戏剧创作的总结。莱蒙托夫戏剧创作发展的链条到1836年就断了。这之后他再也没有回到戏剧这一体裁上去。但是席勒的早期戏剧在莱蒙托夫创作的发展中可能给予的正面影响依然还在：它们在思想内容方面为莱蒙托夫提供了新的支点。莱蒙托夫由此在自己的戏剧中更清晰更尖锐地提出了一些哲学思想问题，这些问题也一直是他的兴趣所在。例如，主人公与社会环境的相互关系问题、罪过问题、主人公反抗命运的问题、反抗注定主人公生活进程的环境问题、怀疑世界秩序的公正性问题等。对《人与激情》中的尤里·拉金、《怪人》中的弗·阿尔别宁、《两兄弟》中的亚历山大等形象的刻画恰恰是反映出对以上问题的探索。

第二章

莱蒙托夫戏剧创作的思想及其艺术特色

第一节　莱蒙托夫戏剧创作的自传性与社会性

一、自传性

自传性是指在文艺作品中对作者自传材料的反映。自传性是莱蒙托夫创作的典型特征之一。短暂且充满悲剧性的一生，无疑在其创作中留下了痕迹。戏剧作为其整个创作中的有机组成部分，相对较多地反映了莱蒙托夫的个人经历。关于莱蒙托夫创作的自传性在《莱蒙托夫百科全书》中有这样的论述："1830年-1832年莱蒙托夫的创作在整体上带有明显的自传性特征：抒情诗与戏剧的主人公被赋予了作者本人所具有的经历，而这些经历的个人真实性又被其自传的生活环境及表面特征所证实。"[1]

---

[1] Гл.ред. Мануйлов.В.А. Лермонтовская энциклопедия. Москва. Издательство «советская энкцилопедия» 1981г. Стр. 23.

莱蒙托夫早期的戏剧三部曲恰恰创作于这一时期。

谈到莱蒙托夫的生平总是离不开他的外祖母伊丽莎白·阿列克谢耶夫娜·阿尔谢尼耶娃。正如伊万诺夫在莱蒙托夫传记中写道："诗人的全部生活同伊丽莎白·阿列克谢耶夫娜的名字密不可分。"[1]因为不幸的莱蒙托夫与其生母马丽娅·米哈伊洛夫娜及生父尤里·彼得罗维奇在一起共同生活的时间很短。本来小莱蒙托夫父母的婚姻就一直遭到伊丽莎白·阿列克谢耶夫娜的反对。但马丽娅一直坚持己见，最终下嫁尤里·彼得罗维奇——这位身份和地位都毫不显赫的人。最初夫妇俩的生活中似乎没有什么不快，但这种情形没有持续很久。伊丽莎白·阿列克谢耶夫娜的预感是正确的。马丽娅·米哈伊洛夫娜和尤里·彼得罗维奇的生活最终酿成了不幸。不同版本的莱蒙托夫传记都显示莱蒙托夫的母亲是一个柔情温顺的女人，她谦恭，受过很好的教育，富于爱心，性格温和，是一个很好的生活伴侣。但父亲却是一个不顾家的人，他生性急躁，爱发脾气，又不能讨得爱挑剔的岳母的欢心，因此产生了家庭矛盾。1814年10月2日米哈伊尔·莱蒙托夫诞生了。他的诞生暂时缓解了紧张的家庭气氛。但持续不久，就在小莱蒙托夫不满3岁的时候（1817年2月24日）母亲马丽娅去世。当然小莱蒙托夫几乎不记得自己的母亲。在他的意识中只是刻下了某种印迹。在写于1830年的一则笔记中，莱蒙托夫回忆道："在我3岁的时候，有一支歌我曾为它流过泪，现在我记不得了，但我相信，要是听到它，就会勾起童年的往事，先母曾给我唱过它。"[2]

[1] 谢·瓦·伊万诺夫. 莱蒙托夫[M]. 克冰译. 上海：上海译文出版社，1993：13.
[2] 谢·瓦·伊万诺夫. 克冰译. 莱蒙托夫[M]. 上海：上海译文出版社，1993：8.

而这样的感觉被莱蒙托夫写入了戏剧《怪人》中。这里他借助使女安努什卡嘴说道："……而有时，我记得（他才3岁），有时我的女主人让他坐在自己的膝盖上，动手弹起琴来，弹的是些伤心的曲调。我一看，顺着孩子的小脸蛋竟滚下眼泪来了！……"❶

妻子死后尤里·彼得罗维奇离开了岳母所居的塔尔罕内，移居到自己的小领地克罗波托夫卡。年幼的小莱蒙托夫并不清楚母亲的去世会给自己的生活带来怎样的变化。然而围绕着谁来教养他的问题，在外祖母和父亲之间展开了一场斗争。从此，外祖母与父亲之间的隔阂更加深刻。他们都不愿意把孩子交给对方教养。由此而产生的矛盾反映在莱蒙托夫早期的戏剧《人与激情》中。我们知道，在这部戏中，莱蒙托夫把父亲这一形象塑造得很值得同情，而外祖母这一形象却带有某种相对否定的色彩。莱蒙托夫的自传作者伊万诺夫认为："这说明，莱蒙托夫当时还不清楚争执的全部情况，尤其是他父母间的关系。不久以后，他明显地改变了看法，在剧本《怪人》中，诗人父亲的形象比较近乎实情。"❷尽管有相似之处，我们也不能将《怪人》中那位冷酷、自私的父亲形象与莱蒙托夫的父亲画上等号。但莱蒙托夫确实在这两部戏中流露出了当时家庭纠纷的痕迹。尤其是在《人与激情》中下人达里娅的一段对白真实地反映了莱蒙托夫幼时的生活境况及家庭不和的情景：

"……你知道：当我还是小姑娘的时候，马丽娅·德米特列夫

❶ 莱蒙托夫. 莱蒙托夫文集：西班牙人戏剧（1829－1831）[M]. 金留春，黄成来译. 上海：上海译文出版社，1998：311.

❷ 谢·瓦·伊万诺夫. 克冰译. 莱蒙托夫[M]. 上海：上海译文出版社，1993：9.

娜，我们太太的女儿，就过世了，留下一个男孩儿。全家都像疯了似地哭她——我们太太比所有的人哭得更伤心。之后她要求把外孙尤里·尼古拉依奇留下给她。那个做父亲的开始不同意，以后他得了好处，才答应了，便留下儿子，到自己祖传的庄园去啦。后来，他又突然想起来到我们这里——从一些好心人那儿传来消息，说是他要从我们这里夺走尤里·尼古拉依奇。因此，从那时候起我们就闹意见了——还有……”❶就连下人达里娅也有她的原型，即当时伊丽莎白·阿尔谢尼耶娃的女管家达里娅·格里戈里耶夫娜。莱蒙托夫甚至连她的真名都没有改变。

这次争执的结果是外祖母获得了对孩子的教养权。他不忍与外孙分离，不想失去他。因此她不惜花费金钱，为了得到把外孙留在自己身边直到16岁这一权利，她答应给尤里·彼得罗维奇相当可观的一笔钱。据有关资料记载：“只要莱蒙托夫的父亲不带走儿子，伊丽莎白·阿列克谢耶夫娜就给他一笔钱。1817年2月28日（马丽娅死后总共过了3天），阿尔谢尼耶娃付给尤里·彼得罗维奇第二张巨额债券——25000千卢布，而且，显然，这笔款的一部分很快就付了现钱，尽管她自己当时正好也很需要钱。”❷但关于争夺孩子的纷争并没有因此而结束。在得到这笔巨款之后没过几个月，尤里·彼得罗维奇又重新要求儿子回到自己的身边来。当时伊丽莎白·阿列克谢耶夫娜采取了果断措施——用剥夺外孙的遗产继承权来威胁他。她

❶ 莱蒙托夫. 莱蒙托夫文集：西班牙人戏剧（1829－1831）[M]. 金留春，黄成来译. 上海：上海译文出版社，1998：311.

❷ 谢·瓦·伊万诺夫. 克冰译. 莱蒙托夫[M]. 上海：上海译文出版社，1993：10.

在1817年6月写的遗嘱留存至今。遗嘱中她把自己的全部财产留给外孙，但她又说："如果父亲索取我的外孙，则无异于人们公然加给我最大的欺辱。那么，我阿尔谢尼耶娃，现在遗赠的所有动产与不动产在我死后送给的将不再是我的外孙米哈伊尔·尤里·莱蒙托夫，而是我的斯托雷平家族，同时我的上述外孙对我死后留下的财产不得作任何分摊。"❶这份真实的遗嘱在莱蒙托夫的剧本《人与激情》的第三幕二场中有直接的提示："我死后，我兄弟帕维尔·伊万雷奇为领地监护人；他死后，由另一个兄弟担任；如果后者去世，则委托公公。倘若尼古拉·米哈雷奇把儿子领走，他就永远丧失这份产业。"❷

除了儿时的家庭纠纷反映在莱蒙托夫的剧本中外，作为其生命中一部分的爱情经历也同样反映在他的剧本之中。莱蒙托夫的爱情生活远远不如普希金丰富。在他的一生中，与之有感情纠葛的女性只有三位：伊万诺娃、苏什科娃、洛普欣娜。

还是在大学时期，莱蒙托夫便结识了朋友阿列克塞·亚历山大罗维奇·洛普欣的妹妹瓦尔瓦拉·亚历山大罗夫娜·洛普欣娜。她当时只有15岁，而莱蒙托夫年长她几岁。很快，莱蒙托夫便萌生了对这位天真、乐观的少女的爱意。阿·山·吉列依回忆道："在大学时代，他就热烈地迷上了……非常年轻的、可爱聪明、象白天般明朗的，而且确实令人神往的瓦·亚·洛普欣娜。她的天性充满热情、欢乐、富有诗意，极其乐观。"❸莱蒙托夫为她献上了一系列的抒情诗，但后来他

---

❶谢·瓦·伊万诺夫. 克冰译. 莱蒙托夫[M]. 上海：上海译文出版社，1993：11.

❷莱蒙托夫. 莱蒙托夫文集：西班牙人戏剧（1829－1831）[M]. 金留春，黄成来译. 上海：上海译文出版社，1998：243-244.

❸谢·瓦·伊万诺夫. 克冰译. 莱蒙托夫[M]. 上海：上海译文出版社，1993：184.

们不得不分手。莱蒙托夫去了彼得堡，而洛普欣娜留在了莫斯科。但离别并没有减弱莱蒙托夫对她的爱情。莱蒙托夫曾在自己的抒情诗中描绘过这种爱情。然而1835年春，莱蒙托夫在彼得堡得知了洛普欣娜结婚的消息。这一消息令他十分震惊。洛普欣娜嫁给了巴赫梅捷夫。此人比她大两岁。这是一桩按照亲戚的意愿强制性的婚姻。她并不幸福。“莱蒙托夫在莫斯科实现了在通往塔尔罕内的大路上同已是巴赫梅捷娃夫人的洛普欣娜会面的要求，而这次会面成了他写作剧本《两兄弟》的起由。”[1] 剧本中巴赫梅捷夫是以里戈夫斯基公爵的名字出现的，而尤里·拉京便是莱蒙托夫的化身，他讲述了自己对薇拉（即洛普欣娜）强烈、纯洁的爱：“在我与她最初相识的时候，我对她除了友谊之外，并没有什么超乎寻常之处……和她谈话，能使她高兴，我便觉得愉快——无非如此而已。我喜欢她的性格：我看到了那种在我们女士身上少有的极为热烈、坚定和高尚的东西。频繁的会面，经常的散步，无意中目光的一闪，两只手偶尔的一握——这一切还不足以点燃起神秘的火花吗？……它在我身上点燃，我被这位姑娘所吸引，为她着了魔；她四周形成了一种具有魔力的氛围；一进入这个境域，我就再不属于我自己了；她迫使我承认，她在我身上唤醒了爱情，我完完全全顺服于她，就像顺服于命运一般……”。[2] 对于莱蒙托夫生命具有重要意义的就是他对洛普欣娜的这段感情。这份感情一直保持到他生命的最后一天。尽管在他短暂的一生中也曾钟情于其他女子。如：娜塔

[1] 谢·瓦·伊万诺夫. 克冰译. 莱蒙托夫. 上海：上海译文出版社，1993：186.

[2] 莱蒙托夫. 莱蒙托夫文集：西班牙人戏剧（1829－1831）[M]. 金留春，黄成来译. 上海：上海译文出版社，1998：181.

丽娅·费奥多罗夫娜·伊万诺娃，但她也没有选择莱蒙托夫，而是选择了他的一个朋友。莱蒙托夫对伊万诺娃的钟情则反映在剧本《怪人》中。剧中伊万诺娃是以娜塔丽娅·费奥多罗夫娜·扎戈尔斯金娜的名字出现的。莱蒙托夫甚至都没有改变她的名字和父称。

莱蒙托夫的爱情一如他短暂的生命，充满了悲剧性。而悲剧性的爱情恰恰构成了他少有的几部悲剧的主题。人如其剧，剧如其人。莱蒙托夫的戏剧创作与其自身的成长经历与情感经历是分不开的。结合他的生平看其戏剧或结合他的戏剧看其生平，我们处于真实与虚构的世界之间。一如莱蒙托夫当年一样。无论真实抑或是虚构，莱蒙托夫的目的实现了，他实现了自己的表达。而处于这个世界之外的我们也实现了一种目的——解读。解读是一种目的也可以是一种结果，最终都是为了某种认识。而在这里我们是为了更为完全地认识作为伟大的诗人，同时也是剧作家的莱蒙托夫。

二、社会性

本书所说的社会性是指莱蒙托夫在其戏剧作品中所反映出来的当时的社会问题，以及他对这些问题的态度。

莱蒙托夫的作品大多反映的是19世纪三四十年代的俄国。而这一时期的农奴制是俄国社会生活中最大的不幸。莱蒙托夫从早期的创作开始就涉及了反农奴制的主题。他的第一部完整戏剧《西班牙人》虽然背景是在西班牙，实际上影射的是当时的俄国社会，“在剧本《西班牙人》中不难看到这样一个世界：对无辜的人进行的血腥的刑讯，法庭是‘一大群暴徒，法律是暴君’——这个世界就是农奴专制的俄罗斯。”[1]

莱蒙托夫在剧本中直接描述了农奴主对农奴的残害，真实地刻画了农奴制下的俄国农奴的真实生活场景。在剧本《怪人》中莱蒙托夫通过庄稼汉的口讲述了农奴的悲惨命运：“抽打，老爷，抽得好厉害啊……为了随便一点点小事情，常常是平白无故打人。你知道，她有个得宠的管家，也是喜欢怎么干就怎么干。如果你在他面前忘记脱帽，那就不知道他会干出什么来了。你打老远的地方看到他，就得脱下帽子，光着头在晌午的毒日头底下干活，没有他的命令，你就再也不得带上帽子啦，而如果遇到他忘记了或者在生气，那你就得整天光着头。”接下来，庄稼汉又讲述道：“有一回，他向女主人报告说：‘费季卡在说你的坏话，要到城里去告你！’费季卡呀，可是个非常老实的庄稼汉哪；开始她竟命令把他的手放进机床里去绞……就只因为管家恨他。当他给人带到主人家的院子里时，他的女人哭啊，孩子们叫啊……开始要绞他的手啦。费季卡说‘管家老爷，我有什么对不住你的！你要把我毁了！’‘放屁！’管家回答。就这样，他的手给放进机床，活活地绞断了……费季卡成了一个没有手的残废人。他整日躺在炉台上，诅咒着不该把他生下来。”[2]莱蒙托夫在通过庄稼汉之口讲述这一切的同时，也表明了自己对此的态度：“有谁来保护穷人呢？所有的法官都让女主人用我们交的租子给收买了。”[3]这段话表现出了莱蒙托夫对他所憎恨的农

[1] 谢·瓦·伊万诺夫. 克冰译. 莱蒙托夫. 上海：上海译文出版社，1993：96.

[2] 莱蒙托夫. 莱蒙托夫文集：西班牙人戏剧（1829 - 1831）[M]. 金留春，黄成来译. 上海：上海译文出版社，1998：331-332.

[3] 莱蒙托夫. 莱蒙托夫文集：西班牙人戏剧（1829 - 1831）[M]. 金留春，黄成来译. 上海：上海译文出版社，1998：332.

奴制的态度。而且莱蒙托夫还借用主人公弗・阿尔别宁之口发泄出了自己对地主老爷们恣肆蛮横的愤慨及憎恨："人呀！人呀！那女人竟恣肆暴戾到这种地步，还说女人有时候像天使一样……啊！我诅咒你们的微笑，你们的幸福，你们的财富——这一切都以别人的血泪为代价。天哪！…拧断双手，戳死人，抽打，宰割，拔光所有的胡子！……啊，…想到这，我的筋络都要抽痛了……我要踩烂这条鳄鱼，这个女人的每一个关节！……光是听一听就会叫人气愤填膺！……[1]

尽管关于农奴制的问题并不是莱蒙托夫这些剧本的主体。它似乎只是穿插于主人公的谈话间，但恰恰正因为如此，才显示出了莱蒙托夫对这一制度的强烈抗议。因为他不能让自己所讲述的故事脱离当时的社会制度。尽管有些故事本身看似与农奴制并不相干。但莱蒙托夫就是想让观众或读者看到当时真实的生活。他明白，正是农奴制才能使地主们随心所欲地压迫农奴。"但他并没有找到出路，没有看到消除这种压迫的道路。"[2]

莱蒙托夫戏剧创作的社会性除了表现在他对农奴制的强烈抗议之外，还表现在他对上流社会生活的无情揭露。

"青少年时代，莱蒙托夫对贵族集团和'上流社会'的态度是明确的，他憎恨贵族，鄙视这些自以为是'最优秀分子'的人们的空虚和傲慢。他在童年时期就有这种对'上流社会'的态度。在塔尔罕内人们经常谈论诗人父亲的贫寒和卑微，外祖母和她周围的人们对所有不属于他们圈子的人的鄙视使他憎

[1] 莱蒙托夫. 莱蒙托夫文集：西班牙人戏剧（1829－1831）[M]. 金留春，黄成来译. 上海：上海译文出版社，1998：332-333.

[2] 谢・瓦・伊万诺夫. 莱蒙托夫[M]. 克冰译. 上海：上海译文出版社，1993：97.

恶。在这位年轻人对俄国社会状况的理解中，这种对上等社会幼稚、无意识的不喜欢具有合理性。他开始明白，不必在贵族圈子中寻找能够感动俄国进步社会的、解决社会问题的方法。莱蒙托夫热心地参加舞会，但就是在这里他也只是寻找新的印象，而不是为了同那些空虚的上流社会的人们交往。”❶

莱蒙托夫在剧作《西班牙人》的序中写道：“请不要拒绝我的这份菲薄的呈现，即便它放诞地披露了我灵魂中难以遏制的激情和奇异地骚动的炽热火焰，不！我并非为上流社会写作——灵感的狂喜与它格格不入；不！我绝不拿自己心爱的作品向它交出。”❷这里莱蒙托夫明显地表达了自己对上流社会的态度。而他在剧作《怪人》的前言中这样写道：

“我决心把这件富于戏剧性的真情实事叙写出来，这件事曾使我长期处于骚乱不宁之中，也许还会使我永远耿耿于怀，难以排遣。

我描绘的人物均取自现实；我愿有些人感到似曾相识，那么，悔悟想必会造访他们的心灵……不过，但愿他们别来责难我：我希求并应当为不幸的幽灵辩护。

这样地来描写我们的上流社会是否公正？——我说不准！据我所知，那儿起码有那么一群极其麻木不仁、虚荣自负的人，这些人对于葆有一星天国之火的心灵充满嫉恨！……

就让这个社会来评判我吧。”❸

这就是作者在该部戏剧中想要表达的主要思想。这里他说

---

❶ 谢·瓦·伊万诺夫. 克冰译. 莱蒙托夫.上海：上海译文出版社，1993：112.

❷ 莱蒙托夫. 莱蒙托夫文集：西班牙人戏剧（1829－1831）[M]. 金留春，黄成来译. 上海：上海译文出版社，1998：9.

❸ 莱蒙托夫. 莱蒙托夫文集：西班牙人戏剧（1829－1831）[M]. 金留春，黄成来译. 上海：上海译文出版社，1998：293.

出了自己的目的，即“描绘的人物均取自现实”，他希望那些“取自于现实”的人物能认出自己，希望“悔悟会造访他们的心灵”。是他们构成了“社会”，剧中主人公正是这个“社会”的牺牲品。关于社会本身莱蒙托夫认为“那儿起码有那么一群极其麻木不仁、虚荣自负的人”。而恰恰在这样的人中间，莱蒙托夫塑造了一个与周围人及环境格格不入的所谓“怪人”形象。戏剧《怪人》的冲突是基于具有高尚思想感情的主人公弗拉基米尔·阿尔别宁与上流社会的深刻矛盾。他的所谓“怪”让上流社会隐隐地感觉到了对他们的潜在威胁。因此主人公受到了各种讽刺和诽谤。他试图用爱与善的力量来改变这一切，然而这一切尝试是没有结果的。而他也只能以拒不接受上流社会的生活与道德准则作为其内心积极活动的唯一表现。悲剧旨在揭露上流社会的本质特征。这表现在许多对贵族日常生活的描述上。

莱蒙托夫的戏剧创作巅峰之作《假面舞会》更是针对具体的环境——上流社会。这从莱蒙托夫三番五次地修改该剧剧本这一事实便可看出，书报检察机关猜出了莱蒙托夫悲剧的社会意义是向上流社会、宫廷的彼得堡发出的挑战。同时检察机关也看出了剧中那种威胁社会道德基础的东西。由于莱蒙托夫曾梦想在舞台上看到《假面舞会》，因此他不得不改写剧本，希望新的剧本能符合检察机关的要求。但他并不愿意为此而让步。尽管他作了重要的改写，但改写后的剧本并没有在他有生之年被准许上演。莱蒙托夫所面对的上流社会生活，正如他在自己剧本中所描绘的那样，也是一场虚伪的假面舞会。因此莱蒙托夫试图通过该剧揭露上流社会的虚伪与丑陋。他的讽刺倾向被书报检察机关察觉，因而没有获准上演。但真正的艺术不会因此而失去生命力。多年以后，直至一个多世纪后的今天该剧仍盛演不衰。

第二节　莱蒙托夫戏剧创作的宗教性

一、关于作家宗教观的争论

“众所周知，所有伟大的俄国文学家都同时又是宗教思想家或寻神论者。果戈理的晚期创作是如此，悲剧性的莱蒙托夫是如此，在西方鲜为人知的大诗人丘特切夫是如此，陀思妥耶夫斯基和托尔斯泰是如此，深知人民宗教性的列斯科夫是如此，格列勃·乌斯宾斯基也是如此……”[1]这是俄罗斯宗教哲学家弗兰克对俄国知名文学家们所作的论断。别尔嘉耶夫(Н.А.Бердяев)也曾说：“莱蒙托夫是俄国诗人中最有宗教性的一个”。[2]有关莱蒙托夫创作中的宗教性问题，在我国学术界至今还很少研究。因此，对于中国学者来说这是一个较新的课题。然而俄国学者们早在19世纪的最后十年就开始了对这一问题的探讨，并且做得十分细致详尽。这样的研究得益于学院派在这一时期开始对莱蒙托夫进行的细节化研究。这一时期，佩宁（А.Н.пынин.）、维斯科瓦托夫（П.А.Висковатов）、斯帕索维奇（В.Д.Спасович）、阿博拉莫维奇（Д.И.Абрамович）、科特利亚列夫斯基（Н.А.Котляревский）等人的论著标志着对莱蒙托夫生平及创作的研究进入了一个崭新阶段。这些著作就涉及了莱蒙托夫创作中的宗教性问题。上面所提到的学者们的著作积累并概括了大量的

[1] 弗兰克. 俄国知识人与精神偶像[M]. 刘小枫译. 上海：学林出版社，1999.
[2] 别尔嘉耶夫. 俄罗斯思想[M]. 雷永生，等译. 三联书店，1995：24.

事实与研究材料，若没有这些材料,我们对莱蒙托夫的了解以及对他的整体印象要苍白得多。在十月革命之前的几年中，一些学者又相继发表了自己的研究成果。如：杜雷林（С.Н.Дурылин）的《莱蒙托夫的命运》、谢苗诺夫（Л.П.Семёнов）的《莱蒙托夫与圣经》、尼基金（М.Никитин）的《莱蒙托夫创作中关于上帝和命运的思想》、舒瓦洛夫（С.В.Шувалов）的《莱蒙托夫的宗教观》等。这些研究可以说是最基础性的专门研究。在这些著作中作者们试图解决一系列问题，如：莱蒙托夫对待上帝及圣经的真正态度究竟是怎样的？他是否相信命运？好战的、反抗上帝的恶魔抒情诗是从何处汲取了源泉？而且为什么在他的作品中同时又出现了传统的向至高无上者祈祷的美好形象？

当然，最初在这一领域的研究是针对莱蒙托夫的整个创作而言的。谢苗诺夫（Л.П.Семёнов）在自己的论著中指出了圣经对莱蒙托夫创作有着重要的影响。圣经“在人生艰难的时刻”帮助诗人，诗人在寻找新主题的过程中转向圣经。杜雷林（С.Н.Дурылин）认为莱蒙托夫在自己创作道路的尽头已经对心灵中的恶魔因素产生了厌倦情绪，并且开始描述“奇异的祈祷”，纯洁、明亮、充满信心、希望与爱的祈祷。

同时，有些学者还表达了另外一种截然不同的意见，即：莱蒙托夫持有反宗教、反上帝的观点。但是在20世纪30年代末对莱蒙托夫的阐释中，这种尖锐的对立消失了。研究者的研究角度和方法彼此接近，开始了综合、全面的分析，并考虑到了前人的研究成果。尽管在某些方面仍存在着片面性，比如有些学者：金兹布尔格（Л.Я.Гинзбург）、米哈伊洛娃（Е.Н.Михайлова）、安德罗尼科夫（И.Л.Андроников）、马努伊洛夫（В.А.Мануйлов）等人认为最好不要触及圣经对诗人的影响这个问题。如果要触及的话，也只是简略地、表面地从反上帝的角度切入。后来，在60年代又出现了关于《19世纪俄国文学中反宗教反教权思想》卡尔波夫（Н.В.Карпов）、波波夫（ М.Ю.Попов） 的研究，还有《莱蒙托夫——教会与教义的揭露者》鲁巴诺维奇（А.П.Рубанович）这样的研究。1981年《莱蒙托夫百科全书》问世，这里收进了几个与宗教相关的条目，如：《宗教主题》《圣经主题》《反上帝主题》《恶魔性》等。苏联解体后，在该领域又出现了一些新的研究成果。在一系列刊物上登载了一些以某一首诗或组诗来阐释莱蒙托夫创作与圣经之间关系的文章。如卡杰利尼科夫（В.А.Котельников）的《论俄国诗人的基督教主题》[1]、日尔蒙斯卡娅(Т.Жирмунская)《圣经与俄国诗歌》[2]。由此可见，学者对这一问题的关注可以说是持续不断的。即便只是以个别的作品为例，也为未来的研究活动开拓了一个新的领域。当然，以上所提到的研究成果大多以莱蒙托夫的诗歌作为例证分析的基础。然而，莱蒙托夫的创作是一个有机的统一体。本书的重点是他的戏剧，因此，本书只是以现有的资料为基础说明并分析莱蒙托夫的宗教情结在其戏剧创作中的反映。

有的学者曾试图探索莱蒙托夫宗教性的根源，试图从他成长的环境中抓住蛛丝马迹来证明他与宗教的关系。早在1914年，舒瓦洛夫（С.В.Шувалов）就在他的《莱蒙托夫的宗教观》一文中写道："众所周知，莱蒙托夫是在外祖母家长大的，是在传统的东正教环境中长大的，但我们并不清楚，他是如何对待其教义、崇拜以及教

[1] Котельников В.А. О Христианских мотивах русских поэтов[J]. Литература в школе-1994..№3.С.3-10.

[2] Жирмунская Т. Библия и русская поэзия[J]. Юность. 1994..№1,2.

会所规定的行为准则。1830年，诗人与外祖母以及其他一些人曾一起前去朝圣（特罗伊茨克的大修道院和复活修道院），但是，是什么促使他以一种宗教的态度去朝拜圣地？而这次朝拜是否在他的身上激起了某种情感？是否唤起他严肃的思索？我们没有任何资料可以回答这些问题。”[1]尽管舒瓦洛夫在莱蒙托夫的生平传记中无法找到可靠的证据来证明他与宗教的某种联系，但他还是想从其同时代人的身上找到某种证据：“关于莱蒙托夫对宗教问题的兴趣至少在他生命的最后几年是可以通过奥多耶夫斯基（В.Ф.Одоевский）的书来证明的。因为奥多耶夫斯基曾与其就此问题进行过讨论。但是这些谈话的内容也正如问题本身一样不为人知。”[2]最后，舒瓦洛夫只能求助于莱蒙托夫的作品。是的，作品就是最有力的证据。纵观莱蒙托夫的所有作品可以发现，他的宗教情结贯穿于不同体裁的创作中。

二、《圣经》元素的渗透

莱蒙托夫的宗教情结首先表现在他的创作与圣经之间的联系。米哈伊洛娃(Михайлова.И.П.)曾作过这方面的研究，她在《莱蒙托夫创作中的圣经母题》一文中曾指出：“莱蒙托夫从小就在外祖母阿尔谢尼耶娃的家中接触到了宗教祈祷的日常生活习惯，他活跃的诗性思维对圣经形象的熟知程度甚至要深于对许多其他重要的浪漫主义形象的认识……”在这篇文章中她确信，莱蒙托

[1] Шувалов С.В. Религия Лермонтова, в кн.: Венок М.Ю.Лермонтов: Юб.сб.-М.:Пг.: В.В.Дурнов; наследники Сапаевых, 1914г.-с.135-136.

[2] Шувалов С.В. Религия Лермонтова, в кн.: Венок М.Ю.Лермонтов: Юб.сб.-М.:Пг.: В.В.Дурнов; наследники Сапаевых, 1914г.-с.136.

夫的整个内心活动是在圣经中上帝的眼前完成的。而且从莱蒙托夫的创作文本中，她也发现了莱蒙托夫对《新约》和《旧约》仔细阅读过的痕迹，并列举了莱蒙托夫在作品中提到过的圣经中的人名、地名：亚当、亚伯拉罕、以撒、该隐、摩西、扫罗、大卫……耶路撒冷、约旦、巴勒斯坦……就他的整个创作来看，我们的确可以找到不少这样与圣经有关的专有名词。但就他的戏剧创作来看，这种直接来自于圣经的专有名词也偶有所见。在戏剧《西班牙人》中就有两处提到了亚伯拉罕这个名字。很明显，莱蒙托夫对亚伯拉罕在圣经中的故事是很熟悉的。因为当剧中人莫伊谢伊在第二次说出亚伯拉罕的名字时实际上就是将自己的情况与亚伯拉罕当年的情况进行了对比，对比之后，他认为自己比亚伯拉罕要凄惨得多。据《旧约·创世纪》第二十二章一至十节记载，耶和华为了考验亚伯拉罕，让他把爱子以撒作为燔祭献给神，亚伯拉罕没有丝毫的犹疑准备照着神的话去做，但当他伸手拿刀准备杀儿子的时候，上帝派天使救下了以撒。亚伯拉罕凭着自己对神的信心挽救了儿子的性命，他的结局是好的。然而剧中人莫伊谢伊当时的境况是："女儿丧失了理智，儿子给赶到耻辱坟墓的边缘，我自己又丧失了家产……"[1]

莱蒙托夫在戏剧中提到圣经人物都是基于故事本身的需要。尽管作品中除提到人名之外并没有对相关的故事有任何的描述，但这恰恰说明了莱蒙托夫对圣经的了解，以及他对戏剧观众或读者有着很自然的期待，似乎每个人都知道这个故事是很理所当然的事情。在《人与激情》中主人公尤里·沃林有这样的一段对白："在这些

[1] 莱蒙托夫. 莱蒙托夫文集：西班牙人戏剧（1829－1831）[M]. 金留春，黄成来译. 上海：上海译文出版社，1998：190.

树木和周围盛开的鲜花面前，在这蔚蓝的天穹下，（它们都曾是我俩信誓旦旦的证人）你不觉得害臊，……树呀，瞧瞧吧，她泰然地站在你们中间，她那种丑恶的微笑和假惺惺的贞节，简直同罗得的妻子一样。”[1]罗得的妻子是《旧约·创世纪》中记载的一个人物。《创世纪》第十九章中记载：耶和华要毁灭罪恶之城所多玛，但他怜恤罗得，便让天使转告罗得带上家眷离开该城，并告诫他们离城时不准回头看。可是罗得的妻子忘记了天使的告诫，回头一看，就变成了一根盐柱。剧中尤里将自己心爱的姑娘与罗得的妻子相比。可见他的误会之深。事实上尤里想要痛斥的是爱人的不忠，怪罪她不守誓言。这与罗得之妻未听告诫的情形并不十分相符，但在莱蒙托夫对圣经的理解中他找到了这样一个类似的女子——没有忠实于上帝的告诫而受到惩罚的女子。也许在尤里的潜意识中也存在着一种由怨恨而生发的希望，希望背叛自己之人受到惩罚。因此，他说出罗得之妻并非偶然。

莱蒙托夫除在戏剧中引用了圣经中的人名、地名之外，还直接引用了《圣经》中的某些章节片断。可见他对圣经不仅熟悉，而且还试图借助于圣经片断来烘托他所要表达的思想。在戏剧《人与激情》中，莱蒙托夫安排下人达里娅为尤里的外祖母玛尔法·伊万诺夫娜读《圣经》。如：“又有两个犯人，和耶稣一同带来处死。到了一个地方，又名髑髅地，就在那里把耶稣钉在十字架上，又钉了两个犯人，一个在左边，一个在右边。当下耶稣说：‘父啊！赦免他们，因为他们所作

[1] 莱蒙托夫. 莱蒙托夫文集：西班牙人戏剧（1829－1831）[M]. 金留春，黄成来译. 上海：上海译文出版社，1998：264.

的，他们不晓得。’兵丁就拈阄分他的衣服。”[1]这段经文出自《新约·路加福音》第二十三章的三十二至三十四节。这段经文主要是告诉我们：耶稣在临死前的那一刻仍对迫害他的人怀有宽容怜悯之心。这与戏剧中的情节恰好形成一个鲜明的对比。玛尔法·伊万诺夫娜在听了这段经文之后并没有被耶稣基督的这种宽容之心而感动，相反却激起了她的仇视与报复之心：“啊！犹大凶手，该死的异教徒……他们是怎样对付耶稣的……要是我，就把他们全部处死，毫不怜悯……”[2]接下来达里娅又读到了这样一段经文：“你们这假冒为善的文士和法利赛人有祸了！因为你们好像粉饰的坟墓，外面好看，里面却装满了死人的骨头，和一切的污秽。你们也是如此，在人前，外面显出公义来，里却面却装满了假善和不法的事。”[3]这段经文引自《新约·马太福音》第二十三章的二十七和二十八节，玛尔法·伊万诺夫娜认为这段话是对的，因为它让她想起了自己的邻居扎鲁博娃，想到了她的种种恶行。在她的心中扎鲁博娃即是如文上法利赛人一样的假冒为善之人。紧接下来：“你们去充满你们祖宗的恶贯吧。你们这些蛇类、毒蛇之种啊！怎能逃脱地狱的刑罚呢？”[4]这段经文倒是很符合玛尔法·伊万诺夫娜的心意，她同样认为她的邻居是逃脱不了惩罚的。莱蒙托夫最后引用的是这样一段经文：“所以我告诉你

---

[1] 莱蒙托夫. 莱蒙托夫文集：西班牙人戏剧（1829 – 1831）[M]. 金留春，黄成来译. 上海：上海译文出版社，1998：225.

[2] 莱蒙托夫. 莱蒙托夫文集：西班牙人戏剧（1829 – 1831）[M]. 金留春，黄成来译. 上海：上海译文出版社，1998：225.

[3] 莱蒙托夫. 莱蒙托夫文集：西班牙人戏剧（1829 – 1831）[M]. 金留春，黄成来译. 上海：上海译文出版社，1998：225.

[4] 莱蒙托夫. 莱蒙托夫文集：西班牙人戏剧（1829 – 1831）[M]. 金留春，黄成来译. 上海：上海译文出版社，1998：226.

们，凡你们祷告祈求的，无论是什么，只要是信得着的，就必得着。你们站着祷告的时候，若想起有人得罪你们，就当饶恕他，好叫你们在天上的天父，也饶恕你们的过犯……”[1]这是一段很有名的经文，引自《新约·马可福音》第十一章的二十四和二十五节。这段经文通过下人达里娅的嘴读出之后，莱蒙托夫并没有像前面那样描述达里娅与玛尔法·伊万诺夫娜对该段经文的反应，而是安排发生了童仆打碎水晶杯子的事。接下来便是玛尔法如何残酷地惩罚童仆的情景。最后这段经文有着明显的教导之意，希望所有基督教的信徒们能够按照上帝的这种教导去做。然而剧中人物的行为却与这经文的教导形成了鲜明的对比。玛尔法没有丝毫饶恕童仆之心，照罚不误。我们发现，莱蒙托夫之所以在剧中使用这几段经文是有其特殊用意的。他是在讽刺那些手捧圣经读得津津有味但却不能按照《圣经》话语来行事的那些信徒，甚至完全是背道而驰。正是这样一些人才酿成了悲剧。这恰恰加重了悲剧的力量。莱蒙托夫在这里表现出了自己深深的怀疑态度，他怀疑宗教具有可以改变人的力量。剧中信徒们的生活及行为本身便说明了一切。《圣经》，尤其是几部福音书强调上帝即是爱。信奉上帝的人被赦免了罪，从此要活出耶稣基督的样式，要效法他那样无条件地去爱。可是剧中的下人达里娅、外祖母玛尔法等并没有脱离罪，也不肯按照神的话语去效法耶稣基督那样的生活。她们仍是自私的、爱嫉妒的、缺乏宽容怜悯之心的人。外祖母对外孙尤里的爱是自私的，为了霸占外孙的爱，她听从达里娅的建议挑拨他们父子的关系。但最终并没有得

[1] 莱蒙托夫. 莱蒙托夫文集：西班牙人戏剧（1829－1831）[M]. 金留春，黄成来译. 上海：上海译文出版社，1998：226.

逞，相反受到了惩罚，外孙不堪忍受现实中的种种痛苦而自杀。从她们的身上根本看不到《圣经》教导下的信徒应该具有的品质。那么她们阅读《圣经》又有什么必要呢？在戏剧的文本中莱蒙托夫并没直接表达出自己对《圣经》及信徒的任何看法。他只是向我们展示场景与画面，让我们自己去判断。

在戏剧中莱蒙托夫除了直接引用《圣经》中的经文之外，还借鉴了某些圣经中的思想。其中很明显的就是：在永恒的存在面前个人生命的短暂与虚空。生命中的一切都是短暂的，都会逝去的。

> “岁月过去了，一切都很快地逝去：财产和健康；”❶
>
> “对！什么是生活？生活是空虚的东西。”❷
>
> “会过去的！空虚！
> 不要说话，听着：我是在说，
> 生活只在它是美好的时候才宝贵，
> 过后！……生活像是舞会，——
> 在旋转时——欢乐，周围都是明朗、光辉……
> 回到家以后，把揉皱的衣服一脱——
> 全都忘掉了，只剩下困倦、疲累。
> 最好是在青年时就同它诀别，
> 这时候心灵还没有因为习惯
> 同无情的空虚一气沆瀣；”③

---

❶ 莱蒙托夫. 莱蒙托夫文集：西班牙人戏剧（1829－1831）[M]. 金留春，黄成来译. 上海：上海译文出版社，1998：181.

❷ 莱蒙托夫. 莱蒙托夫文集：西班牙人戏剧（1829－1831）[M]. 金留春，黄成来译. 上海：上海译文出版社，1998：155.

❸ 莱蒙托夫. 莱蒙托夫文集：西班牙人戏剧（1829－1831）[M]. 金留春，黄成来译. 上海：上海译文出版社，1998：156.

> “……我们渴求生活……似乎在吞噬着无数世纪的深渊中，活上它两三年会具有什么意义；似乎祖国和世界值得我们为之操心，而这操心却是徒劳无益的，正如生命是徒劳无益的一样。”❶

以上这些引文都是出自莱蒙托夫戏剧中人物的台词。这些话语所反映的思想其实在《圣经》中早有记载。如《圣经·诗篇》第一百零三篇十五和十六节写道：“至于世人，他的年日如草一样，他发旺如野地的花；经风一吹，便归无有，它的原处，也不再认识它。”生命如此，生命中的一切皆如此，在莱蒙托夫的戏剧中表现得最为鲜明的爱情也是如此。五部戏剧都没有脱离爱情这一主题，然而莱蒙托夫所表现的爱情都是短暂的，瞬间即逝的，没有什么美好的浪漫结局。《假面舞会》的男主人公曾说过：“但是我爱得不同，我看见一切，我预见到一切、理解一切、认清一切，我经常在爱，更为经常的是恨，同时苦恼得如愁肠百结！”❷从莱蒙托夫抒情诗中也许更能直接地感受到他的这一思想：

> “爱……爱谁呢？……暂时地——不值得费力劳神，而永久地爱势所不能……
>
> 而人生，只要用冷眼把周围看一看，——又是这样空虚的愚蠢的儿戏……”❸

---

❶ 莱蒙托夫. 莱蒙托夫文集：西班牙人戏剧（1829－1831）[M]. 金留春，黄成来译. 上海：上海译文出版社，1998：284.

❷ 莱蒙托夫. 莱蒙托夫文集：西班牙人戏剧（1829－1831）[M]. 金留春，黄成来译. 上海：上海译文出版社，1998：181.

❸ 莱蒙托夫. 莱蒙托夫文集：西班牙人戏剧（1829－1831）[M]. 金留春，黄成来译. 上海：上海译文出版社，1998：190.

以上所有这些话都与所罗门在其生命的晚年所说的话相似："凡我眼所求的，我没有留下不给他的；我心所乐的，我没有禁止不享受的；因为我的心为我一切所劳碌的快乐，这就是我从劳碌中所得的分……我所以恨恶生命，因为在日光之下所行的事我都以为烦恼，都是虚空，都是捕风。"[1]

三、莱蒙托夫的宗教观

除通过作品与《圣经》之间的联系来分析莱蒙托夫的宗教观之外，我们也可以通过作品主题来分析莱蒙托夫的宗教观。正如舒瓦洛夫（С.В.Шувалов）所说："在论述莱蒙托夫的宗教主题中不能建立某种体系，但为了分析的方便起见我们可以把这些主题分为三个标题：

1.关于灵魂与未来的生命。

2.关于上帝及其对世界与人的态度。

3.关于人类存在的思想。

第二个标题中也包括莱蒙托夫对待基督教的态度。"[2] 舒瓦洛夫通过莱蒙托夫在作品中对这些问题的思索及态度来阐述作家的宗教信仰。他所归纳的这几点在莱蒙托夫的戏剧中也有部分地反映。总的来说，莱蒙托夫的宗教观是矛盾的。

舒瓦洛夫认为，莱蒙托夫相信灵魂与天使的存在。的确，在戏剧中莱蒙托夫多次地提到天使。几乎每一部剧的男主人公都将自己心爱的女人视为上帝派来的天使。甚至在《假面舞会》中莱蒙托夫

---

❶《旧约·传道书》2章.第10节，第17节

❷ Шувалов С.В. Религия Лермонтова, в кн.: Венок М.Ю.Лермонтов: Юб.сб.-М.:Пг.: В.В.Дурнов; наследники Сапаевых, 1914г.-с.136.

也让恶魔主人公阿尔别宁对正在死去的尼娜说出了这样的话：

> “不要怕：美丽的世界向你展开，天使从天国飞来迎接你进入他们的天国的广厦。”[1]

很显然，这里的主人公是承认有另外一个世界存在的。尽管舒瓦洛夫也认为，在莱蒙托夫作品的任何地方都找不到对彼岸世界生活的否定，但这并不能说明莱蒙托夫对另外一个世界的存在就没有怀疑，没有过矛盾的否定。在戏剧《人与激情》中主人公之间有过一场这样的对白：

> “**尤里**
>
> 我俩永远不会再见面了……
>
> **柳博芙**
>
> 如果不是在这里，那就在另一个世界吧……
>
> **尤里**
>
> 我的朋友！没有另一个世界……有的只是一片混沌……那儿已吞噬了一代又一代的人……我们也将湮灭于其间……我们就要永别了……道路尽管各不相同，但终究会归于虚无……别了！我们永不会再见……不存在天堂，也没有地狱……人是被遗弃的、无所依归的造物。”[2]

---

[1] 莱蒙托夫. 莱蒙托夫文集：西班牙人戏剧（1829－1831）[M]. 金留春，黄成来译. 上海：上海译文出版社，1998：163.

[2] 莱蒙托夫. 莱蒙托夫文集：西班牙人戏剧（1829－1831）[M]. 金留春，黄成来译. 上海：上海译文出版社，1998：268.

这里莱蒙托夫通过男女主人公的对话表现了他在这一问题上的矛盾。一方面他想承认另一个世界的存在，同时他又否认它的存在。

同样莱蒙托夫在对待上帝的态度上也是矛盾的。他的长诗、戏剧和小说的主人公们都向上天发起了挑战，并且毫无疑问莱蒙托夫是站在主人公一边的。这在戏剧中表现得尤为明显。在戏剧《西班牙人》中，当费尔南多杀了自己心爱的人埃米利娅之后，他痛苦地喊出了这样的话："苍天啊，究竟为了什么你把我弄到这等地步？这，上帝早已预知，又为什么不加制止？……他不愿意啊！"[1]当《人与激情》中的男主人公尤里决定自杀的时候他痛苦地指责上帝，甚至怀疑他的全知全能："……倘若上帝果真无所不知，那么，为什么不制止这可怖的犯罪，阻拦轻生自戕；又为什么还听任别人来捶打我的心？……既然他明知我会这样死去，那缘何要让我生下来？……当我按自己的愿望去选择生死时，他的意志在哪儿？……我正站在我的创造主面前。我的心不再颤抖……我祈祷……但解脱不了；我受苦……却没有什么能够打动他！……"[2]尤里责怪上帝的残酷。类似的大胆责怪也同样出自戏剧《怪人》中弗拉基米尔·阿尔别宁之口："上帝呀！上帝！我现在不再爱你，不再信你了！但请别因叛逆的怨尤来惩罚我……你……是你自己用不堪忍受的折磨逼出了这种忿詈。你为什么给了我一颗火辣辣的心，它会爱到极点却不能恨到极点！过错在你！就让你的雷霆降落在我桀骜不驯的头上吧：我

[1] 莱蒙托夫. 莱蒙托夫文集：西班牙人戏剧（1829 – 1831）[M]. 金留春，黄成来译. 上海：上海译文出版社，1998：174.

[2] 莱蒙托夫. 莱蒙托夫文集：西班牙人戏剧（1829 – 1831）[M]. 金留春，黄成来译. 上海：上海译文出版社，1998：283.

不愿像一条虫豸那样，用濒死的哀鸣来愉悦你！”[1]而在《假面舞会》中，当叶甫盖尼·阿尔别宁得知自己错杀了妻子之后也向上帝发出了类似的指责：“你实在太残忍了！我要告诉你！”[2]以上这些主人公把世界秩序的不完善及所发生的一切不幸都归罪于上帝。他们怀疑上帝的全能，并大胆指责。可即便是这样，这些具有恶魔性的主人公在对待上帝的态度上仍是矛盾的。尤里自杀临终的时候说出了自己的矛盾的心情：“哭吧……哭……哭吧……上帝对我……永……不会……饶恕！”[3]从这句话中可以看出，尤里深知自己的罪过，以至于他确信上帝不会饶恕他。因为自杀的行为本身就是违背《圣经》原则的，即是背弃上帝旨意的。同样在《假面舞会》中恶魔主人公叶·阿尔别宁在得知真相之后也请求上帝的饶恕：“原谅我吧，原谅我，上帝啊——饶恕我吧。”[4]如果他们是彻底的否定上帝就不会请求上帝的宽恕。

莱蒙托夫这种矛盾的宗教观在戏剧中不仅仅是通过恶魔主人公本身的矛盾性来体现，同时几乎在每一部戏中莱蒙托夫都会安排一些很虔诚地敬畏上帝之人出现在主人公的生活之中。《人与激情》中的柳博芙和尤里的仆人伊万，《怪人》中的仆人伊凡，《假面舞会》中的尼娜都相信上帝的大爱，并希望凡事借助上帝的力量完成，同时也相信上帝的审判。在《人与激情》和《怪人》中有一幕相同的场景，那就是主仆之间的对话：

---

[1] 莱蒙托夫. 莱蒙托夫文集：西班牙人戏剧（1829－1831）[M]. 金留春，黄成来译. 上海：上海译文出版社，1998：373－374.

[2] 莱蒙托夫. 莱蒙托夫文集：西班牙人戏剧（1829－1831）[M]. 金留春，黄成来译. 上海：上海译文出版社，1998：189.

[3] 莱蒙托夫. 莱蒙托夫文集：西班牙人戏剧（1829－1831）[M]. 金留春，黄成来译. 上海：上海译文出版社，1998：288.

[4] 莱蒙托夫. 莱蒙托夫文集：西班牙人戏剧（1829－1831）[M]. 金留春，黄成来译. 上海：上海译文出版社，1998：186.

“**伊凡**

即使仅仅为了您施恩于我的缘故，上帝也会赐福给您的。上帝明白，我从没听到您对我说过一句厉害的话。

弗拉基米尔

是吗？

伊凡

我总是叫我老婆和儿女们为您祷告上帝。❶

有趣的是同样的台词在《人与激情》中也出现过：

伊万

上帝会赐福给您……哪怕只为了您给我的好处吧。上帝明白，我从来没有听到过您一句上火的话。

尤里

当真？

伊万

我总是叮嘱我妻子和孩子为您祈祷上帝。”❷

这些人虔诚的信恰恰与恶魔主人公们对上帝的怪罪与挑战形成了鲜明的对比。这就是莱蒙托夫的矛盾所在。

---

❶ 莱蒙托夫. 莱蒙托夫文集：西班牙人戏剧（1829－1831）[M]. 金留春，黄成来译. 上海：上海译文出版社，1998：359.

❷ 莱蒙托夫. 莱蒙托夫文集：西班牙人戏剧（1829－1831）[M]. 金留春，黄成来译. 上海：上海译文出版社，1998：281.

以上我们论述了莱蒙托夫在其戏剧创作中所体现出的对上帝的态度。接下来我们要分析一下他对待基督教的态度。舒瓦洛夫（С.В.Шувалов）对该问题已有比较充分的论述。他主要从两方面论述了作品中所流露出的莱蒙托夫宗教观与基督教的原则的不同。一方面："基督教作为一种顺服的宗教，一种使人背弃自己个性的宗教，不可能被莱蒙托夫所接受。在他的身上'个人'的感觉过于强烈，他的本性中有太多'叛逆的因素'……顺服在他的内心生活中只是一种偶然的事实。诗人心中主要的成分直到最后都是骄傲。这一因素贯穿了他的整个创作。如果基督教的本质在于对骄傲的拒绝，在于顺服，那么，莱蒙托夫就不是一个基督教徒。他直到生命的尽头都没有顺服。"[1] 在关于顺服的问题上,舒瓦洛夫否定了莱蒙托夫是信奉基督教的。另一方面：舒瓦洛夫认为："诗人对上帝的看法与基督教对上帝的理解相去甚远。他心目中的上帝是世界创造者和审判者（常常是残酷并无情的），而不是无限的爱。莱蒙托夫并不承认爱即是上帝的本质。因为世界上的恶的存在阻止了这一点。令人不解的是上帝为什么会创造痛苦并迫使人们去经历这些痛苦，他不可能永远都是善良与美好的。的确，莱蒙托夫在任何地方都没有提到作为上帝特征的仁慈。基督教的观念是'上帝即是爱'，这对诗人来说是格格不入的。"[2] 我们认为，舒瓦洛夫在这两方面对莱蒙托夫的宗教态度所作的结论是有道理的。这在莱蒙托夫的戏剧作品中完全可以反映出来。上面论述过的那些恶魔主人公对上帝的大胆怪罪与

---

[1] Шувалов С.В. Религия Лермонтова, в кн.: Венок М.Ю.Лермонтов: Юб.сб.-М.:Пг.: В.В.Дурнов; наследники Сапаевых, 1914г.-с.153.

[2] Шувалов С.В. Религия Лермонтова, в кн.: Венок М.Ю.Лермонтов: Юб.сб.-М.:Пг.: В.В.Дурнов; наследники Сапаевых, 1914г.-с.153.

挑战都是很好的例证。同时在戏剧《西班牙人》中对那些神职人员的刻画更是强化了对宗教神职人员的讽刺，作者强调了他们的虚伪、自私，热衷于搞阴谋等特征。虽然这部戏表面上讲的是西班牙，但作者的用意是在影射俄国。

与此同时，我们还是不能认为莱蒙托夫对基督教是否定的、拒绝的。正如他对待上帝的态度一样，他对待基督教的态度也同样是矛盾的。毕竟他相信上帝的存在，相信他是世界与人的创造者，同时他也相信上帝是世界与人的主宰。万事的发生，无论是善，还是恶，皆掌控在这位主宰者的手中。我们认为，尽管莱蒙托夫在戏剧中表现得更多的是对上帝的对抗和挑战，但在其生命的最后几年所写的抒情诗中表现出了顺服的倾向，而这种倾向又是建立在意识到斗争无意义的基础之上的。因此莱蒙托夫宗教情感如同他的命运一般充满了悲剧性。他无法为自己选择一条纯粹的道路，于是他就在痛苦的摇摆中结束了自己短暂而又充满矛盾的一生。

第三节 莱蒙托夫戏剧创作中的恶魔主题

一、恶魔性阐释

在长诗《恶魔》中莱蒙托夫塑造了一位著名的恶魔形象，他对自己所塑造的这一形象充满了眷恋，这部作品从1829年开始构思并写出初稿，到1841年最后的加工，中间共写出了8稿之多。这一恶魔形象在莱蒙托夫的思想世界及作品中成长了十余年。而莱蒙托夫对恶魔性问题的思索在其整个的创作道路上一直没有停止过。所谓的恶魔性的提法便是源自于这首长诗。

根据莱蒙托夫百科全书可以对恶魔性作一个概括性的解释："恶魔性起源于圣经神话，是对世界的态度的一种表示。它的最终目的是破坏本质的精神与物质价值，直到把世界转变成虚无。恶魔性是以其载体的自由意志为基础的。而这个载体对自由的理解首先是在人的面前脱离道德义务的自由。把它确认为表现其个人意志的自由，并且提出与善、爱思想相对立的全面怀疑。以自由意志为基础破坏并重建世界的思想是以具有恶魔性的人对世界制度的怨恨为前提的。而这一思想是通过这样的证据来论证的：世界是没有希望的，无意义充满了世界。"❶

莱蒙托夫所刻画的恶魔性表现得形形色色。但到目前为止通常有两种解释。第一：恶魔性被描述成笼罩着崇高哲学色彩的社

❶ Гл.ред.Мануйлов.В.А. Лермонтовская энциклопедия. Москва. Издательство «советская энцилопедия» 1981г. Стр.137-138.

会现象。这种解释依据的是：抒情诗《我的恶魔》《1831年6月11日》《塔玛拉》以及小说《瓦吉姆》。第二：恶魔性是以非常具体的人物形象来表现的，这些形象出自诗人所处的时代。这种解释所依据的是：莱蒙托夫的戏剧《两兄弟》《假面舞会》，小说《当代英雄》等。可以看出恶魔主人公是莱蒙托夫的抒情诗、叙事长诗、戏剧、小说的一贯主题。足见恶魔性主题在莱蒙托夫的创作中所占有的地位。

关于恶魔的主题并非莱蒙托夫首创。俄国本土有普希金曾写过关于恶魔的抒情诗。而西欧作家在他们之前也曾触及过类似的主题，对恶魔这种“否定的灵魂”形象也做过描述。例如，米尔顿的《失乐园》中的撒旦、拜伦的《该隐》中的罗锡福 、歌德的《浮士德》中的梅非斯特、维尼的长诗《埃洛娅》中的堕落灵魂。然而莱蒙托夫对情节的加工和对主要形象的描述完全是独一无二的。单就他的长诗《恶魔》来说，恶魔这一形象把浮士德对人类的探索与梅非斯特的否定因素、米尔顿和拜伦的反叛主人公融合到了一起。恶魔是否定与恶的灵魂，而长诗的情节基础却是这一灵魂对善、美与和谐的渴望。恶魔对塔玛拉的爱即象征着这种渴望。然而最终的惨剧却意味着他对获得善、战胜孤独的这种梦想是不可能实现的。而这种结局证明了上帝所建立的世界秩序是不完善的。因此长诗具有反上帝的意义。仅就这部情节简单的长诗来看，这里就包含了错综复杂的思想和象征主题。后来的研究者对长诗的理解与阐释也是多元的。这也说明了莱蒙托夫在多年的酝酿与修改中赋予了这一主题以丰富的内涵及发展的潜力。长诗中的恶魔对存在充满了永不妥协的否定情绪。他渴望绝对地解决矛盾。同时他也渴望改变并不完善的人的本质。他向往着崇高的、理想的天国世界，但同时又很想得到平凡的尘世幸福。恶魔与上帝、与世界的冲突不只是建立在个人的怨恨上。冲突的源头就在于他认为上帝是不公正的。恶魔怪罪上帝创造了一个不完善的世界，同时他指责终极的人类生活。因此，莱蒙托夫的主人公选择用恶来报复世界与人。因为世界总是给人以并不完整的幸福。他向人本身进行报复，因为他认为人是渺小的生命，注定要遭受可怜的命运。这就意味着，恶魔的报复是针对所有活着的人，是对全人类的报复，而且他是通过对上帝的报复来实现的。但是恶魔的报复反过来又来侵害他自身。恶进入了他的心灵并开始操纵他。但在他身上向善的理想仍然继续生存着。为此他奋起反抗上帝。由于恶魔意识到了自身的矛盾性，所以他注定要遭受痛苦的道德折磨。同时恶魔主人公认识到了个人反抗的无意义性与徒然。他的反抗使其与世界生活分离开来。也正是因为如此，在他的心灵中对存在的无意义产生了痛苦的感觉。而这种感觉在永恒中会变得更加深刻。

因此正是基于这首长诗的思想情节，以及他所赋予的恶魔本身所独有的特性，莱蒙托夫在创作其他体裁作品的时候，同样融入了恶魔思想。而所有的思想与特性不再抽象，因为那是通过日常生活中具体的人来体现的。

二、戏剧主人公的恶魔性特点

莱蒙托夫的戏剧作为其创作的一部分也没有脱离恶魔的主题。仅有的5部完整戏剧，其中有4部剧与恶魔性的主题相关。这里的主人公或多或少都染上了恶魔的特性。这些主人公的行为有某种程度上的共性。他们的所有行为都是个人对世界进行审判的结果。他所带到这个世界上的恶，是对世界上存在的不公正性的回答，说到底是对上帝不公正的反抗。恶魔主人公最初的行为动机就是个人的报复。而事实上这种报复有着更深层的目的，即对命运、对造物主的报复。他们都像长诗《恶魔》中的恶魔主人公一样，是充满否定的灵魂，同时也是被放逐的灵魂，被排斥、被侮辱的灵魂。但他仍留恋尘世的幸福，企图通过尘世中心爱女人的爱来拯救自己，让自己获得重生。

在莱蒙托夫的剧本中恶魔主人公们骨子里都是孤独的。他们都将自己新生的希望建立在女人的爱上。爱人在他们的心中都是以天使的形象出现的，天使让他们感觉到了生的意义。让他们对世界的美好充满了期望。在剧本《人与激情》中爱人在沃林的梦中是以安慰天使的形象出现的。“忽然，出现了一位安慰天使，她握住我的手，用她的目光，一种难以形容的目光安慰我，更新了我的生活……然后……她投入我的怀抱。于是心灵，我那被对人对己可怕的憎恨所骚扰的心灵豁然开朗了，向着天开始升腾了，升到了他——创世主的身边，我又重新开始爱人，重又像以往一样善良。这是月光下最伟美的恩赐，不是吗？你可知道，柳博芙，在这位天使的身上，我认出了你！……你借她的形象显现，那就是你，美好如同眼前的你一样……世上没有任何人，甚至地狱也不能使我丧失这个信念……”[1] 而当柳博芙对沃林说：“你的梦永远不能变为现实”的时候，沃林对她说：“你为什么不能说：‘能’……这个字，这个声音能使我复活，重建我的幸福！”[2] 从这些对话中足以看出天使般的女主人公对恶魔

[1] 莱蒙托夫. 莱蒙托夫文集：西班牙人戏剧（1829 – 1831）[M]. 金留春，黄成来译. 上海：上海译文出版社，1998：233.

[2] 莱蒙托夫. 莱蒙托夫文集：西班牙人戏剧（1829 – 1831）[M]. 金留春，黄成来译. 上海：上海译文出版社，1998：234.

主人公的生命多么重要。同样在剧本《怪人》中娜塔莎在弗拉基米尔·阿尔别宁的心中也是一个天使的形象。“我得去见……娜塔莎，这个天使！他的视线就像月光，清明安谧地泻在我心上。”❶不仅如此，在弗·阿尔别宁的所写的诗中也饱含了对天使般娜塔莎深情的爱：

“是啊！美好的一切不会湮灭！
我的这些想望，纵使惊异的人间
并不理解，但一俟我化成了灰烬，
人们自会赞许。而你，我的天使，
你不会与我一同死去。我的爱情
会把不朽的生命重新奉献予你，
而人们也将念叨我俩连在一起的
姓名……他们又何苦去拆散亡灵？”❷

这里弗·阿尔别宁强调了天使的爱情使其重生的伟大力量。在《假面舞会》中，叶甫盖尼·阿尔别宁也是如此：

“一生中给我留下的唯一的只有你：
病弱的女子，却像天使般地美丽：
你的爱情、微笑、目光以及呼吸……
这些都属于我时，我还是个人：
失掉了这些，就没有了幸福和心灵，

---

❶ 莱蒙托夫. 莱蒙托夫文集：西班牙人戏剧（1829 – 1831）[M]. 金留春，黄成来译. 上海：上海译文出版社，1998：303.

❷莱蒙托夫. 莱蒙托夫文集：西班牙人戏剧（1829 – 1831）[M]. 金留春，黄成来译. 上海：上海译文出版社，1998：320.

没有了感情，没有了生存！”[1]

叶甫盖尼·阿尔别宁是一个残酷、骄傲的人。他与上流社会、与其伪善与谎言为敌。可他自己又不得不周旋于这样的环境，他很熟悉这里的一切，这里的人充满了丑陋和罪恶。他试图脱离这种庸俗与肮脏，将自己封闭在高傲的孤独之中。而在对尼娜的爱中他找到了避难所，这就昭示了尼娜在他生活中的意义。

尽管《两兄弟》中的亚历山大与其他的恶魔主人公不尽相同，因为他爱上了一个自己不该爱的有夫之妇，但天使般女人的爱对他的意义与其他几位恶魔主人公的情形是一样的。事实上，在莱蒙托夫这一最后的剧本中，主人公的恶魔性特征比较突出，女人对他来说也同样具有拯救天使的意义，当他意识到这一点的时候他就会不惜一切代价试图获取并留住女人的爱：“上帝把我派到你身边，这是生活中无法逃脱的不幸。可是对我来说，你却是拯救天使。当我看到有可能拥有你的爱情时，那就任什么也别想阻拦我；我以锲而不舍的意志力不顾死活地攫住这个美妙的意念……用什么办法都行，看来为了达到目的，我会不惜采取空前卑鄙的手段……”[2]

莱蒙托夫戏剧主人公身上的恶魔性还表现在他们的个人报复，公然对上帝的反抗。这是在他们发现上帝所创造的世界是不公平之后，也是在他们对重生的希望破灭之后。既然在这个世界上没有自己所希望的东西存在，那么，在他们看来，这个世界的存在就是没有意义的，因此就会加以破坏。在《人与激情》中当尤里·沃

[1] 莱蒙托夫. 莱蒙托夫文集：西班牙人戏剧（1829－1831）[M]. 金留春，黄成来译. 上海：上海译文出版社，1998：59.

[2] 莱蒙托夫. 莱蒙托夫文集：西班牙人戏剧（1829－1831）[M]. 金留春，黄成来译. 上海：上海译文出版社，1998：210.

林误解地看到了柳博芙的背叛之后，他向上帝发起了痛斥："Бог всеведущий! Зачем ты не отнял у меня прежде этого зренья...зачем попустил видеть, что я тебе сделал, бог!..О!(с диким стоном) во мне отныне нет к тебе ни веры, ничего нет в душе моей!.. но не наказывай меня за мятежное роптанье, ты... ты... ты сам нестерпимою пыткой вымучил эти хулы... зачем ты мне дал огненное сердце, которае любит и ненавидит до крайности... ты виновен!.. Пусть гром упадёт на меня, я не думаю, чтоб последний вопль давно погибшего червя мог тебя порадовать..." ❶（"全能的上帝！你为什么不使我失去视力……你为什么让我看见真情，我对你做了什么啊，上帝！……啊！从今以后，我丧失了对你的信念，我的心中一片空虚！……请别因为我拂逆了你、抱怨你而来惩罚我，你……你……是你用不堪忍受的折磨逼我说出这些怨言的……又为什么你还要还我一颗火热的心，让它爱极又恨绝……罪咎全在你！……让天雷来劈我好了，我不愿以一个渺不足道的人的濒死哀号来使你欢喜……" ❷）从这段独白中可以看出，尤里・沃林既是在抱怨上帝，同时对上帝也有所畏惧，他仍是担心由于自己的抱怨会而遭到上帝的惩罚，这一时刻他对上帝的反抗还是有所顾忌的。在《怪人》中也有类似的情景。当弗拉基米尔・阿尔别宁得知自己深爱的姑娘接受了自己好友的爱时，他也同样向上帝控诉道："Бог! Бог! во мне отныне к тебе нет ни любви, ни веры! Но не наказывай меня за мятежное роптанье... ты... ты сам нестерпимою

---

❶ М.Ю.Лермонтов. Драмы . том пятый. издательство Академии Наук СССР. Москва•Ленингра. 1956г. С.189.

❷ 莱蒙托夫. 莱蒙托夫文集：西班牙人戏剧（1829－1831）[M]. 金留春，黄成来译. 上海：上海译文出版社，1998：267~268.

пыткой вымучил эти хулы. Зачем ты дал мне огненное сердце, которое любит до крайности и не умеет так же ненавидеть! Ты виновен! Пускай твой гром упадёт на мою непокорную голову: я не думаю, чтобы последний вопль погибающего червя мог тебя порадовать!"[1]（"上帝呀！上帝！我现在不再爱你，不再信你了！但请别因叛逆的怨尤来惩罚我……你……是你用不堪忍受的折磨逼出了这种忿詈，你为什么给了我一颗火辣辣的心，他会爱到极点却不能恨到极点！过错在你！就让你的雷霆降落在我桀骜不驯的头上吧：我不愿像一条虫豸那样，用濒死的哀鸣来愉悦你！"[2]）通过俄语原文我们发现这两位不同的主人公在向上帝发起愤怒痛斥的时候用的几乎是相同的语句。可见莱蒙托夫在创作的时候有意让我们知道他的戏剧主人公们在某种程度上是一类人。这时，我们无法忽视他们身上所具有的共同的东西。接下来便是为报复而采取的行动，亦或是想要采取的行动。《人与激情》中尤里·沃林通过亲手毁掉自己来向上帝报复，因为他是上帝所造。他就是要毁掉上帝的创造物。就在他决定·死的时候，有这样一段独白："该怎么去理解呢，就这么一丁点儿东西就能瓦解我的生命力？白色的粉末可以使我的身躯化为尘土，把上帝的创造物毁灭？……倘若上帝果真无所不知，那么为什么不制止可怖的犯罪，阻拦轻生自戕，又为什么还听任别人来捶打我的心？……既然他明知我会这样死去，那缘何要让我生下来？……

[1] М.Ю.Лермонтов. Драмы . том пятый. издательство Академии Наук СССР. Москва•Ленинград . 1956г. С.267.

[2] 莱蒙托夫. 莱蒙托夫文集：西班牙人戏剧（1829 – 1831）[M]. 金留春，黄成来译. 上海：上海译文出版社，1998：373~374.

当我按自己的愿望去选择生死时，他的意志在哪儿？”[1] 从他语气中可以感觉到一种蔑视的情绪，他怀疑上帝的全知全能，他似乎在讽刺上帝。他向上帝发起了挑战，却不见上帝的回应。他骨子里就有反抗上帝的本性。因为上帝的创造与沃林在尘世中所期盼的那种美好的梦想并不相同。尽管他可以用强烈的反抗来向上帝发起挑战。但他却把自己的自杀行为归结为上帝的罪过。上帝也似乎忽视了，其实在他为人类创造爱的力量的同时也为他们创造了同等的破坏力量。同样在《怪人》中主人公弗·阿尔别宁也意识到了自己的反抗本性：“我明白了！明白了！天性是我的敌人，我身上植有恶的种子：我生下来原来是为了破坏自然秩序。上帝！上帝！这儿是我的濒临死亡的母亲，而我的舌头却没有吐出一句安慰的话，没有吐出一句！莫非我干枯了的心田连一滴眼泪也不剩下？那个汲干了我心泉的人定会遭殃。会遭殃！他得对我付出代价；我因他而成了罪人；自此我要弃绝怜悯！日日夜夜对着我的父亲唱出我的可怕的歌，直唱到他毛骨悚然，唱到悔恨把他的心咬噬！”[2] 这里男主人公竟然自己对自己的恶魔性进行了分析。由于没有得到他所期望的爱，他就会显明他身上的恶，他要报复。这次不是对他心爱女人的报复，而是对自己父亲的报复。因为父亲没有给予他应付出的爱。这些恶魔主人公们在现实生活中被爱所遗弃，他们被淹没在极度的痛苦之中。痛苦让他们产生了报复的渴望。而报复本身就是对上帝的挑战。

众所周知，剧本《假面舞会》在莱蒙托夫的整个戏剧创作中

---

❶ 莱蒙托夫. 莱蒙托夫文集：西班牙人戏剧（1829－1831）[M]. 金留春，黄成来译. 上海：上海译文出版社，1998：282~283.

❷ 莱蒙托夫. 莱蒙托夫文集：西班牙人戏剧（1829－1831）[M]. 金留春，黄成来译. 上海：上海译文出版社，1998：349~350.

占有非常重要的地位。可以说，这之前他所有的戏剧创作都是在为这部戏剧作准备。而这部戏的主人公叶甫盖尼·阿尔别宁不仅在莱蒙托夫的整个戏剧创作中占有重要地位，同时在整个俄罗斯戏剧舞台上也占有重要的一席之地。而这个人物之所以成为一种象征性的人物，很大程度上是因为他是表现十分鲜明的恶魔主人公。也曾有研究者对叶·阿尔别宁这一人物与长诗中恶魔的形象进行过对比性的研究。所以在这里有必要对莱蒙托夫戏剧创作中这一恶魔性较鲜明的人物进行分析。从而可以更为清晰地认识到不同主人公身上恶魔性的成长历程。

在这部剧中莱蒙托夫刻画了一个在日常生活中为自己找到了一席之地的恶魔。他之所以与其他戏剧主人公有所不同，在于他是唯一以牺牲别人的生命来对上帝进行报复的人。主人公的生活背景是彼得堡上流社会，这里有其固有的习俗与特点。主人公的恶魔性便是在这样的环境下成长起来的。莱蒙托夫似乎有意为他找到了一个很合适的理由。让他的行为变得更易于理解。首先他对整个世界是充满怀疑的，这也缘于他所成长的环境。因此当种种迹象都对妻子尼娜不利的时候，他带着他一贯所持的怀疑态度对妻子进行了判断。他不相信妻子的心灵是纯洁的，他认为妻子是有罪的。这就是悲剧的开始。当他意识到妻子背叛自己的时候，他是痛苦的。他所采取的报复行动在他感觉也是无奈的。但同时又伴随着某种崇高的使命。因为他深信他杀死尼娜就是将其纯洁的心灵从有腐蚀作用的社会中挽救出来。然而等待他的却是更大的痛苦。莱蒙托夫把读者或观众的注意力集中到了并不十分明显的情景上。而这些情景都是由作者的情景说明而产生的。当尼娜死后，“阿尔别宁走近她，又赶快返回来”。同时说出了一个词“谎话”。这似乎是在回答妻子死前的最后一句话："现在我反正一样了……我在上帝面前是无罪的。"[1]而他返回来究竟是想在尼娜的脸上看到什么呢？也许他看到的不只是一个正义报复的牺牲品，同时也是被他挽救了灵魂的牺牲品。他是想确认一下自己行为的正确性。然而过了一段时间之后，他从陌生人和兹维斯季奇那里得知了有关手镯的事情，他被这一切真相打击得神志模糊。他重新扑向躺在棺材里的尼娜。难道只是再重新看一下她的脸吗？毫无疑问，他终于明白自己犯下了不可纠正的错误。接着，当他返回来后他发狂似地对上帝说出了最后一句话："我要告诉你，你太残忍了！"这是他对上帝发出的抱怨，他不知该对上帝说些什么。他只知道上帝明知无罪的尼娜忍受着痛苦却不保护她。因此阿尔别宁只能说他"残酷"。

阿尔别宁的悲剧根源在于他对周围世界的全盘否定，而否定是由于对它深刻的认识。在剧本中这一否定的表现是通过一定的修辞手段的，例如：

"多次重复名词化了的代词"всё"(一切)，
——"但是我爱得不同，我看见一切，
我预见一切、理解一切、认清一切，
经常在爱，更为经常的是恨，
同时苦恼得如愁肠百结！
起初我向往一切，后来我蔑视一切，
有时是自己不理解自己，

[1] 莱蒙托夫. 莱蒙托夫文集：西班牙人戏剧（1829 – 1831）[M]. 金留春，黄成来译. 上海：上海译文出版社，1998：165.

有时又是世界不理解我。”❶

尽管主人公与周围世界是对立的，但他并没有把这种对立与向上帝发出的挑战直接联系起来。最初他并没有向上帝发起挑战。甚至在曾经某一时刻他还认为上帝是公平的：

“上帝是公平的！我现在恐怕要
由于我过往时日的罪过，
注定要忍受一定的悲哀。
过去常常地别人的妻子等待着我，
现在等自己的妻子回来……”❷

他感觉到了在自己的生活中有受诅咒的痛苦。但同时他承认这是缘于他自己的罪过。

莱蒙托夫为自己的主人公确定了一条通过女人的爱达到重生的道路。与尼娜相关的尘世的东西在剧本中表现出纯洁的本质。尼娜对丁阿尔别宁来说是上帝派来的天使，是为了让他获得尘世的天堂。阿尔别宁像长诗中的恶魔一样试图改变自己的命运，而求助于尘世。莱蒙托夫在阿尔别宁的身上看到了空虚的恶魔本性，同时他也正是在这样的主人公身上表现出不同寻常的对善的渴望，对美好理想的眷恋。阿尔别宁已经准备去相信、去爱。失去的天堂在他的身上开始复活。他顺服于尘世的爱，带着强烈的渴望，希望与女人一起找回失去的和谐，还有与尘世生活的联

❶莱蒙托夫. 莱蒙托夫文集：西班牙人戏剧（1829 – 1831）[M]. 金留春，黄成来译. 上海：上海译文出版社，1998：51.

❷ 莱蒙托夫. 莱蒙托夫文集：西班牙人戏剧（1829 – 1831）[M]. 金留春，黄成来译. 上海：上海译文出版社，1998：46.

系。“美丽的世界不是徒然地展现在我的眼前，而我又为人生和至善而复活。”[1]他对纯洁无私的爱充满了渴望。他曾经对自己的重生充满了希望：

“这样我就找到了妻子，顺从的女子，
她生得非常美丽，又温良委婉，
好象准备做牺牲的羔羊，
我便把她就这样带上了祭坛……
忘却的声音突然在心中复苏，
我向着自己死寂的心灵
仔细窥视……我也看见了，我是在爱她；
我不敢说……吓得胆战心惊！……
可是又是幻想，又是爱情在我空洞的心中疯狂怒吼；
像一只破船，我又被人抛进了大海：
我还能不能重回到港口。”[2]

爱情激起了他心中温柔良善的一面。使他渴望向善。然而可悲的是重生的希望是没有结果的。阿尔别宁仍是无法战胜自己的孤独。因为从最初阿尔别宁就意识到了自己与尼娜之间的距离：

“你就年龄和心灵说还很年轻，
这本人生的大部头书你现在
只读过它的卷头页，在你面前

---

❶ 莱蒙托夫. 莱蒙托夫文集：西班牙人戏剧（1829 – 1831）[M]. 金留春，黄成来译. 上海：上海译文出版社，1998：51.
❷ 莱蒙托夫. 莱蒙托夫文集：西班牙人戏剧（1829 – 1831）[M]. 金留春，黄成来译. 上海：上海译文出版社，1998：46.

展开了那幸福与罪恶的大海。……

你不懂你自己的心，也不懂我的心，

就这样地委身于我——你爱我，我相信，

但无意识地，把感情当作儿戏，

像儿童般浪漫天真。

但我爱得不同，我看见一切……”❶

正是在这样的反差之下悲剧是不可避免的。时间越久他们之间的距离就越远。阿尔别宁生活在恐慌之中，他害怕失去这最后的避难所。他预感到了幸福不会长久，它是不稳定的，是靠不住的。他早已有这种悲剧性结局的预感。因为驻在他心中的恶妨碍了他内心中的安宁。这在后来陌生人对他的分析中可以看到对其恶进行的比较恰当的评断：

“但是您还不知道他的心——又是黑暗，

又是深邃，像坟墓的大门；

它要是一旦不管向什么打开，

那东西便永远葬在里边。对它来说，

怀疑也就等于证据——他不知道

什么是原谅，什么是怜悯，——

受到了什么委屈——报复再报复，

这就是他的方向，这就是他的法则。”❷

他试图以其自身的恶与现存世界秩序的恶作斗争。然而他

❶ 莱蒙托夫. 莱蒙托夫文集：西班牙人戏剧（1829 – 1831）[M]. 金留春，黄成来译. 上海：上海译文出版社，1998：50.

❷ 莱蒙托夫. 莱蒙托夫文集：西班牙人戏剧（1829 – 1831）[M]. 金留春，黄成来译. 上海：上海译文出版社，1998：174.

把上流社会的谎言视为真理。并且杀害了没有任何罪过的尼娜。他无意中成了假面上流社会的“玩具”。无论他怎样反抗，他都无法逆转自己悲剧性的命运。他在世界上的孤独是永恒的。“是的，你就要死去——我站在这里，孤单一个人……年月将逝去，我也会死去——仍是一个人！可怕！”[❶]这是阿尔别宁在尼娜临死前对她说的话。他对孤独充满了恐惧。

通过以上对阿尔别宁身上恶魔性的分析，很容易让人想到善恶问题。就连阿尔别宁本人都在剧本中提到了这个问题。他在与公爵争吵的时候，说出了这样的一句话：“善恶之间的界限已经被打破”。然而这并不意味着他赞同这种善恶之间界限消除的状态。他只是痛苦地指出这样一个不由他意志决定的现实。这便是阿尔别宁悲剧的根源。莱蒙托夫赋予阿尔别宁恶魔性的特征是为了把他与同样具有恶的其他人物分开。如卡扎林、兹维斯季奇之流。可以引用艾亨巴乌姆所提出一个概念——“崇高之恶”来概括阿尔别宁所具有的恶魔性。而这种“崇高之恶”与卡扎林和兹维斯季奇所具有的低级之恶，与一般的不道德是不同的。莱蒙托夫并不是预先就曾想把阿尔别宁写成不道德的人。他的恶行是最为复杂的一个方面，是外部的环境使他变得残忍。在某种程度上他的真实面孔被掩盖了，但他并不像其他人那样戴着面具。他在爱恨上都是无限真诚的。他具有豁达之心。他宽恕了男爵夫人，因为他知道什么是上流社会，他清楚这里的规则。甚至在一怒之下，在被公爵忘恩负义激起的愤怒之下他也只不过让他昏了过去，而没有杀他。可

❶ 莱蒙托夫. 莱蒙托夫文集：西班牙人戏剧（1829~1831）[M]. 金留春，黄成来译. 上海：上海译文出版社，1998：163.

他却杀死了自己深爱的人。尽管如此，在戏剧中我们感觉到：他唤起观众或读者的不是愤怒，而是怜悯和同情。尼娜是他出于恶而进行报复的牺牲品，而他本人也同样是上流社会的牺牲品。最终他受到了上帝的惩罚。他亲眼看着自己深爱的女人慢慢地死去。此时此刻，他内心定会承受着巨大的痛苦及良心的折磨。而当所发生一切的真相证明了他的报复是个错误时，他本人无法接受这样的事实，他对上帝报复的结果就是对自己的报复。而他的结局甚至不是死，而是比死还要更为可怕的发疯。他曾经拥有的绝对自由意志变成了无意识，这也许就是对他最大的惩罚。

莱蒙托夫对恶魔性主题的偏爱持续了一生。在达到了其戏剧创作高潮的剧作《假面舞会》之后，他又完成了最后一部《两兄弟》。这部剧作中莱蒙托夫仍是没有忘记塑造一位恶魔性较鲜明的主人公——亚历山大。除前面提到的他与其他恶魔主人公具有共同的地方之外，他还独具恶魔的特征。在这部剧本中莱蒙托夫已经很明显地表现出了自己的倾向性。如果说在他早期的戏剧三部曲中还没有明显的恶魔意识的话，那么在他的最后一部戏剧中，他已经是有意识地去塑造一个恶魔形象了。莱蒙托夫通过主人公亚历山大自己的口说出了他所具有的恶魔性："是吗！……自我来到人世我就生成了这样的命……每个人都在我脸上看到一种我其实并没有的恶劣特征……可他们都臆断说我有，于是这种特征便形成了。我谦逊，人们却说我狡猾，于是我就变得隐秘难测。对于善恶我有深刻的感受，可是没有人对我温存，所有的人都侮辱我，于是我就变得爱记仇。我是阴郁的，我的哥哥却快活、开朗，我自认高出于他，人们却贬低我，我就变得好妒忌。我愿爱整个世界，却没有一个人爱我，我便学会了憎恨……我的平淡无奇的青年时代就是在向命运、向社会抗争中度过的……”[1]他认为自己的恶魔特征不是与生俱来的，他怪罪这个世界，是这个世界与世界上的人让他具有了这些特征。于是他就像人们想象的那样行事为人。他对在这个世界上的生活是绝望的。他希望通过爱来给自己带来希望，可他选择错了，他并没有得到真正的爱。于是他开始去破坏。这里亚历山大是一个强有力的破坏者，他介入了哥哥与薇拉之间的感情，企图得到薇拉的爱。可最终他并没有得逞，但却造成了其他人更深的痛苦。他得不到的，他也不希望别人得到。所以当一切都已经结束、哥哥尤里由于知道事情的真相而倒地不省人事的时候，亚历山大犹如一个真正的恶魔对此似乎无动于衷。他甚至嘲笑哥哥那“软弱的灵魂”。我们发现这里我们对他并不象对《假面舞会》中的阿尔别宁那样充满怜悯与同情。他的恶似乎更彻底一些。莱蒙托夫在这里几乎没有特意地描述主人公所处的环境，尽管我们知道这里表现的也同样是上流社会中人物之间的冲突，但并没有直接的并且很充分的理由促使亚历山大去作恶。他只不过已经习惯了妒忌，习惯了破坏。因此，他完全可以置他人的痛苦于不顾，包括自己亲生父亲与哥哥的痛苦，而去极力达到自己的目的。另外，亚历山大的结局也与其他恶魔主人公的结局不同，他并没有受到上帝的惩罚。既没有死，也没有发疯。他会继续生存下去，仍会与这个世界处于对立的状态中。他保护自己的最好方式就是反抗，就是去破坏。他已经没有了以往那些恶魔主人公那种

---

[1] 莱蒙托夫. 莱蒙托夫文集：西班牙人戏剧（1829~1831）[M]. 金留春，黄成来译. 上海：上海译文出版社，1998：210.

充满矛盾并痛苦的心。他已经不再渴望向善，他的努力失败了。他微薄的希望破灭了，因此，他会作一个彻底的恶人。

第四节　莱蒙托夫与浪漫主义

一、俄国浪漫主义的发展

作为文艺思潮，浪漫主义产生于18世纪末，在19世纪上半叶达到繁荣时期，首先在德国兴起，继而在英、法出现了浪漫主义文学运动。18-19世纪之交的欧洲，正值资产阶级处于上升时期，是要求个性解放与感情自由的时代。从社会和历史的发展角度看，一般认为，浪漫主义思潮是法国大革命直接催生的产物。法国大革命后出现了自由主义思潮，主张保证个人自由和独立性，这成为浪漫主义文学的核心思想。事实上，浪漫主义是对文艺复兴时期人本主义思想的继承和发扬，也是对古典主义束缚的一种突破。

俄国浪漫主义较之西欧浪漫主义出现稍晚，且具有其独特的社会与文化背景。19世纪初，就已经出现一些具有浪漫主义精神的试作。直至19世纪20年代，浪漫主义才成为俄国文学生活中的最主要事件，也成了最活跃最热门的争论话题之一。西方的浪漫主义是革命后的一种现象，表现了对实现改革后结果的失望情绪，即对新的资本主义社会的失望。而俄国浪漫主义的形成时期是俄国即将面临资本主义改革的时期。俄国浪漫主义中表现出的是进步人士对现存农奴专制制度的失望，对国家历史发展道路设想的迷茫。另一方面，俄国浪漫主义中也表现出了社会民族力量开始觉醒的倾向，同时社会与个人的自我意识也在迅速成长。因此，俄国浪漫主义在许多方面都有别于西方的浪漫主义。首先，浪漫主义思想、情绪、艺术形式在俄罗斯文学中似乎是以一种并不明显的方式表现出来的。

这里没有合适的社会历史基础，以利其充分发展。既没有相应的文化传统，也没有足够的文学经验。其次，俄国文学的发展速度非常快，这就决定了浪漫主义与其他艺术流派之间界限的模糊性。先是与其前辈古典主义、感伤主义相交叉；而后，与其后继者批判现实主义相融合。与其他文学流派紧密相连，这即是俄国浪漫主义最重要的特征。俄国文学中与浪漫主义紧密相关的有这样一些伟大的名字：普希金、莱蒙托夫、果戈理，杰出的诗人茹科夫斯基（Жуковский）、巴丘什科夫(Батюшков)、巴拉腾斯基（Баратынский）、丘特切夫(Тютчев)等。

俄国浪漫主义的发展通常被划分为三个时期：

1. 1801-1815年——是俄国浪漫主义的形成阶段。此时的浪漫主义与古典主义和感伤主义紧密相连。一般认为，俄国浪漫主义的先驱是茹科夫斯基（Жуковский）和巴丘什科夫(Батюшков)。他们对后来的俄罗斯文学产生了深远的影响。

2. 1816-1825年——是浪漫主义蓬勃发展的阶段。浪漫主义逐渐与古典主义和感伤主义划清界限，并取代它们成为一个独立的文学流派。这一阶段最重要的现象是十二月党人作家的文学活动，以及一些抒情诗人的创作。当然，普希金是这一时期最重要的人物。

3. 1826-1840年——是浪漫主义在俄罗斯文学中广泛传播的时期。这一时期的浪漫主义又出现了一些新的特征、新的体裁、新的作家。浪漫主义情绪更加明显，浪漫主义作家们最终脱离了古典主义与感伤主义文学传统，而开始与新的文学流派现实主义相互作用与影响。这种影响直至19世纪40年代中期，浪漫主义让位于现实主义，而现实主义成为这一时期文学中的主流。19世纪30年代，浪漫主义的顶峰成就当属莱蒙托夫的创作，果戈理的早期作品以及丘特切夫的抒情诗。这一时期，浪漫主义作家中最鲜明、最典型的作家一般认为是莱蒙托夫。

二、莱蒙托夫的浪漫主义戏剧

我们发现，莱蒙托夫的创作正处于浪漫主义发展的高潮时期。大多数研究莱蒙托夫的学者，对于莱蒙托夫早期抒情诗、叙事长诗及戏剧创作具有浪漫主义特征这一事实并无异议。关于其浪漫主义作品，谈论较多的当属叙事长诗《恶魔》与《童僧》。无疑，这是其浪漫主义特征表现最鲜明的作品。然而，不容忽视的是他的所有戏剧创作都集中于19世纪30年代。关于这一时期的俄罗斯浪漫主义，古列维奇（A.M. Гуревич）写道："在19世纪30年代一些优秀人士的观点中明显地流露出了浪漫主义世界观的最主要特征：对现实的深刻失望，对社会进步的怀疑，认为人本性生来就矛盾的思想，对崇高理想的热烈追求，对彻底解决存在的悲剧性矛盾的渴望。"[1] 可以说，莱蒙托夫所有的戏剧作品都基于这样的浪漫主义的氛围，不可避免地释放着浪漫主义情绪。通过对其戏剧文本的分析，不难看出这些浪漫主义元素在其戏剧创作中的渗透。

2.1 戏剧主人公对自由的向往与追求

戏剧《西班牙人》是莱蒙托夫浪漫主义戏剧创作的开端。从剧本的名称、故事发生的时间与地点的选择上已经流露出了浪漫主义倾向。故事并非发生在俄罗斯本土，而是16世纪末到17世纪初的西班牙，这种带有异国情调的选择正是为浪漫主义者们所熟悉的手

[1] A. M. Гуревич. Романтизм в русской литературе. М.: Просвещение. 1980.

法。充满浪漫主义激情的主人公，紧张而又充满悬念的戏剧冲突不能不让人联想到类似的西欧浪漫主义戏剧。主人公费尔南多，一个被弃孤儿，爱上了收养自己的主人的女儿。他明知会遭到反对，但他仍旧是爱，宁愿被逐出家门。因为他需要自由，爱的自由。最终，他以死来捍卫自己的自由，达到了浪漫主义的极致。

《人与激情》的主人公尤里·沃林不同于费尔南多。可以说，他生活在"爱"的包围之中。外祖母与父亲都极力在争取着爱他的优先权，并期待他回报以同样的爱。然而，这样的爱并没有给他带来温暖，相反是痛苦。因为爱亲人之自由他并没有得到。于是他希望通过对女人之爱来实现自己灵魂上的自由。但他的爱情也受到了一定的阻挡，不仅仅是来自外人的阻挡，同时也有来自于他自身的阻挡——他的多疑、敏感，他的误会。这一切的不自由造成了他最终走向绝路。对于他来说，剩下的唯一一条可以走的自由之路，那就是决定生命存在与否的自由。

《怪人》中的弗·阿尔别宁对自由的深刻理解似乎只有在他意识到自己失去了一切之后，此时他感觉到了彻底的自由。因为他对这个世界已经再也没有任何的牵挂，这个世界上已经没有任何可以束缚他的东西了。曾经付出的真诚之爱，换来的是朋友与爱人的同时背叛。爱他人之自由出于己心，他人之爱却无法左右。失去了爱的阿尔别宁，最终获得了"自由"。进入无意识状态（发疯）或者死亡都是灵魂自由存在的另一种方式。

《假面舞会》中的叶·阿尔别宁表面上看一直是自由的。年少时代的轻狂与放纵，赌场上的得心应手与侠义之心，无不彰显其对自由的追求与肆意地挥洒。他的生活似乎一直是按照他的意愿在进行着，直到有一天他发现妻子的手镯丢了。他自由的心开始被怀疑与报复的念头所束缚。他不容许自己真诚的爱、充满期盼的婚姻受到任何玷污，他无法在心灵不自由的状态下生存。他对自由理想的追求被别人的阴谋推到了极限，他采取了报复行动，报复自己无辜的妻子。他以为，杀死妻子他便实现了对其自由意志的解放，然而他却悲剧性地得到了更大的不自由。因为最终他发现，这一切都是因为他的错误怀疑与误会造成的。而他的悲剧性结局是发疯，也许这是保持他自由意志的唯一的无奈方式。

《两兄弟》中的亚历山大，可以说是这些戏剧主人公中获得空前自由的第一人了。他从小就被这个世界认定为具有恶劣特征的人，所以，他就是按照这个世界的认定成长起来的。他深知，他对爱，对善的渴望都是徒劳的。于是，他学会了运用一切“自由”。他自由地去恨，自由地去努力得到本不属于自己的东西。不在意别人的感受，不在意所谓的道德。可以说，该剧中这一形象充分体现了其选择恶、实施恶的绝对自由。

2.2 个人与世界的冲突

费尔南多与世界的冲突在于，他的爱不被允许，原因是在于他的社会地位。爱的自由只属于那些有权势、有地位之人，甚至道貌岸然之人可以为所欲为。主人公的浪漫主义激情正是表现在对这种冲突的激化上。他并不屈从于世界的不公平秩序，即权势及富贵之人所定下的秩序。他极力反抗，宁愿用死来证明自己的立场。

尤里·沃林与世界的冲突在于他与这个世界的不和谐。亲人对他的爱，没有给他带来幸福感。祖母与父亲之间的矛盾造成了他自身爱的矛盾。他把对幸福与自由的希望建立在自己心爱的女人身上。然而，他的多疑个性让他失去了可能获得幸福的机会。与其说他怀疑恋人对自己的爱，不如说他是在怀疑自己可能得到的幸福。他已经见惯了充满矛盾的生活，充满矛盾的爱。最终，他已放弃用其他某种方式解决矛盾的希望；或者说，他已经找到了一种极端的解决方式—— 自杀。

弗·阿尔别宁与其周围的世界和人格格不入。也难怪剧本以“怪人”来命名。在别人看来，他就是这个世界的怪人。首先，他没有一个完整的家，于是他非常期待父母和好。然而，直至母亲去世，父亲都没有原谅接纳她。于是，阿尔别宁责备并诅咒残酷的父亲。没有来自于家庭的爱，没有来自于朋友的爱，更没有来自于爱人的爱。他无法接受所谓朋友的生活哲学—— 一切皆以利为先。阿尔别宁生活在一个冷酷的世界中，没有人会顾及他的感受，他的需要，他的爱。他就像这个世界的局外人，最终不得不提前离开这个与之无关的世界。

叶·阿尔别宁曾与世界上的其他人一样过着放纵的生活，但他同时又意识到自己的与众不同。他看透了上流社会的假面性，厌恶这里的伪善、谎言与诽谤。于是，他将自己从这个世界脱离出来，他选择了家庭，选择一个可以躲避这个世界的港湾，有他爱并爱他的纯洁妻子给他以安慰。但暂时的平静生活并没有彻底解决其与世界的冲突。公爵、男爵夫人、陌生人—— 这个世界伪善与阴谋的代表，没能平静地面对他暂时的幸福生活，他们逼迫其又回到了这个世界中并与之为伍。阿尔别宁恰恰中了这些阴谋之人的圈套，亲手杀死了自己深爱的无辜妻子，亲手毁掉了自己的幸福生活。

亚历山大与这个世界的冲突源于他降临这个世界之时，他自己也不明白，为什么别人从一开始就在他的脸上看到了“恶劣的特征”。 对于善恶他有深刻的感受，可是没有人对他温存，所有的人都侮辱他，于是他就变得爱记仇，变得好妒忌。尽管他愿意爱整个世界，却没有一个人愿意爱他，于是他便学会了憎恨。

他平淡无奇的青年时代就是在向命运、向社会抗争中度过的。

2.3 个人绝对理想的张扬

莱蒙托夫戏剧主人公张扬个人绝对理想的方式是采取行动或是无奈进入无意识状态（发疯）。费尔南多作为莱蒙托夫戏剧创作的第一个浪漫主义形象实现了自己的英雄式行为——亲手刺死自己深爱的女人埃米利娅。纯洁之爱是他的美好理想，而埃米利娅即是其绝对理想的化身。他不能让别人玷污他的绝对理想，故宁愿亲手毁掉。亲手毁掉自己的挚爱，这需要极强的力量，而我们的浪漫主人公拥有这样的力量。于是，直到死，他都捍卫了自己爱的自由，自己的理想。悲剧在于，换来这一切的代价是死。

尤里·沃林的理想是得到自己心爱女人之爱。然而，他不能战胜自己的怀疑特质，他所经历的爱情痛苦，皆因自己的怀疑与误会造成。他所臆造出的爱情痛苦，让他无法承受，让他向上帝发出了呼喊与挑战。认为自己已经失去一切的他也采取了行动——亲手结束了自己的生命。他并没有明确反抗他所面对的世界，没有反抗任何他认为伤害他的人，他只是不愿意再面对这一切，他的反抗是面对终极的，没有什么比自杀更能彰显其反抗的决心了。于是，他最终捍卫了决定自己生命的自由。

弗·阿尔别宁的最终命运也是死。尽管在死前先是进入了无意识状态。这是彻底绝望的结果。他没有去反抗什么，因为他意识到了反抗的徒劳。如果说反抗这个世界，莫不如说是反抗自己。死前的发疯便是很好的证明，他试图战胜自己，让自己接受这已既成的事实，哪怕是因为无奈。但他最终还是未能接受，他的理想也随着他一同离开了这个冷酷的世界。他是莱蒙托夫浪漫主人公中最为无辜的一个，这个世界的确对他很不公平，他的确被剥夺了一切，甚至被剥夺了自由意志。最应该采取反抗行动的他恰恰没有反抗。但他不会再继续存在下去，再做别人眼中的怪人。他意识到自己不属于这个世界，所以他自然地离开了这个世界。

叶·阿尔别宁的绝对理想是对完善世界的渴望。他藐视他周围的世界，但同时他清楚地意识到自己无法改变这个不完善的世界。但属于他自己的世界他坚持着保持它的完美。他让自己脱离了过去的生活，开始了自己为自己设计的理想生活。他以为纯洁的爱可以让他脱离他周围的世界，可以让他不再计较世界的不完善。的确有过这样的时刻，他处于这个世界之外，他感觉自己高于世界之人。但当这个世界的阴谋触及到了他的至爱之时，他不能无动于衷。他要保持自己的绝对理想，对完美之爱的渴望。于是，他宁愿杀死妻子，毁掉自己的爱，也不允许有污点的爱存在。他宁愿一个人孤独至死，也不愿意有个不完美的人陪伴在自己的身边。这就是阿尔别宁，一个坚持自己绝对理想的孤傲之人。

亚历山大存在于这个世界的目的就是要达到自己的目的。他可以毫无愧疚之心不择手段地去为自己的目标而奋斗，他的理想便是自己的需要。他的追求就是为所欲为，不在意别人的感受。他所经历的一切让他明白，这个世界的理想就是个人至上。世界给他的个性以一个并不公正的界定，于是，他即按照世界的界定来行事为人。他与世界一直是对立的，而且他把这种对立归罪于世界。因此，他的生活，他的行为就是要彰显这种对立。他无所畏惧，没有人可以伤害他，即使他痛苦，他也可以让自己藐视这种痛苦。同时，他可以看着别人的痛苦无动于衷，哪怕那是亲人的痛苦。他让自己习惯了冷酷，对于他来说，武装自己免受伤害的最好武器便是冷酷。

第五节　莱蒙托夫的戏剧中塑造人物形象的手段

“剧本（悲剧和喜剧）是最难运用的一种文学形式，其所以难，是因为剧本要求每个剧中人物用自己的语言和行动来表现自己的特征，而不用作者提示”。[1]高尔基的这段话道出了在戏剧中塑造人物形象的特点。尽管戏剧是一门综合艺术：“它兼有诗和音乐的时间性、听觉性，以及绘画、雕刻、建筑的空间性、视觉性，而且同舞蹈一样，具有以人的形体作媒介的本质特征。”[2]然而，剧本作为戏剧的一大要素却是最为基本的。它兼具戏剧性和文学性。我们所要研究的即是已被文字固定下来的作为文学体裁之一的戏剧。本书主要尝试分析莱蒙托夫的剧本中对人物形象的塑造手段，即对话、独白、旁白、情景说明、停顿等手段的运用。

一、对白

众所周知，对话（对白）是戏剧中表现性格和剧情发展的基本手法之一。打开一部话剧剧本，绝大部分篇幅都是人物对话。可以说对话是人物在戏剧中最重要的语言。“对话是两个表演者之间的话语交流。对话的内容是问答、争论等……对话的概念可以扩展为

❶ 高尔基. 孟昌,曹葆华,戈宝权译.论文学[M]. 北京：人民文学出版社，1978：51.
❷ <日>河竹登志夫. 陈秋峰,杨国华译. 戏剧概论[M]. 上海：中国戏剧出版社，1983：3.

三个或更多人物的交叉谈话……”[1]剧本中对话的作用，不仅只是向观众交代已经发生的事情，叙述已经发展了的情节，很多时候对话可以表现戏剧中正面的冲突。如在莱蒙托夫的戏剧《人与激情》的第三幕第五场中有这样一段对话：

“**尤里**

（脸色苍白，郁郁不乐，并不抬眼看玛尔法·伊万诺夫娜）你唤我？

玛尔法·伊万诺夫娜

是的，我的朋友！我早就想和你谈谈了……但总没有机会。

尤里

（冷淡地）我感到很遗憾……

玛尔法·伊万诺夫娜

你老是跟你父亲和伯父在一起，也不来看看我……，我老了、变笨了，是吗？我常说糊涂话，是这样吗？……

尤里

我从小就很少和父亲在一起，您会允许我在他临行前同他谈几句吧……至少我是这样想的……

玛尔法·伊万诺夫娜

谁会阻止你……我只是想对你说，问你一些重要的事情……

[1] 什克洛夫斯基等. 方珊译.俄国形式主义文论选[C]. 北京：生活·读书·新知三联书店，1989：148.

尤里

我听着……（对达利娅）你走开……

玛尔法·伊万诺夫娜

何必呢？她也可以听听……

尤里

我决不喜欢有这样的人在场……请您打发她走开……

（玛尔法·伊万诺夫娜以手示意，达利娅走开）

玛尔法·伊万诺夫娜

你父亲对我说了许多粗鲁的话，我们争吵起来了，他明天要离开这里，你知道吗？

尤里

我知道……可是这和我有什么相干……我，要是这样的话，就和他一起走……

玛尔法·伊万诺夫娜

你……和他……一起走……你……发……疯啦……我不……放你走。

尤里

您不放我走？——您为什么要站在父亲和儿子中间？……难道我还是那个看到了您的行为全不理会的孩子？……也许您并不懂得：能站在父亲和儿子中间的只有上帝！……而您却敢于占据这个位置……

玛尔法·伊万诺夫娜

这就是我的教育的果实！……这就是给

我的感谢！……啊，我干什么要活到今天……尤里要丢下我：以此报答我的善行……再没有人在我临终时用温柔的手来合上我的眼睛了！……”❶

通过这段对话我们可以明显地感觉到外祖母与外孙之间的冲突。这里的对话都是直白的，没有丝毫的掩饰，他们怎么想的就怎么说。我们可以清楚地了解到，这种冲突是来自于外祖母对尤里父亲的嫉妒。她想独霸外孙尤里的爱。割裂父子之间的关系。情节的发展靠对话来推动。不仅如此，对话也慢慢地暴露了对话主体的性格。尤里——一个既爱祖母又爱父亲的年轻人，他是善良的，他不想伤害任何人。可是在祖母无理的逼迫下，他更加同情父亲，于是他不得不伤害祖母。玛尔法·伊万诺夫娜——一个深爱着自己外孙的老女人，只是由于嫉妒、害怕孤独，便听信使女达利娅的挑拨，极力阻挠外孙对其父亲的爱。尽管表面上看她似乎是整个悲剧的根源，但事实上她也是这一悲剧的牺牲品。最后她失去了一切。

对话除了可以表现正面的冲突之外，有些时候作者还可以借助对话主体之口来表现潜在的冲突。这样的对话就某一主体来说是主动的，即这一主体的话语是含有潜台词的。而对话中的其他主体是被动的，有的可能并不清楚潜台词的含义，仍是按照正常的思维去理解话语的含义。而有的则是十分清楚潜台词的意义。对话中的冲突是隐含着的，表面上似乎并不存在。但观众或读者能够感觉得到。如在莱蒙托夫的《两兄弟》第二幕第一场中有一段这样的对话：

---

❶ 莱蒙托夫. 莱蒙托夫文集：西班牙人戏剧（1829－1831）[M]. 金留春，黄成来译. 上海：上海译文出版社，1998：247.

“尤里

公爵，我觉得我有义务来向您表示我的敬意

公爵

我与内人当尽力使这种义务变得愉快！请坐，说到您就到，我和我妻子刚刚还在谈论您来着……我要揭发她。请设想一下，她竟说您脸上带着刻毒、讥刺的表情……

尤里

也许，公爵夫人是对的。不幸会使人变得刻毒。

公爵

哈－哈－哈。您能有什么不幸，您还这么年轻。尤里 公爵！您之所以感到惊异是由于您自己过于幸福的缘故。

公爵

过于！——啊，这确实是挖苦，我开始相信我妻子的话了。

尤里

相信吧，您该相信她，公爵夫人还从来不曾欺骗过任何一个人呢。

薇拉

（迅即打断他）说说吧，您是直接来我们这里还是去过了别的地方？

尤里

我今天已作了几处拜访了……其中之一是

很有意思的……我是那么激动，直到现在我的心还跳得像个锤子一般……

薇拉

激动？……

公爵

肯定是与某个昔日热烈崇拜的人儿重逢啦，——这可是来度假的年轻军人的老一套啦。

尤里

让您说中了。我遇见了一个我过去爱得发疯的姑娘。

薇拉

（心神不定地）那么现在呢？

尤里

请原谅，这是我的秘密，除了这一点之外，倘若想听的话，我可以讲讲……”[1]

当尤里开始走进公爵家的时候，他与薇拉已经预感到了要进行一次特殊的对话。表面上似乎主要是尤里与公爵之间的对话，而薇拉只是偶尔地插话。而实际上，所有的话都是尤里想对薇拉说的，而薇拉基于自己特殊的身份又不得不掩饰自己真实的感觉。只有这样，另一位对话主体——薇拉的丈夫公爵才会被蒙在鼓里。这也就达到了尤里想要对话的目的。

---

[1] 莱蒙托夫. 莱蒙托夫文集：西班牙人戏剧（1829－1831）[M]. 金留春，黄成来译. 上海：上海译文出版社，1998：204－205.

接下来尤里讲述了他的恋爱史，讲述了他们分别三年间尤里对爱人的思念，但对话仍在继续：

“**公爵**

罗曼司的开端平淡无奇。

尤里

对您来说，公爵，结尾也是平淡的……

我发现她已经出嫁，由于骄傲，我按捺

下自己的狂怒……只有上帝明白这中间

发生了什么。

公爵

怎么？她不能永远等着您呀。

尤里

我也没有要求过什么，是她自己轻易许下

了诺言的。

公爵

年轻，轻浮，缺乏经验嘛—— 应当原谅

她。

尤里

公爵，我甚至不曾想到过要谴责她……

然而我心里是很不好过的。

公爵夫人

（颤声）原谅她—— 可能，她找到了

一个比您更可敬的人。

尤里

他又老又蠢。

公爵

那么是富有又显赫啰，

尤里

是的。

公爵

哎呀！这在现时是主要的！他的行为完全合乎这时代的精神。

尤里

（想了想）对此我不想争辩。

公爵

要是处在您的地位，我现在就会去追她。她的丈夫要真如你所说的那样，那么，也许她还在爱着您呐。

薇拉

（迅速地）不可能。

尤里

（凝视她）请原谅，公爵夫人，我深信，她现在依旧爱着我。（想离开）”❶

这段对话里观众或读者与薇拉一样都清楚尤里话语中的潜台词。薇拉只有两处插话：“可能她找到了比您更可敬的人”，她的假设实际上是在向尤里暗示她自己的行为是情可原的。而一句“不可能”是想否认自己还爱着尤里。这是对他丈夫猜测的本能反应。正是由于她心中存有对尤里的爱，她才会有如此反应。但

❶ 莱蒙托夫. 莱蒙托夫文集：西班牙人戏剧（1829 – 1831）[M]. 金留春，黄成来译. 上海：上海译文出版社，1998：207.

她又不想让别人洞悉她的真实感受。这里最为无辜的是公爵，他本来是不属于这段对话的。而恰恰是因为他是薇拉的丈夫，所以才充当了尤里利用潜台词时最好的助手。此情此境，他是无法理解潜台词的真正含义的。

在莱蒙托夫戏剧的对话中还存在另外一种对话，即对话主体的一方故意回避另一方话语中的某一层含义。而这一层含义恰恰在某种程度上揭示了人物的本质。如在《假面舞会》第一幕第二景的第二场中有这样一段对话：

“**假面人**

你呀！没有骨气、品行不端、肆无顾及、

妄自尊大、心眼狠毒、而又软弱无能；

在你身上反映出整个时代——

闪光，但却渺小的当今时代。

你想要得到一切，但却不舍得牺牲；

你瞧不起没有自尊、没有心肠的人，

而自己却听任人们玩弄。

啊！我深知你……

公爵

我认为这是莫大荣幸。”[1]

从这一对话可以看出，公爵似乎并不在意假面人对自己的分析。他仅用一句“我认为这是莫大荣幸”作为对假面人的回应。并不是对整段话的回应，而是针对“我深知你”的回应。

---

[1] 莱蒙托夫. 莱蒙托夫文集：西班牙人戏剧（1829－1831）[M]. 金留春，黄成来译. 上海：上海译文出版社，1998：30.

由此，我们不仅可以了解公爵的本性，同时从其对假面人话语的反应也足以体察其虚伪的一面。

对话可以说是剧本的主体，但作家往往还会利用其他的话语手段来表现主人公的性格，及推动剧情的发展。其中独白和旁白便是剧作家常用的手段。

二、独白

在莱蒙托夫为数不多的戏剧中常常使用大段的独白。它是构成情节的因素之一。独白的特点是可以表现人物激烈的内心活动。它必须是人物内心激情的自然流露。莱蒙托夫戏剧主人公的复杂性格注定了作家要使用独白来表现。有些时候独白是主人公对自己个性及心理的剖析。如在《两兄弟》的第四幕第一场中亚历山大有这样一段独白："……是的，我三十岁了……我做了些什么？我为什么活着？……别人说我是自私自利的人；那么，我活着就只是为自己吗？……不，我放弃一切，永远无声无息地当别人恣意任性的牺牲品，永远同自己的激情斗争，不去追求任何享受，对自己也感到厌烦——我甚至不去有意对别人干坏事……那么，我是为了别人而活着？也不是……我对别人也没有做过好事，因为我担心别人忘恩负义，我既对愚蠢的人不屑一顾，又怕同聪明人打交道，我远离一切人，不关心任何人——我孤孤单单一个人，总是一个人，就像该隐一样被摒弃，——上帝明鉴，这是谁的罪过……"[1]这里亚

[1] 莱蒙托夫. 莱蒙托夫文集：西班牙人戏剧（1829－1831）[M]. 金留春，黄成来译. 上海：上海译文出版社，1998：30.

历山大不仅分析了自己的性格，自己的行为方式，而且还描述了自己最为细微的感受。因此，可以说独白是表现人物心理最为理想的手段之一。尤其是在表述真切感受、微妙心理变化的时候，出自人物之口的独白是很有说服力的，也是很容易打动观众或读者的。

有些独白是融入对话之中的。即在对话的过程中人物的自言自语。之所以是自言自语，多半是因为不想让其他人听到，这些话语也是表现人物在对话语境中的心理状态。例如：在戏剧《怪人》的第十二场中当弗拉基米尔·阿尔别宁得知娜塔莎要嫁给别林斯基后前来拜访时有这样的情景：

> “**娜塔莎**
>
> （弗拉基米尔刚进入）喔！阿尔别宁！
>
> **别林斯基**
>
> （独白） 来得真不是时候！鬼使神差吗？他会气疯的；他，大概还不清楚要娶的是谁！必须避着点，要不，他一发作，我就要首当其冲了。（大声）我不想在这会碰上阿尔别宁。您知道他……
>
> **索菲娅公爵小姐**
>
> （对他斜乜了一眼）确实如此！……
>
> **别林斯基**
>
> 那么，我告辞了！（走向书房）
>
> **娜塔莎**
>
> ……
>
> **索菲娅公爵小姐**
>
> 谢天谢地！（独白）我本以为，这个别林

斯基不会受良心责备的……现在，我看到的恰正相反。他害怕正视被他欺骗的那个人的眼睛！这么说来，他比我更有罪！……我注意到了他脸上的羞愧！让他逃避好了……但他能逃避得了上天的必然惩罚吗？”❶

这里别林斯基的独白表现了他此时羞于见到弗拉基米尔的恐惧心理。由此，这位出卖朋友且极其虚伪的人就这样鲜明地站到了观众或读者的面前。而索菲娅公爵小姐的独白也反映了她在该语境下的复杂心理。本来她以为自己与别林斯基是同属一类人的，都是破坏别人爱情的卑鄙之人。这在本场前面索菲娅小姐的一段独白中就可看出：“这个人想的、谈的都是幸福，却夺走了自己朋友仅存的幸福……我可没有多少罪过，为什么我该烦恼呢？喔，要是我能替代弗拉基米尔失去的那个人，如果……但愿如此……”。❷ 然而索菲娅却最终意识到他们的差别。这样的独白可以说是借分析别人来体察自己。她似乎在寻找一个参照物，一个可以让自己心理上更平安的人。

三、旁白

除对话、独白之外，在莱蒙托夫的戏剧中还使用了大量的旁

❶ 莱蒙托夫. 莱蒙托夫文集：西班牙人戏剧（1829 – 1831）[M]. 金留春，黄成来译. 上海：上海译文出版社，1998：369.

❷ 莱蒙托夫. 莱蒙托夫文集：西班牙人戏剧（1829 – 1831）[M]. 金留春，黄成来译. 上海：上海译文出版社，1998：362-363.

白。戏剧中的旁白是建立在一种假定性的基础上的，即假定剧中某一人物说的话台上其他人物是听不见的，但观众听得见。剧作者让人物通过几句旁白，向观众披露自己内心的隐秘。这些隐秘的内心活动是不能或不愿意对场上人物说出来的。但却需要使观众了解。在这样的情况下，旁白可以收到对话不能达到的效果。例如，剧本中适当地运用旁白可以表现人物对谈话对象的某种负面看法。试看《人与激情》的第一幕第一场中两个仆人之间的对话：

“**达利娅**

（微笑）我看你总是袒护尼古拉·米哈雷奇。没准他把你收买了，可怜的人哪；怪不得你老是说他好啊好啊的。

伊万

（旁白）以己度人。（傲然）我袒护的总是正确的一方，再说我相信，所有的仆人都清楚，还从来没有人收买过我。

达利娅

你竟这样背弃我们的太太。好哇，好哇，伊万（跺脚），就让我一个人留在她身边吧，我整个的心都依恋她——不幸的太太呀。（装出要哭的样子）

伊万

（旁白）毒蛇！”[1]

[1] 莱蒙托夫. 莱蒙托夫文集：西班牙人戏剧（1829－1831）[M]. 金留春，黄成来译. 上海：上海译文出版社，1998：208.

有些旁白也是插在对话之中的。在对话中，对话的主体随着对话的进展心里想说、但又不便于说出口的话。事实上这正是基于戏剧这种体裁的特点为了让观众或读者了解此时对话主体的心理活动。这是了解人物性格的重要手段。如在《人与激情》第四幕第一场中有这样的一段对话：

“玛尔法·伊万诺夫娜

我想……

达利娅

随您的便，太太，我准备执行您的命令。

玛尔法·伊万诺夫娜

（旁白）她说得有道理：倘使外孙知道了一切，我在我家里养着他，他却来谴责我，这会成为一块压在我心上的石头，去他的吧。（向达利娅）好，我同意你的想法，看来，我命中注定要过孤寂的老年，可是我过去的日子过得多么称心。我迟早要报复他们的。

达利娅

（旁白）起作用啦。（向她）说到报复，我这是最好的办法……”❶

在该对话中对话主体的心理都是随着对方的话语而变化的，她们在进行语言对话的同时也在进行着心理上的对话。

❶ 莱蒙托夫. 莱蒙托夫文集：西班牙人戏剧（1829 – 1831）[M]. 金留春，黄成来译. 上海：上海译文出版社，1998：254.

很多时候，旁白与独白起着相同的作用——即表现激烈的内心情感。在《人与激情》的第四幕第四场尤里有这样的一段旁白："如果他杀死了我，他将难以得到她；如果我杀死了他……啊！报复！他就永远也不能得到她了，他不能，我也不能……就这样吧……现在我很清楚，他为什么不愿决斗：他怕失去她……我多么希望能处在他的地位啊。我要叫他死，这个夺去我最后的宝物，我心中最后的幸福的强盗……叫他死，诅咒他！"[1] 这是尤里在要求与其朋友扎鲁茨基进行决斗时的内心活动。旁白在此表现的是人物复杂矛盾的情感变化。具有极强的感染力。

四、情景说明

以上几种运用在戏剧中塑造人物形象的手段都是通过人物自身的语言体现出来的。除此之外，在剧本中作者的情景说明（Ремарка）（也可称"舞台提示"）也是塑造人物形象的一种手段。"情景说明分为布景说明和表演说明，后者指明各角色的举动、手势和表情"。[2] 本文更多是指后者。由于戏剧的语言具有一定的动作性，因此人物说话时常常伴随着外部动作。那么我们在读剧本的时候，作者的情景说明便显得格外地重要。因为"它是向演员及导演传述艺术构思的辅助手段"。[3] 同时对于戏剧"读者"来说，可以营造真实的舞台情境。试看《西班牙人》中

❶ 莱蒙托夫. 莱蒙托夫文集：西班牙人戏剧（1829－1831）[M]. 金留春，黄成来译. 上海：上海译文出版社，1998：259.

❷ 什克洛夫斯基等. 俄国形式主义文论选[C]. 方珊译 . 北京：生活·读书·新知三联书店，1989：150.

❸ 什克洛夫斯基等. 俄国形式主义文论选[C]. 方珊译 . 北京：生活·读书·新知三联书店，1989：150.

一段这样的戏：

“**埃米利娅**

啊上帝，让我去死吧，千万别叫我蒙受耻辱。

（跌坐在椅子上，蒙住脸）

索里尼

这全是装模作样！我不信，会有这种没法治的小妞。（他欲吻她的手，她给了他一记耳光。他用手指威胁着，恶狠狠地低声说）你居然会这样，这么厉害的姑娘！……嘿！嘿！看我来对付你……不！我不会忍受这个侮辱……我必报复……瞧着吧……现在你别再妄想得救啦。我才不想听你的呻吟，即使这些墙壁都溅满了眼泪；我宁可，宁可叫大地迸裂，把我和整个儿的西班牙一口吞进，也不会启开我的心灵，去塞进哪怕是一丝的怜悯……我要让你认得我索里尼！……他可以求你，也可以按自己的需要命令你。（她放下掩蒙着脸的手，惊恐地瞅着他）必要时，我还会拿把匕首来摆弄，以便使您，女士，对我乖乖地顺从。（恶毒地）哈！哈！哈！……嘿！让你认识我！（逼近她。忽然传来喧闹声）喂！—— 谁在那儿？（索里尼开门，一群西班牙人入）……”[1]

这里伴随着动作的语言更能产生戏剧性的效果。埃米利娅的惊恐与无奈，索里尼的恶毒与凶残借着作者的说明而格外具有穿透力，可以钻入读者的想象空间。除此之外，我们也发现：这段对话之后作者在说明索里尼对埃米利娅的态度时使用了一些这样的词：讥讽地、傲慢地微笑、恶狠狠地等。这恰恰向我们展示了一个暴虐的伪君子形象。

当剧本上演的时候，即在舞台上，演员要通过形体动作使情景说明获得直观的再现。

五、停顿

另外，在莱蒙托夫的剧本中还常常可以见到情景说明中所说的“停顿”（或称“沉默”）。在这时，人物没有台词，没有明显的形体动作。只是静止不动。“停顿”本身并不能向观众展示人物具体的心理活动。因为在这一瞬间，他（或她）是静止不动的，我们表面上既看不到人物在做什么，也听不到他们说了些什么。因此，我们不能深入到人物内心深处去把握其隐秘的心理活动。但剧本中的“停顿”并不是孤立的，即它是处于一定的情境中的。它是前面一系列动作的“果”，同时又是后面某些动作的“因”。停顿也同其他的语言手段一样是戏剧中塑造人物时不可或缺的手段之一。尤其是在情节发展比较紧张，人物情感起伏较

[1] 莱蒙托夫. 莱蒙托夫文集：西班牙人戏剧（1829－1831）[M]. 金留春，黄成来译. 上海：上海译文出版社，1998：141.

大的戏剧中，很适合运用停顿这种表现方式。

在莱蒙托夫的剧本《西班牙人》中大量地使用了停顿。但停顿在不同的上下文中有其不同的意义与作用。例如，当阿尔瓦列茨充满恶毒地向费尔南多讲述了他的身世时，后者有这样的反应：

> **“费尔南多**
>
> （惊呆了，自言自语地）是的，是的，是个货真价实的被遗弃的孤儿！……在上帝的广阔的世界上，你举目无亲！……哺育我的不是生身之母的乳汁，我也从未在她的双膝歇息。而在我摇篮上唱歌儿，教我祖国语言的竟是陌生的声音。（停顿）”❶

这里的停顿是从他的自言自语转为不言不语的。其实这并非意味着他思想活动的停止，而此时此景恰恰说明了主人公受到了巨大的冲击。事实上是内心活动十分剧烈的时候。

而有些停顿只是说明人物在说话时思想上的一种转换。例如：《西班牙人》中埃米利娅的一段独白：

> **“埃米利娅**
>
> 一切都那么安宁！——唯独我的心不能平静。这个薄情负义的人！我恳求他为了我怎么也得忍着点儿。难道连这么做他都不可能？——这就是男人！难道说，我

❶ 莱蒙托夫. 莱蒙托夫文集：西班牙人戏剧（1829 – 1831）[M]. 金留春，黄成来译. 上海：上海译文出版社，1998：20.

父亲的影响重于我的爱情？如今，已没有
一个可以给我安慰的人；
（停顿）
后母啊！—— 都是些狠心的女人；还有
那个伪君子！——这些人包围着我，真叫
我难以容忍！……”❶

此刻埃米利娅站在月光下思索自己的境况，本来她的意念是在自己心爱的人身上的。对他充满了怪怨。但在停顿之后却将怪怨转到了后母身上。

有时停顿表示人物处于一种困惑或怀疑的状态，有时也是处于惊异的状态。此时停顿可以给人物以从怀疑不解到确切判断的时间，即可以为人物的心理变化提供过渡的时间。在《西班牙人》中当费尔南多从要杀莫伊谢伊到解救他的行为转换中有这样的一段对白：

“**莫伊谢伊**
请别枉杀了我这老头；
（扑向费尔南多的脚下，抱住他的双膝）
放了我吧……我们原是共一个上帝呀……
他们在追……我是个父亲……想必你的
父亲还在……啊，看在你父亲的份上——
救救我，别让宗教裁判所逮住我……我可
以送你一半财产……可是你为什么要无
端地将白发污辱—— 你的上帝会给你报

❶ 莱蒙托夫. 莱蒙托夫文集：西班牙人戏剧（1829 – 1831）[M]. 金留春，黄成来译. 上海：上海译文出版社，1998：40–41.

应……我有女儿，她该怎么办，如果你不肯饶过我……她该怎么办……啊！可怜可怜我吧！

费尔南多

你有一个女儿！……我却想？……啊……不！纵令他没有她，世上的孤儿已经够多啦……拿着（眼睛没有瞧他，丢给他斗篷和帽子）穿上吧！……跟上我——别出声……要不就完啦！……别出声——我来救你吧！……

莫伊谢伊

怎么回事！……这是怎么回事！……（停顿。犹太人诧异万分。西班牙人轻蔑地瞅着他）他不是基督徒……肯定不是，我敢以耶路撒冷起誓。（披戴起斗篷和帽子）”[1]

停顿这一手段比较典型地用于揭示人物复杂矛盾的心理。在莱蒙托夫的《假面舞会》中，当尼娜临终的时候她与丈夫有这样一段对白：

“阿尔别宁

尼娜，现在你可以祈祷了：再过几分钟就

---

[1] 莱蒙托夫. 莱蒙托夫文集：西班牙人戏剧（1829 – 1831）[M]. 金留春，黄成来译. 上海：上海译文出版社，1998：50.

到了你咽气的时辰—— 你的死对人们说来将会成为秘密，将来只有神的裁判者来裁判我们。

尼娜

怎么？死去！现在，此刻就死—— 不，不可能！

阿尔别宁

（笑）我预先就知道，这会使你感到惊恐。

尼娜

死，死！对拉—— 都是地狱—— 胸中燃烧……

阿尔别宁

是，我在舞会上给你下了毒药。

（沉默）

尼娜

我不信，不可能—— 不，你在骗我，开玩笑……”❶

这里阿尔别宁的沉默，仅仅是在说了一句话之后。这句话表面上看来似乎很轻松，只是告诉妻子一个事实，然而他的内心所有复杂情感都包含在这一沉默之中了。绝非表面平静的沉默那么简单。这在接下来的对白中便可看出。毒死心爱的女人，他怎能平静呢？

---

❶ 莱蒙托夫. 莱蒙托夫文集：西班牙人戏剧（1829－1831）[M]. 金留春，黄成来译. 上海：上海译文出版社，1998：162.

暂时的沉默只能说明他的无奈，他的无语也正说明了他复杂的内心斗争。他说出这句话，只是让妻子相信，她真的快要死了，同时也等待着妻子的反应。他十分清楚，一切都无法挽回了。死是必然的，但他的心却无法因自己制造的死亡而平静。因此，沉默是无奈，是无助，是等待，是痛苦。

通过分析我们发现，莱蒙托夫在自己或成熟或并不成熟的戏剧中充分地使用了戏剧这一体裁所具有的塑造人物的手段，从而令其戏剧有声有色。

第三章

《假面舞会》——莱蒙托夫戏剧创作的巅峰

第一节 《假面舞会》与其创作时代

戏剧《假面舞会》无论是在俄罗斯文化中，还是在莱蒙托夫的整个戏剧创作中都占有特殊的地位。正是因为如此，研究莱蒙托夫的戏剧，无疑不能不加重它在研究中所占的比重。纵观《假面舞会》的研究史，我们也可以发现各代研究者们对其所给予的关注相对之多。不管是从莱蒙托夫本人的创作阶段，还是从当时大的社会政治背景来看，它所产生的时代都具有特殊意义。首先，《假面舞会》是在莱蒙托夫创作从早期到成熟期的过渡阶段中形成的。其次，这个时期恰恰是19世纪上半叶比较特殊的时期。

一般认为莱蒙托夫的创作道路分为三个阶段：

第一阶段（1828-1832年）：即青少年时期，主要作品是诗歌与剧本，占主导的是浪漫主义的抒情体裁。

第二阶段（1833-1836年）：浪漫主义和现实主义在他的创作中共存，现实主义创作占主导地位。初次尝试散文创作（《瓦吉姆》《里戈夫斯卡娅公爵夫人》。）也正是在这一时期其戏剧创作艺术获得了飞跃，即创作了《假面舞会》。

第三阶段（1837-1841年）：即成熟期，其创作的最后四年。这一时期无论是对诗人自己的创作来说，还是对于整个伟大的俄罗斯文学来说都是一个最重大的时代。

莱蒙托夫出生并成长于19世纪的前半期，这一时期对于俄国和欧洲的大多数国家来说，都是一个充满重大动荡事件的时期。首先是1812年的卫国战争，它对俄国历史发展的全过程以及解放运动的产生都具有重要的意义。战争使许多人开始认真思考俄国人民，特别是俄国农民的命运。而后1825年的俄国十二月党人起义便是这一时期俄国社会政治生活中的另外一件重大事件，同时也是俄国文化史中一个重要的里程碑。十二月党人起义遭到了尼古拉一世的残酷镇压，五位领袖被杀，百余相关人士被流放。从此，在俄罗斯开始了最反动的黑暗统治时代。而莱蒙托夫正是属于在这次起义失败后黑暗年代成长起来的一代。尽管尼古拉一世在国内实行的是极端反动的恐怖政策，但这却不能阻止十二月党人的思想对社会科学、文学和艺术的发展产生重大影响。

“十二月党人运动对俄国文学的命运产生了巨大的影响。贵族革命家运动最积极的时期也正是文学生活最活跃的时期。20年代前半期产生了一批优秀的文学作品，首先是与十二月党人有密切关系的格里鲍耶多夫和普希金的创作。在它们的作品中反映了十二月党人的许多思想。”[1] 莱蒙托夫与和十二月党人

[1] 苏联院历史所列宁格勒分所. 俄国文化史纲（从远古至1917年）[M]. 张开，张曼真，王新善，房书伦等译. 北京：商务印书馆，1994：292.

同时代的普希金有所不同，他成长于起义失败之后。他的诗歌、散文和戏剧都堪称是优秀之作。同时也是十二月党人之后社会优秀分子陷入思索的表现。他的作品表现出了勇敢的反抗精神，同时也充满了对当时社会的批判。这也恰恰说明了他对尼古拉一世统治的强烈不满。在这一点上他与前辈们是相同的。在戏剧的创作上，格里鲍耶多夫的《智慧的痛苦》和普希金的《鲍利斯·戈都诺夫》使俄国戏剧文学前进了一大步。而莱蒙托夫的《假面舞会》是继它们之后的又一部有影响的剧作。

由于时代的黑暗，上述的优秀剧作都曾遭受被禁演的命运。尼古拉一世登基之初所建立的直属沙皇内庭的第三厅，是最高的政治警察机关。1828年政府制定了一项条例，其中规定戏剧作品应受双重检查：剧本的出版由国民教育部检查；而剧本的演出则直接由第三厅检查。因此出版的剧本在上演时又须经过许多新的检查和删改。第三厅的厅长卞肯道尔夫可以随意决定剧本的上演或禁演。尼古拉一世政府竭力阻挠追求自由、反对进步社会情绪的作品上演。也正因为如此，莱蒙托夫《假面舞会》的舞台命运走过了一条艰难且复杂的道路。

第二节 俄国19世纪前半期的戏剧创作状况

19世纪前半期，总体来说，俄国的戏剧创作和戏剧表演艺术是在复杂且艰难的条件下发展的，而在20年代至50年代则进步得很快。莱蒙托夫的所有戏剧创作都集中在30年代，恰好处于这个大背景之下。19世纪初的戏剧中还有明显的感伤主义倾向。俄国感伤主义的最主要代表卡拉姆津曾翻译过莎士比亚的《尤利乌斯·恺撒》和莱辛的《爱米丽雅·伽洛蒂》。同时他也是一个戏剧家，对俄国戏剧美学的产生在很多方面都有良好的影响。卡拉姆津的小说曾是19世纪前10年一些剧作的基础。这一时期享有盛誉的奥泽洛夫（В.А.Озеров）为俄国戏坛作出了不小的贡献。他的创作也受到了感伤主义的影响。别林斯基曾评价道："他的出现是俄国文学中的一个时代……尽管他的才能是卓著的，但他基本上属于卡拉姆津派。"[1]奥泽洛夫先后创作了悲剧《俄狄浦斯王在雅典》（《Эдип в Афинах》）、《芬加尔》（《Фингал》）、《季米特里·顿斯科伊》（《Димитрий Донской》）、《波利克谢纳》（《Поликсена》）。奥泽洛夫受欢迎不仅因为他的创作个性及其表现人物内心世界的

[1] Герасимов.Ю.К., Лотман.Л.М. (ответственный редактор),Прийма.Ф.Я. Академия Наук СССР История русской драматургии ⅩⅦ－ⅩⅨвека. Ленинград. «НАУКА». ленинградское отделение. 1982г. С.181-182.

努力，同时还因为他的创作富于爱国主义精神和时代感。他的作品对于舞台艺术的发展有很大的推动作用。

19世纪初，在俄国戏坛的喜剧中，著名寓言诗人克雷洛夫（И.А.Крылов）的戏剧活动也是很值得重视的。他虽以寓言而享有盛誉，但他的文学活动却是以戏剧创作开始的。“第一批标志着体裁的发展进入了崭新阶段的剧本当属克雷洛夫的剧作。”❶他的喜剧大多充满了对贵族社会的讽刺意味，因此他最初的创作并没有得以在舞台上演出。直至19世纪初期，他所创作的优秀剧本《馅饼》（«Пирог»）、《时髦小店》(«Модная лавка»)、《女儿训》(«Урок дочкам»)才得以上演。在这之后，克雷洛夫的创作完全转到寓言方面去了。他在喜剧中讽刺了贵族及地主阶层的生活“时尚”，对他们狂热地膜拜法国风尚也给予了嘲讽。“克雷洛夫的喜剧贯穿着爱国主义及民主主义精神，继承了冯维辛的传统，在现实主义戏剧的发展上迈出了大大的一步，为格里鲍耶多夫和果戈理的喜剧开辟了道路。”❷因此，克雷洛夫在这一时期戏剧文学中的地位不容忽视。

上文已经提到，十二月党人的思想对俄国文化的各个方面产生了重要的影响，显然也影响了戏剧艺术的发展。十二月党人认为戏剧可以影响广泛的社会阶层，因此他们以及与之相关的人士都很重视戏剧，并把戏剧视为进行政治道德教育的手段。此间，最有代表性的是格里鲍耶多夫的《智慧的痛苦》。根据赫尔岑的评论，其主人公恰茨基身上反映出了他与十二月

---

❶ Герасимов.Ю.К., Лотман.Л.М. (ответственный редактор),Прийма.Ф.Я. Академия Наук СССР История русской драматургии ⅩⅦ – ⅩⅨвека. Ленинград. «НАУКА». ленинградское отделение. 1982г. Стр.222.

❷ 苏联院历史所列宁格勒分所. 俄国文化史纲（从远古至1917年）[M]. 张开，张曼真，王新善，房书伦等译. 北京：商务印书馆，1994：306.

党人的“亲缘特征”。格里鲍耶多夫的喜剧经久不衰，对现实主义表演艺术的发展有十分重要的影响。而普希金的悲剧《鲍利斯·戈都诺夫》是俄国戏剧的另一个划时代的成就。这部剧作完成于1825年，它的思想内容也同十二月党人的解放思想有着深刻的内在联系。但这两部剧作都没能得以在创作之初便上演。《智慧的痛苦》从1831年才开始在都城的皇家舞台上演，而60年代以前，这部剧禁止在外省演出。《鲍利斯·戈都诺夫》被当局禁演持续达40年之久。直到1870年，该剧才得以由亚历山德拉剧团首次上演。

俄国本国剧作的艰难上演使得西方一些剧作在19世纪前半期的俄国舞台上占有一席之地。 德国剧作家A.科采布的话剧在19世纪头几十年俄国上演的剧目中占有很重要的地位。这也同当时感伤主义的传播有很大关系。他的作品中多半带有小市民的感伤情调，往往写的是日常生活中普普通通的老百姓。而且他的话剧很适合在舞台演出，同时也适于发挥演员的表演技巧。许多著名的演员，如谢苗诺娃和雅科夫列夫，以及稍后的莫恰洛夫和谢普金都演过科采布的戏。在19世纪前25年中的俄国戏剧舞台上曾上演了拉辛的古典主义悲剧《菲德拉》《爱丝菲尔》等，高乃依的悲剧《熙德》《贺拉斯》，伏尔泰的悲剧《扎伊尔》《唐克雷德》等，还曾改编上演过莎士比亚的《李尔王》《奥塞罗》《哈姆雷特》，以及席勒的《强盗》和《玛丽亚·斯图亚特》。在这一时期也曾上演过法国伟大喜剧家莫里哀的剧作。

除了上述西方的一些戏剧外，这一时期纯消遣性的通俗笑剧(водевиль)和传奇剧(мелодрама)也开始在俄国流行。“通俗笑剧是一种带有音乐伴奏和舞蹈的戏剧体裁。以滑稽的歌曲为主要特点。一般地说，这种戏剧缺乏严肃的思想内容。在某种程度上说，这也是贵族阶级衰落的表现，但也有个别好的剧目。传奇剧是以凶杀、犯罪等作为主要情节基础的。他的主要思想是倾向反动的：肯定专制制度、歌颂对沙皇的忠诚、宣传贵族资产阶级的道德标准等。”[1]由于政府限制有进步思想、充满了高度热情的浪漫主义戏剧上演，因此19世纪的三四十年代，通俗笑剧和传奇剧成为戏剧舞台上的主要剧目。这是政府为了在文化方面巩固自己的统治，而培养的一批为自己政治服务的剧作家所为。其中传奇剧中最有代表性的作家是库科里尼克（Нестор Васильевич Кукольник）。他的第一部剧《道尔克瓦托·塔索》(1831)（《Торквато Тассо》）获得了很大的成功。接着他又完成了新的剧作《上帝之手挽救了祖国》(1832)（《Рука всевышнего отечество спасла》），并于1834年在亚历山德拉剧院上演。而通俗喜剧这类体裁在三四十年代可以说发展到了自己的全盛时期，它几乎在这些年的全部剧目中占了一半。这类体裁的代表作家主要有：卡拉特金（П.А.Каратыгин）、科尼（Ф.А.Кони）、林斯基（Д.Т.Ленский）、费奥多罗夫（П.С.Фёдоров）等。通俗笑剧专门追求外部效果，搜集各种偶然的荒诞情节，制造离奇的舞台情势。这些剧本通常是远离现实生活，没有真正的人物和性格。多数的通俗戏剧对俄国戏剧创作和对观众有着不良影响。“果戈理和别林斯基都曾反对过通俗笑剧和传奇剧对俄国戏剧的不良影响。果戈理一谈到传奇剧和通俗笑剧就非常生

[1] 王爱民, 任何著. 俄国戏剧史概要[M]. 北京：中国戏剧出版社，1984：93－94.

气……”[1]因此,传奇剧和通俗笑剧虽然曾轰动一时，并暂时统治了俄国舞台，但它是没有生命力的。它只是这一时期的一种戏剧现象。“19世纪40年代末通俗笑剧作为一种戏剧体裁渐渐走向衰落，它一面与日常生活喜剧融合，一方面又在轻歌剧中为自己找到了代替物。到了19世纪60年代，它作为俄国戏剧整体的现象已不复存在”[2]

❶ 王爱民, 任何著. 俄国戏剧史概要[M]. 北京：中国戏剧出版社， 1984：157.

❷ Герасимов.Ю.К., Лотман.Л.М. (ответственный редактор),Прийма.Ф.Я. Академия Наук СССР История русской драматургии ⅩⅦ－ⅩⅨвека. Ленинград. «НАУКА». ленинградскоеотделение. 1982г. С.425

第三节 《假面舞会》的创作过程

在莱蒙托夫所有的戏剧作品中《假面舞会》是唯一一部他想要搬上舞台的剧本。正是由于他的这一梦想，使《假面舞会》经历了复杂的创作历程。作者三易其稿，使这部剧先后有四种不同的稿本。早在1834年年底，1835年年初，莱蒙托夫便开始构思这部诗剧。这时莱蒙托夫已从士官学校毕业，而且成为骠骑兵团的少尉，对彼得堡上流社会空虚的、灯红酒绿的生活已经相当熟悉。因此他决定写一部类似于《智慧的痛苦》这样的剧作，把他所观察到的上流社会形形色色的人物以及生活习俗写入这部剧作中去，并对这些人物进行尖锐的讽刺。

《假面舞会》的第一个稿本是在雅库什金（Якушкин）家的文件中发现的。这个稿本共有四幕，大约写于1835年的上半年。但流传下来的已经不完整了，开头部分遗失了。因此该稿本是从第二幕的第一景第三场开始的。是以阿尔别宁的这句台词开始的："可是你以为……傻瓜？……"[1]第二稿大约是根据第一个稿本进行修改的，一共三幕。1835年10月初诗人把这一新的稿本送交剧院检察机关。但这一稿本的手稿没有留下来。保留下来的只有检查员奥尔德科普（Е.Ольдекоп）详细的评语及内

[1] М.Ю.Лермонтов. сочинения в шести томах. том пятый. Драмы. издательство Академии наук СССР .Москва•Лениград. 1956г. с.443.

容简介。当然莱蒙托夫的剧作没有通过检察机关的审批。1835年11月8日，剧本退还给莱蒙托夫，要求他作“必要的修改”。剧本之所以被禁，是因为它具有尖锐的揭露及讽刺内容。检察机关认为：莱蒙托夫描写并尖刻地讽刺了在恩格里加尔德（Энгельгардт）家举行的假面舞会，并对其进行了“不成体统的攻击”。检察机关如此“袒护”恩格里加尔德家的舞会，是因为当时这个舞会闻名彼得堡，出席假面舞会的有皇亲国戚，有尼古拉一世。而莱蒙托夫的剧本中却将这些参加舞会的众人同恶棍相提并论。这自然吓坏了沙皇的检察官。因此当时是第三厅厅长的卞肯道尔夫（Бенкендорф）希望作者这样修改：“剧本最后应以阿尔别宁夫妇之间的和解而结束”。[1] 这就基本上改变了剧本的整个思想意义。莱蒙托夫希望通过有影响的人物来说服检察机关，并且强烈地希望能在舞台上看到《假面舞会》。这一点在他的友人穆拉维耶夫的回忆中可以得到证明：“他（莱蒙托夫）想写一部类似于喜剧《智慧的痛苦》这样的作品，尖锐地批评时代风尚。尽管与格里鲍耶多夫那不朽的创作相比还相差甚远。莱蒙托夫很想在舞台上看到它。但是第三厅严格的检查未能准许其上演。作者愤愤地跑来找我，要我说服第三厅的主任——我的表兄弟莫尔德维诺夫（А.Н.Мордвинов）对他的作品通融通融，但莫尔德维诺夫不为所动。”[2] 1835年年底莱蒙托夫完成了剧本的修改工作。创作出了一个新的稿本，即第三个稿本。并于同年的12月份经由拉耶夫斯基（С.А.Раевский）送交戏剧检察机关。

[1] М.Ю.Лермонтов. сочинения в шести томах. том пятый. Драмы. издательство Академии наук СССР.Москва•Лениград. 1956г с.738.

[2] М.Ю.Лермонтов. сочинения в шести томах. том пятый. Драмы. издательство Академии наук СССР.Москва•Лениград. 1956г с.738.

这个剧本又重新由四幕组成。整个第四幕的创作用了一个半月的时间，即1835年的11月及12月的上半月。在这部四幕剧的稿本中首次出现了陌生人这一形象。因此这也决定了一系列情节结构的改变。但这根本就不符合卞肯道尔夫当初的意见。因为剧本不仅没有改变原来的基本思想，而且还加强并深化了原来的思想。尽管如此，莱蒙托夫仍是希望该稿本能够通过检查并能上演。他的迫切心情从他给皇家剧院经理盖杰奥诺夫（А.М.Гедеонов）的信中可以看出："检察机关退还给我的剧本《假面舞会》，我增添了第四幕，希望检察机关能赞同它……"❶这封信的注明日期是1835年12月，而在1836年1月剧本再次被禁用。这促使莱蒙托夫又创作了新的稿本，即第四稿本：一个五幕剧的稿本。它与前几个稿本都不同。莱蒙托夫甚至认为有必要给它冠以新的名字《阿尔别宁》。这能使人的注意力从具有象征意义的"假面舞会"上转移到阿尔别宁这一人物的个人悲剧上。为了能够上演，莱蒙托夫向检察机关作了很大的让步。在该剧本中作者对上流社会的攻击明显被削弱。兹维斯季奇、尼娜、卡扎林的形象都有所改变。阿尔别宁这一形象也完全是另外一种样子。而情节本身也改变了。但戏剧《阿尔别宁》也同样于1836年10月28日遭到了检察机关的禁止。剧本屡次遭禁，使莱蒙托夫感到发表剧本也是无望的。《假面舞会》的第一次发表是在诗人去世后的1842年，而且剧本也遭到了检察机关的篡改。莱蒙托夫没能在舞台上看到《假面舞会》。他去世后，俄罗斯一些进步的戏剧家们继续为该剧本能够获准上演而斗争着。1843年，伟大的俄罗斯演员莫恰洛

❶ М.Ю.Лермонтов. сочинения в шести томах. том пятый. Драмы. издательство Академии наук СССР.Москва•Лениград . 1956г. Стр.741.

夫（П.С.Мочалов）曾为该剧获准上演而努力过。他梦想着能扮演阿尔别宁这一角色，并且说自己“将会在这个剧中复活”。但无论是这次，还是几年后莫恰洛夫的再次奔走，都没有使得剧本获准演出。与检察机关斗争得最久的是卓越的女演员瓦尔别尔霍娃（М.И.Валберхова）。在她的努力下，剧本终于在1852年被获准演出个别场幕。因此，《假面舞会》的个别场幕于1852年和1853年先后在彼得堡的亚历山德拉剧院和莫斯科的小剧院首次上演。直到1862年，《假面舞会》才被完整地搬上莫斯科小剧院的舞台。从此，在以后的百余年中《假面舞会》一直没有离开俄罗斯剧院的舞台。

第四节 《假面舞会》在莱蒙托夫整个戏剧创作体系中的地位

尽管莱蒙托夫的戏剧作品在其整个创作中所占的比重并不大，但作为其创作整体的一部分，以及其创作的体裁之一，戏剧作品本身有其发展成长的体系。从早期的戏剧三部曲到后来的戏剧创作顶峰之作《假面舞会》，这其中所经历的变化，恰恰说明了莱蒙托夫戏剧创作是融入了不同体裁特征的艺术统一体。这一统一体是以共同的冲突类型为基础的。在这个统一体中我们可以看到一条清晰的线条，正是这条线标示着莱蒙托夫戏剧探索的方向。崇高的主人公与周围世界有着鲜明的对立与冲突，纯洁与高尚的思想总是与强势群体相悖，类似于这样的思想在莱蒙托夫的戏剧中得到了充分的表达与发展。同时这一统一体使作家与其时代的道德、哲学、社会问题等更加紧密地联系起来，作品充满了时代的氛围。主人公的悲剧是在历史现实的土壤中生发出来的。莱蒙托夫在戏剧的创作中走着一条探索的道路，他试图在这条道路上呈现出19世纪30年代青年人身上的典型特征。他们都具有崇高的灵魂，在现实中徘徊着，痛苦着，而最终却难逃悲剧性的命运。正是在这样的戏剧体系中莱蒙托夫刻画出了一些现实的形象与场景。

莱蒙托夫的戏剧创作体系是在不断发展的过程中形成的。他的每一部剧本都力图在思想、体裁上有所创新。他试图探索浪漫主义戏剧最完善的形式，首次试图接近现实主义，并将浪漫主义与现实主义结合。他尝试掌握新的体裁形式。他并不重复前面的剧本，而是以前面的创作为基础尽力达到更高的艺术水准，探索出不同的冲突方式。莱蒙托夫的第一部完整戏剧《西班牙人》是一部具有深刻思想、具有鲜明戏剧形式的诗体作品。这是一部产自于俄国本土，但却带有欧洲浪漫主义戏剧特征的剧本。该剧情节多变，人物具有鲜明的性格特征与激情。剧本也具有鲜明的舞台结构。在这部戏剧中，莱蒙托夫最终采用的是诗歌性的体裁，而最初构思的是一部散文体的戏剧。在苏联社科院出版的一套六卷本的《莱蒙托夫文集》第五卷中，刊载了莱蒙托夫在创作戏剧过程中所留下来的草稿。这里有每部戏剧的异文，同时也有个别戏剧创作之初的情节构思。其中关于《西班牙人》情节的草稿便是散文式的。但在后来具体写作处理的过程中莱蒙托夫发现，散文的形式并不适合自己剧本所要表达的思想。该剧的浪漫主义主人公具有崇高的激情，因此他的台词大多充满了演讲般的激情，同时也有冗长的弊病。而冗长势必会影响事件发展的速度。比较一下主人公在草稿中的散文体台词与最后定稿中的诗体台词：

"Что такое золото, которое моё
может сделать счастье, ибо без
него не могу обладать моей любезной?
--металл, как другой. Верно бог не дал
ему этого преимущества, коего многие
люди не имеют?" ❶

"Что золото? какая это вещь,
огда оно могло б составить
счастье
Моё?.. металл как и другой!
Или дал бог ему такое право,
Каким лишь редко люди
обладают?" ❷

❶ М.Ю.Лермонтов. сочинения в шести томах. том пятый. Драмы. издательство Академии наук СССР.Москва•Лениград. 1956г. Стр. 606.

❷ М.Ю.Лермонтов. сочинения в шести томах. том пятый. Драмы. издательство Академии наук СССР.Москва•Лениград. 1956г. Стр. 76-77.

正是在最后的定稿中莱蒙托夫为自己的剧本选择了诗体的形式。这种形式不但符合该剧的内容结构，而且还在某种程度上提高了该剧的艺术水准。因此，最终我们看到的是一部充满浪漫主义崇高激情的悲剧。该剧本描述的是一位优秀的（сильный герой）主人公。剧本流露出了对主人公反抗之美的赞扬。因他为捍卫善与人性之理想建立了功勋。

在写《西班牙人》的同时莱蒙托夫也创作了一部散文体戏剧《人与激情》。该剧的舞台冲突转移到了作者同时代的纯俄罗斯问题。作品总的激情与上一部相同，也是个人的悲剧。主人公与具有反常人际关系的世界相冲突。而作者注意的焦点在于人的精神面貌，以及具体社会环境下的当代人的命运。戏剧的情节是在俄国农奴制庄园的背景下展开的。戏剧的冲突建立在主人公的理想意识与现实生活相对立的基础上。现实生活中家庭的纷争，亲人们的自私与残酷，再加上谎言、挑拨、诅咒等，所有这一切都与主人公的美好理想相悖。他的心灵受到了极大的侵害，最终使之极度绝望，并导致自杀。该剧表面上是家庭的冲突，但这一冲突却映衬着一种更为宽泛的概括性问题：善于思索之人在俄国的命运。一颗细腻敏感的心灵充满了无限的孤独。无论是在亲人中，还是在自己的祖国，甚至在整个宇宙中他都找不到归宿。莱蒙托夫在这部戏剧中旨在表现的不仅是冲突的一般现象，他极力深入冲突的内部，分析并研究主人公的精神情结与日常环境相结合的规律。主人公毫无设防，心理脆弱，无力抗恶。就剧本的整个风格来看，作者正是尝试把一位崇高的主人公放入日常生活的环境中，也就是尝试把浪漫主义的成分与现实主义成分结合起来进行描述。一方面，作者敏锐地注意到了日常生活，以及它的一些具体特征，这是作者现实主义的表现；另一方面，主人公的精神生活更加复杂化，他开始反省并进行自我分析，所有这一切使得莱蒙托夫放弃运用诗体的表达手法，尽管在《西班牙人》中他已经成功地运用了这样的手法。因此，可以说，《人与激情》是莱蒙托夫散文体戏剧创作的第一次试作。散文的形式在塑造人物个性，以及人物之间的相互关系中起到了非常重要的作用。浪漫主义主人公与其他现实生活中的人物在话语修辞上体现出了很大的差别。主人公尤里·沃林的对白及独白把其精神世界表达得淋漓尽致。莱蒙托夫在这里极力表现出一种紧张性、主人公精神生活的复杂性，以及主人公情绪和思想形成的过程本身。《人与激情》的总体水平证明：向散文体形式的剧本转变对于莱蒙托夫来说并不是一件轻松的事情，而且也并没有达到很高的艺术成果。但是从其创作的发展前景来看，作为以俄国生活为背景而创作的第一部心理试作，该剧具有特殊的意义。

一年之后，莱蒙托夫又写了一部新的散文体戏剧《怪人》。该剧很多地方都与《人与激情》相似。作品的中心仍是一个年轻人的形象。他带着一颗极度受伤的心灵，生活在一个道德并不完善的世界中。而这个世界又是通过一些日常具体的现象表现出来的，例如家庭的冲突、爱人的背叛、友人的欺骗等。又是在个人与周围世界的对抗中表现了当时的社会与道德冲突。这是19世纪30年代整个一代人的悲剧。《怪人》在本质上是一部新式的心理分析剧本。该剧在人物关系、性格和命运的相互冲突和联系中展示了一幅错综复杂的生活画面。散文体的形式有助于引入一些精确论据，同时也有助于表达一些细腻微妙的情感。从这一意义上来说，先前的一部散文体戏剧《人与激情》还是很有成效的。尽管两部戏剧有某种程度上的相似性，但戏剧冲突的意义是有差别的。《怪人》的冲突更加深刻。主人公弗·阿尔别宁已经从狭小的家庭范围内走了出来。尽管该剧中对贵族上流社会的生活刻画得还不尽广泛与深刻，但这个环境的社会道德水准仍是直接地影响了主人公，使其表现出明显的与众不同，即所谓“怪人”。该剧的另一特征是更具有抒情性。作为散文家的莱蒙托夫在这里实际上避免了多余的华丽辞藻、朗诵的激情。但主人公具有抒情性的语言结构却保留了下来。莱蒙托夫赋予主人公的独白更加从容、严厉的语调。这里没有演讲式的感叹，没有做作的“恶魔”般的笑声。句子更加完整流畅。散文形式的抒情性还表现在戏剧中所插入的诗歌片断。卷首的题词是引用拜伦的诗句。这表明在剧情展开之前题词已经诗话地确定了作品的基本思想。而在剧情发展的过程中又插入了阿尔别宁的诗句。剧本在具有抒情性的同时也明显具有叙述性色彩。无论是在剧本的前言中，在注明日期的各场之中，还是在带有作者本人对主人公形象解释性的叙述者的口吻中（例如客人丙），都可以明显感觉得到剧本的叙述性。因此，《怪人》也是莱蒙托夫着手叙述性作品——小说创作前的一个尝试。

《怪人》之后的浪漫主义戏剧《假面舞会》从第一稿开始就恢复到了诗歌体形式的剧本。它发展了散文体戏剧的艺术方向，表现了俄国现实及现代人形象。与前面的剧本相比，无论是在戏剧冲突，还是在情节形象的处理上都更加复杂而且连贯。尽管在某种程度上反映了《怪人》的创作经验。但从总的特征来看，它与《西班牙人》的联系更加紧密。这不仅仅表现在它同样是诗体的形式，而且也表现在一些内容层面上：主人公进行报复，亲手杀死心爱的女人。在诗歌形式的表达上也套用了一些相类似的“套话”。

"Испанцы	"Маскарад
Отныне отдаюсь мести,	Прочь, добродетель: я тебя не знаю,
Союз с землёй и небом разрываю...[1]	Я был обманут и тобой, И краткий наш союз отныне разрываю---[2]
Я спас тебя!...смотрите: улыбнулась!	В чертах спокойствие и детская беспечность
Улыбкой смерти, сладкою улыбкой! [3]	Улыбка вечная тихонько расцвела [4]
Я не увижусь с ней!... один! Один! [5]	Да, ты умрёшь--- и я останусь тут
Как жил, так и умрёшь, Фернандо. "	Один, один... года пройдут Умру—и буду всё один!" [6]

类似这样的一些重合并不是偶然的。这不仅仅说明了两部戏剧之间具有某种相似性的联系，同时也展示并强调了这部新诗体戏剧中社会冲突的另外一个层面，即道德伦理问题。莱蒙托夫在表现道德伦理冲突时精益求精，鲜明清晰地勾画出最

[1] М.Ю.Лермонтов. Сочинения в шести томах. том пятый. Драмы. Издательство Академии наук СССР.Москва•Ленинград. 1956г. Стр.86.

[2] М.Ю.Лермонтов. сочинения в шести томах. том пятый. Драмы. Издательство Академии наук СССР.Москва•Ленинград. 1956г. Стр. 343.

[3] М.Ю.Лермонтов. сочинения в шести томах. том пятый. Драмы. Издательство Академии наук СССР.Москва•Ленинград. 1956г. Стр. 122.

[4] М.Ю.Лермонтов. сочинения в шести томах. том пятый. Драмы. Издательство Академии наук СССР.Москва•Ленинград. 1956г. Стр.392.

[5] М.Ю.Лермонтов. сочинения в шести томах. том пятый. Драмы. Издательство Академии наук СССР.Москва•Ленинград. 1956г. Стр.123.

[6] М.Ю.Лермонтов. сочинения в шести томах. том пятый. Драмы. Издательство Академии наук СССР.Москва•Ленинград. 1956г. Стр.383.

“共同”的精神表现。这与其富有不同色彩的散文体戏剧有所不同。在带有自传性色彩的散文体戏剧中，作者注意力的中心是现实生活形式在主人公的精神和心理上所唤起的综合反映。而《假面舞会》，按照艾亨巴乌姆的界定——是社会哲学悲剧。在该剧中占明显优势的不是心理方面，而是哲学方面。构成情节的生活情境的具体性并没有与作品的哲学概括性相矛盾。同时该剧的情节结构也倾向于概括的形式。《假面舞会》是一部有着清晰情节线索的作品。它的内部逻辑十分清晰，其中事件的发展是很连贯的。贯穿于该剧的哲学线条是很具体的，而心理层面的东西却是概括性的。该剧的主人公尽管是被放到了一个具体的日常生活环境中，但同时他又处于这个世界之外。因为他的精神实质是与众不同的。他的思想与激情是独特的。他对现实生活的反映也是例外的。所有这一切他都以恶魔个性所具有的自我感觉和行为的特殊形式表现出来。尽管阿尔别宁心中的某些思想也很普通，比如打击敌人的自尊，打击传统的上流社会，而且他向其周围世界的报复也不过是利用非常普通的“尘世”手段来实现。但是所有这一切的背后有他所尊崇的一种伟大信条：“善恶之间的界限已经打破”。哲学因素的体现还表现在对主人公刻画的双重性：一方面，阿尔别宁与上流社会之间的相互关系是具体的；另一方面，阿尔别宁的破坏力量几乎是非人的。在他的独白中，在他的语气声调中，甚至在他的沉默中都会感觉到其灵魂中蕴藏着一种非凡的力量。如果剧本只是注重心理层面的话，就不会承载这种双重性，而《假面舞会》却承载了它。他是一部具有深刻悲剧性的作品，因为他融合了许多方面：浪漫主义的恶魔激情、充满巨大痛苦的氛围以及人类日常生活的许多方面。剧本中的心理元素是依赖并产生于某种哲学思想的，具有深刻的哲理性。

《假面舞会》作为一种社会哲学戏剧类型在莱蒙托夫后来的戏剧创作中并没有得到延续。写在《假面舞会》之后的最后一部散文体戏剧《两兄弟》，几乎与之无关。该剧只是延续了莱蒙托夫青年时代戏剧创作的心理路线。而且我们发现，三部散文体戏剧都具有某种程度的自传性。当个人所经历的一切成为作品所要描述的对象时，散文体形式是再现事实比较适合的手段。《两兄弟》之后莱蒙托夫创作的成就主要在于小说。在其小说紧张的心理冲突和事件的发展中，非常明显地感觉得到其戏剧创作的经验。正是因为如此，别林斯基才有理由说："莱蒙托夫无论在散文方面，还是在诗歌方面，功力是同样深厚的，我们相信，随着他的艺术活动的迅速发展，他一定会发展到戏剧方面的。我们的推测不是任意作出的：这是因为在莱蒙托夫的小说中可以看出丰满的戏剧变化……"❶当时别林斯基并不知道莱蒙托夫已经创作了《假面舞会》，因为当时剧本并没有发表。如果说《怪人》等散文体戏剧是小说家莱蒙托夫心理表现手法的源泉，那么《假面舞会》则为莱蒙托夫小说带来了对哲学问题的思索：揭示了个人与社会的冲突，以及道德等问题。孤独的悲剧性主人公的命运具有深刻性与严肃性。所有这一切都证明戏剧《假面舞会》的创作探索在莱蒙托夫整个创作体系中具有重要意义，开启了表现现实尖锐冲突的艺术创作新领域。

❶ 别林斯基. 别林斯基选集[M].第二卷.满涛译.上海：上海译文出版社，1979：249－250.

第五节 《假面舞会》的思想艺术特色

一、《假面舞会》中的三个隐喻空间

戏剧《假面舞会》的空间组织构成是一个很值得研究的课题。表面上的三个空间地点构成了整台戏剧事件发展的载体：赌场、舞场、家。空间意义上的范围决定了戏剧的哲学象征意义。我们知道《假面舞会》的情节是从赌场开始展开的。因此从该剧的第一幕开始就出现了隐喻空间，而它在莱蒙托夫的整个戏剧空间中一直延伸并发展着。但应该指出的是，在莱蒙托夫的戏剧文本中空间构成的最本原的功能是为情节服务。剧情的发展，冲突的展开恰恰是按照这样的空间顺序：赌场、舞场和家。也就是说，这三个特定的日常生活活动空间不断地贯穿着戏剧的整个冲突。每一个空间都有其具体的现实场景。赌场是在卡扎林的家里，舞场是在恩格里加尔德的家里，而“家”的这一空间概念是确指阿尔别宁的家。三个特定的相对封闭的空间把有着共同旨趣的人联合到了一起。

戏剧的开端便给我们展示了一幅卡扎林家赌场的画面。在几段赌客之间的对白之后，在第一景的第二场出现了我们的主人公——已经金盆洗手的赌场老手阿尔别宁。他问候在场的老相识，也结识一些在卡扎林家出现的新赌客。这位曾在赌界堪称一流高手的人物，现如今已有家室，生活平静而幸福。从他与兹维兹季奇的谈话中我们可以了解到主人公的年轻时代。那是一个充满激情与缺陷的年代，但伴随着主人公的还有那些被欺骗的希望。曾经共同在赌场“奋斗”过的老相识兹维兹季奇如今有难，阿尔别宁重拭身手，助其解围，赢回赌本。

阿尔别宁与兹维兹季奇作为好朋友共赴恩格里加尔德家的假面舞会。就是在这样吵闹的人群中主人公们带着假面神秘地彼此相遇，而有人便想借此机会成就自己个人的愿望。于是一个人在跳舞的忙乱中丢失了自己的手镯，而另外一个人却拾而转赠自己心爱之人。稍后我们就听到了安娜与阿尔别宁之间那场艰难的对话，原来丢手镯之人即是安娜，他们都并不清楚面对他们的将会是怎样的惨剧。事件的发展刚刚展开，但戏剧的直接冲突却已出现。尽管莱蒙托夫从一开始就试图融入剧本现实日常化的冲突、人物、事件等，也试图把所有的主人公都融入社会，使他们更加具有社会性，但无论怎么说，《假面舞会》都不是普通的社会日常生活戏剧。这部作品充满了重大的哲学意义。而可以证明一点的就是它的哲学象征潜台词。而这种潜台词不仅贯穿在戏剧中表现日常生活的舞台上，同时也存在于作者的整体构思中。莱蒙托夫戏剧哲学象征内容的表现之一便是在《假面舞会》的结构中引入了空间形象。

赌场是赌徒的游戏场所。赌场对于上流社会来说是一个特殊的世界，具有其独有的思想意义。上流社会已经具有其自身的规则与传统，而赌场却是社会中的社会。赌徒在进入赌场之后便有意识地把自己从正式的上流社会空间中蒸发。当主人公阿尔别宁出现在卡扎林家的赌场时，他个人认为这只不过是偶然所为，但卡扎林却用赌徒的本性来解释了他的出现：

“现在？结婚了，有钱了，成了一个稳重的人；看起来像羔羊，—— 实际上还是只豺狼……有人对我说：可以改掉的，天

> 性可以改变。—— 说这话的是糊涂虫；
> 即使他伪装成一位天使，但鬼胎依然还在
> 他心中。”❶

阿尔别宁本人很想使自己相信，他已经脱离了过去。他已经改变了他个性中的“成分”（состав），即好赌的成分。但是事实上他的本质并没有改变。过去的赌徒在赌界仍是老大式的人物。这在其他赌徒对他的态度及言语中可以体会得出。赌界是一个由特定人群所组成的世界。他们大多数都是受自己所处环境排斥的。他们来到这里是为了蔑视一切，他们可以不在乎很多东西。因为这个赌的世界是一个充满变数的世界。“赌”在这部戏剧中被莱蒙托夫赋予了某种哲学象征意义。这里的“赌”已经是一种生活模式。赌场这一空间被设定为表现生命存在的某一点，而在这里的人可以有机会与命运直接一搏。因为赌是人与未知因素进行斗争的一种模式。来到这里的人希望通过赌来改变自己的命运，但这也并非易事。因为这样的游戏同样要求“智慧与意志，要求道德的牺牲”。在阿尔别宁与兹维兹季奇的谈话中恰恰反映了这一点：

> “但是为了下定决心在这里取胜，您必须
> 抛弃一切：亲人、朋友与名誉，您必须不
> 偏不倚地去考验、去探索自己的才能和自
> 己的良心：还必须把它们拆卸成零件；学
> 会在您初认识的面孔上能看出一切动机和
> 思想；—— 并不惜成年累月地去锻炼自

❶ 莱蒙托夫. 莱蒙托夫文集：西班牙人戏剧（1829 – 1831）[M]. 金留春，黄成来译. 上海：上海译文出版社，1998：19.

己的手，要蔑视那人间的法则，自然的法则……”[1]

假面舞会的世界在戏剧中体现了双重的象征意义。首先它是以一种历史文化现象为基础的。假面舞会最初诞生的时候带有一定的封闭性与秘密性。甚至在恩格里加尔德家出现的第一次公开的假面舞会本质上仍是一次封闭式的，秘密的聚会。因为至少在谈起参加舞会的时候最好避而不谈，特别是对于女人来说。这就是为什么阿尔别宁对尼娜的行为感到吃惊：“啊！……假面舞会上！你们去过那里？”[2]男爵夫人也因为同样的原因想隐瞒自己曾参加过舞会的事实：“一个正派女人怎么就会决定参加舞会，在那里所有的恶少、所有的轻薄男子都会欺侮会哄笑……”[3]参加假面舞会并不是得以进入上流社会的一个普通契机，而是可能遭遇意外奇遇的机缘。可以说“舞界”是一个充满诱惑力的地方，这里也同样会有许多意外，许多不能预见的东西。甚至在传统，乃至迂腐的世界中不可能有的事情在此也会发生。本质上来说假面舞会活动的本身与官方上流社会的某些礼仪传统是相对立的。因此可以将假面舞会视为一个特殊的，自给自足的世界。它有其自身的内部生存规律。

而在这个世界中占据主角的是“假面具”（маска）。正是由于它的掩护，才使得进入这个世界的人可以表现自如。而进入该世界的人都十分清楚这里的规矩。每个人都戴着假面具，每个人都不

---

[1] 莱蒙托夫. 莱蒙托夫文集：西班牙人戏剧（1829 – 1831）[M]. 金留春，黄成来译. 上海：上海译文出版社，1998：15.

[2] 莱蒙托夫. 莱蒙托夫文集：西班牙人戏剧（1829 – 1831）[M]. 金留春，黄成来译. 上海：上海译文出版社，1998：57.

[3] 莱蒙托夫. 莱蒙托夫文集：西班牙人戏剧（1829 – 1831）[M]. 金留春，黄成来译. 上海：上海译文出版社，1998：70.

知道对方是谁。他们可以做一些平时摘下假面后不敢做的事。因此这里的一切都是假的，一切都是谎言。“假面具”与“谎言”在莱蒙托夫这部戏剧中是同义词。在戏剧的结构中这一情况决定了“舞界”中日常生活因素与哲学因素的结合。日常生活因素在假面舞会这样的空间氛围中表现的是不可认知性，而舞界中的哲学性因素是谎言空间的象征。而这两种因素的表现基础皆因“假面具”（маска）这一词。因此作为个人与社会生活模式的假面舞会获得了艺术上的概括意义。生活即是假面舞会，生活即是谎言。尽管当人们出现在这样的舞会上时都戴着假面具，但这恰恰是表现本我的最好机会。每个人都会表现得很自然，很敞开，甚至是很放肆。正是在假面具的背后人们揭开了自己最本原的面貌。“戴着假面，大老官—— 样，假面没有灵魂，没有称谓，—— 只是躯体。如果真面目完全用假面掩盖起来，那么就愤然地把它撕去。”[1] 这是莱蒙托夫通过主人公阿尔别宁之口吐露了对假面的阐释。在《假面舞会》这部戏中，男爵夫人的行为可以说是借助假面具表现自己的最好例证。

她本是上流社会一个高不可攀的冷美人。但当她隐藏在假面具背后的时候她开始表现出了最本原的情感倾向。她向公爵表白了自己的爱：“我爱您……不！您还希望能够得到全部；”[2] 此时出现在我们面前的完全是另外一个女人。充满了激情，想大胆去爱，但又充满了极度的爱之痛苦的女人。尽管她处于几乎无法自我控制地表白自己的状态，但她仍是没有忘记自己的真正身份。因此她也极

---

❶ 莱蒙托夫. 莱蒙托夫文集：西班牙人戏剧（1829 – 1831）[M]. 金留春，黄成来译. 上海：上海译文出版社，1998：23.

❷ 莱莱蒙托夫. 莱蒙托夫文集：西班牙人戏剧（1829 – 1831）[M]. 金留春，黄成来译. 上海：上海译文出版社，1998：39.

力地把自己的真实面孔隐藏在假面具的背后。而这种愿望与她爱的激情同样强烈。

因此在阿尔别宁的概念中舞场首先是一个不需要隐藏自己缺点的地方，在假面的掩盖之下内心深处最为隐秘地方，甚至是有些下流卑鄙的角落都不必隐藏。从某种意义上来说，这是一个“真诚”的表现之地。“假面舞会”在该剧中尽管有其隐喻的意义存在，但也并非是单纯意义的表现。综合看来，莱蒙托夫将“假面舞会”这一充满隐喻意义的词汇融入了复杂的感情色彩。

舞场这是一个复杂的世界，带有多种负面特征的世界。然而就是在这样的世界中，在面具的掩饰之下，那些虚伪的人表现着真实的自己，也表现着可贵的真诚。而在现实生活中他们却真的戴着隐形面具来生活。而在舞场中发生的一切若要还原回现实生活中就必注定着悲剧的发生。

家也是该剧空间结构中的组成部分。它不同于赌场与舞场，在阿尔别宁的概念中这该是一个最纯洁最真诚的地方，是爱的最终归宿，是可以使其获得重生的地方。他曾希望在家中找到生命的支撑，找到对世界的信任。在阿尔别宁遇到尼娜之时他的背后是曾经经历过的痛苦过去，已经形成了一种属于他的生活模式。他融于世事，又超然于世人，他甚至鄙视他所处的世界。莱蒙托夫赋予了阿尔别宁以鲜明的恶魔性，他失去了天堂，又不接受尘世。于是“许多年过去了”，直到造物主从天上赐下天使，期待这个如恶魔般的阿尔别宁为生命与至善而复活。“天使”尼娜为他营造了一个天堂的氛围，因此，家对于阿尔别宁来说就是尘世的天堂。家的四壁阻挡着尘世中所有的罪恶，因此具有天堂之意义的家该是一个幸福之地，灵魂的安息之所，但这个家的主人却是具有恶魔性的阿尔别宁与天使般的尼娜，“恶魔”与“天使”共同支撑着“天堂”之家。家之和谐美好与否最终取决于恶魔性与天使性因素所占的比例。事实上从家的建立之初“天堂”之中的幸福就是脆弱的。因为它必要遭受“恶”之因素的破坏。尽管现实生活中确实发生了惨剧，但不可否认的是剧中“家”这一空间被莱蒙托夫赋予了一种医治的力量。这种力量使得主人公听到了“忘却的声音”，来自于天堂的声音。他仿佛又回到了天堂。而他希望回到天堂的根据便是他对尼娜的爱。对于他来说，尼娜是他留在尘世的唯一意义所在。

> “一生中给我留下的唯一的只有你：病弱的女子，却像天使一般美丽：你的爱情、微笑、目光以及呼吸……这些都属于我时，我还是个人：失掉了这些，就没有了幸福和心灵，没有了感情，没有了生存！”❶

尽管家之爱具有某种程度上的医治作用，但并没有最终拯救阿尔别宁。他并没有彻底地沉归于家之“天堂”，他又重新跨入了赌场的大门。温习过去的生活。“家”这一空间在该剧中所获得的哲学象征内容是与家的主人意识之间的对立相关的。纯洁的尼娜与“恶魔”阿尔别宁象征着光明与黑暗，天堂与地狱之间的对立状态。在这个家中恶魔性最终统治了一切。家之最初的美好设想被解构了。

剧本中的这三个艺术空间都被赋予了一定的哲学象征。正是这三个艺术空间的存在，才得以承载整个悲剧的哲学象征意义。

❶ 莱蒙托夫. 莱蒙托夫文集：西班牙人戏剧（1829 – 1831）[M]. 金留春，黄成来译. 上海：上海译文出版社，1998：59.

二、阿尔别宁的三个隐喻变体

莱蒙托夫在《假面舞会》中设置了一个比较独特的形象体系。本质上在该剧中只有三个积极参与冲突的主人公。他们的行为引导着事件的发展。他们是阿尔别宁、兹维兹季奇、陌生人。我们发现他们其实是主人公阿尔别宁这一形象在生活中不同的三个时代阶段。而他们每一个人都是时代的牺牲品。

在剧本中阿尔别宁本人曾亲口提到过自己与兹维兹季奇的相似性。但这种相似性只是在过去。阿尔别宁与兹维兹季奇的第一次对话实质是对主人公本人过去的叙述。

> "我常常来这里，这里的人们都知道；我带着无言的激动观看幸福的车轮在怎样转动。有人高升了，另一些人被踩在足下，我不嫉妒，但也不参加到他们当中：我见过很多青年，都满怀希望，感情充沛，但在生活的学问上又少不更事……心灵烈焰般炽热，他们的人生目标首先是一个爱……但我亲眼看到他们很快覆亡，而我注定要看到有一批新的走来！"❶

在与兹维兹季奇几段简短的对白之后，阿尔别宁继续着自己独白。独白中他所指的正是自己的过去。

> "但是为了下定决心在这里取胜，您必须抛弃一切：亲人、朋友与名誉，

---

❶ 莱蒙托夫. 莱蒙托夫文集：西班牙人戏剧（1829－1831）[M]. 金留春，黄成来译. 上海：上海译文出版社，1998：4.

您必须不偏不倚地去考验、去探索自己的才能和自己的良心：还必须把它们拆卸成零件；学会在您初认识的面孔上能看出一切动机和思想；—并不惜成年累月地去锻炼自己的手，要蔑视那人间的法则，自然的法则，白天想，夜里赌，因痛苦而不知自由，而且不让人觉察到您的痛苦。当身边记忆上跟您差不多的赌客等待无耻的幸运瞬间时而不战栗，当人们公然地叫你为卑鄙汉，面不改色！”[1]

以上的所有话语都是在描述着阿尔别宁当年所走过的路，他内心中曾经所承载的一切。最终，当阿尔别宁决定坐下来替兹维兹季奇去赌的时候，他直接表达出在兹维兹季奇的身上看到了自己的过去。

“我替您去赌。您究竟还年轻，—我过去年轻的时候也一样经验不多，像您一样轻浮而且自命不凡，假如……（停顿下来）无论是谁要来干预我，制止我……那么……（凝视着他）”[2]

“假如”一词间接地承认了当年在道德上并没有人来帮助

[1] 莱蒙托夫. 莱蒙托夫文集：西班牙人戏剧（1829－1831）[M]. 金留春，黄成来译. 上海：上海译文出版社，1998：15.

[2] 莱蒙托夫. 莱蒙托夫文集：西班牙人戏剧（1829－1831）[M]. 金留春，黄成来译. 上海：上海译文出版社，1998：16–17.

他，没有人在他年少的时候来阻止他，是他自己走过了这段路，即他向兹维兹季奇所描述的这段堕落的路。他不得不“抛弃一切：亲人、朋友、荣誉”。花费了许多时光来研究人的本性（为了学会在初认识的面孔上能看出一切动机和思想），同时也花费几年的时间来“练习手”。除此之外，卡扎林及一些赌徒也作了暗示，加上阿尔别宁自己后来也直接承认，他替兹维兹季奇赌是在冒“荣誉之险”。所有这一切都使我们不难发现：莱蒙托夫的悲剧主人公从前也只不过是一个上流社会的赌棍，只是他在婚后变得稳重了，但仍保持着一些从前的习惯。

因此阿尔别宁的第一个隐喻变体是兹维兹季奇。这里的兹维兹季奇即象征着过去的阿尔别宁。但阿尔别宁最终成功地控制了自己的命运，超越了对机遇的依赖。阿尔别宁帮助兹维兹季奇是希望他能摆脱那些危险的诱惑，而他本人却从未经受得住这些诱惑。但是如果将兹维兹季奇作为个人来与阿尔别宁对比，那么我们会发现：前者是以欺骗的态度来对待阿尔别宁的。这种欺骗更可能是因为轻浮，而不是恶。莱蒙托夫意在塑造这一具有崇高性的形象，因此他又是与兹维兹季奇不同的。这只是他命运中的一个阶段。

陌生人是阿尔别宁的又一个隐喻变体，也就是阿尔别宁命运的另一种形式。陌生人的生活就是阿尔别宁曾通过自己的非凡力量而摆脱了的生活。从另外一方面来看，他的生活也是兹维兹季奇所要面临的生活。同时陌生人也是一个充满报复欲的主人公。但是他与兹维兹季奇样一样，与充满崇高报复哲学思想的主人公阿尔别宁形成鲜明的对比。相比之下他的报复行动是一种低级的表现，他只不过是以一种阴谋的行为来实现自己的报复行动。就在戏剧最后的场景中陌生人幸灾乐祸地喊道：“这个高傲的头颅今天已没有办法！……我早就企望着彻底报仇，现在报仇还相当顺手！”。[1]

三个人，三种命运。事实上象征着阿尔别宁一个人可能经历的命运。

[1] 莱蒙托夫. 莱蒙托夫文集：西班牙人戏剧（1829 – 1831）[M]. 金留春，黄成来译. 上海：上海译文出版社，1998：189.

第四章

莱蒙托夫剧作演出史[1]

[1] 该章的材料均来自于莱蒙托夫大百科全书。

第一节 《假面舞会》演出史

莱蒙托夫生前书报检察机关曾三次否定了他的剧本，时间分别是1835年11月、1836年的一月和十月。1843年和1848年莫恰洛夫曾试图为《假面舞会》争取上演的机会，但没有成功。1847年1月31日在加利奇市彼得罗夫家族的"贵族剧院"上演了该剧两幕之中的几个场景，但是官方的允许是在1852年，由玛·伊·瓦尔别尔霍娃争取成功的。10月27日在彼得堡的亚历山德拉剧院上演了经过改编的《假面舞会》中的几个场景，瓦尔别尔霍娃并没有参演。这部剧中阿尔别宁这一角色由瓦·安·卡拉特金出演，而尼娜这一角色由亚·玛·奇陶出演。在最后一个场景的结尾阿尔别宁用匕首杀了尼娜，在莱蒙托夫原有的文本基础上加上了这样的一段话："你去死吧，坏蛋！"随后阿尔别宁自杀。那些困惑主人公的阴谋、上流社会的场景，也就是说，所有可以揭示主人公死因的场景都没有上演。因此，该剧唯一的一位评论家拉·米·佐托夫称该上演戏剧为

“非舞台剧”。同样的一些场景于1853年在莫斯科的小剧院上演，其中阿尔别宁的扮演者为科·尼·波尔塔夫采夫，尼娜的扮演者为叶·尼·瓦西里耶娃，兹维斯季奇的扮演者为切尔卡索夫，女假面人的扮演者为沃罗诺娃，施普里赫的扮演者为索科洛夫。

最初《假面舞会》能够在专业舞台上得以上演只是因为个别演员的争取，而且剧本改编成了义演性质的，中间伴有轻喜剧和闹剧。禁演令的解除是在1862年4月自由派改革期间。1862年9月24日该剧在莫斯科小剧院上演。其中阿尔别宁的扮演者是伊·瓦·萨马林和尼·叶·维尔德，尼娜的扮演者是格·尼·波兹尼亚科娃（此为父性，而夫性为费多托娃），兹维斯季奇的扮演者为连斯基，男爵夫人施特拉里的扮演者为叶·尼·瓦西里耶娃，卡扎林的扮演者为科·尼·波尔塔夫采夫，施普里赫的扮演者为谢·瓦·舒姆斯基，陌生人的扮演者为格·斯·奥利金。当时的评论指出尼娜扮演者的选择是不成功的。年轻的费多托娃自己都承认，“并不理解已婚女人的爱情，对这一角色的感觉不到位”。她那种现实主义式的才华并不习惯于对剧本的夸张式处理。小剧院的精雕细琢使得该剧与众不同。观众们在舞台上看到了那个“卓越的时代”，但是莱蒙托夫所提出的二位一体的第二部分“毫无意义的时代”并没有被充分展示出来。《假面舞会》的上演遭遇到了很大一部分删减。阿尔别宁的独白被缩减了，他那些无情的自我剖析，揭露上流社会丑陋的诗行，以及在舞会上阿尔别宁与卡扎林之间刻薄的对话等，总共有231行诗，占去整个剧本文本的11%。

这种删减版的剧本在话剧院也上演过。1864年1月，亚历山德拉剧院为庆祝尤·尼·林斯卡娅的艺术成就而将该剧搬上舞台（该剧导演为沃洛诺夫叶·伊·沃洛诺夫，出演角色的有：米·瓦·阿格拉莫夫，叶·弗·弗拉基米罗娃，阿·阿·尼利斯基，叶·费奥多洛娃）。在排演该剧时，导演抱怨道：“这个剧本根本就不适合舞台演出，它既冗长又枯燥”。尽管如此，该剧本最初的那些排演结果显示，《假面舞会》是适于舞台表演的。于是19世纪80年代，该剧不仅被一些官方的剧院列入演出目录，也被一些私立剧院列入演出目录。莫斯科普希金布连科剧院（1880–1882年，由莫·伊·皮萨列夫导演的，主要演员有：阿尔别宁的扮演者莫·伊·皮萨列夫和弗·弗·恰尔斯基，尼娜的扮演者阿·亚·格拉玛-梅谢尔斯卡娅）、莫斯科科尔什剧院（1882–1883年,1888–1889年间，主要角色的扮演者为莫·伊·皮萨列夫，后来是巴·德·连斯基，阿·亚·格拉玛-梅谢尔斯卡娅）、彼得堡涅梅季剧院（1893年，阿尔别宁的扮演者为亚·谢·京斯基，尼娜的扮演者为库斯科娃）都纷纷上演了该剧。

相对于首都来说，在外省的一些地方《假面舞会》上演更加频繁。在19世纪60年代-70年代，在萨马拉、奥伦堡、敖德萨等外省城市该剧都不断上演。1914年作家100周年诞辰之际，由于第一次世界大战爆发，皇家剧院经理弗·阿·捷利亚科夫斯基禁止在莫斯科和彼得堡上演话剧，但当时这部剧却在基辅、巴库、符拉迪高加索和雅尔塔等地成功地上演着。

删减版的剧本在揭露黑暗的功能上明显减弱了，掩盖了阿尔别宁这一人物身上那种对社会的失望情绪，也掩盖了他的愁苦。这就使得《假面舞会》在最初的上演过程中被阐释成了情节剧，这种阐释的持续是有原因的，因为革命前有这样的说法：“该剧取材于刑事犯罪记录中的情节”。阿尔别宁被称为“冷漠的恶棍”，“精明的虐人者”。以情节剧的方式来演绎阿尔别宁的是一些非常有实力的演员们：米·瓦·阿格拉莫夫（亚历山德拉剧院，1864年），巴·德·连斯基（科尔什剧院，1888–1889年。）巴·瓦·萨莫依洛夫（人民剧院，彼得堡，1914年。）他们所演绎的阿尔别宁是痛苦的，是一些悲剧性偶然情景下的牺牲品。戏剧评论指出，这种演绎并不符合莱蒙托夫当初的构思。彼・伊・魏因贝格曾愤慨地说，京斯基演了一个情节剧中的普普通通的丈夫，因为嫉妒而杀害了妻子。1914年尼・塔马林也曾评价过萨莫依洛夫的表演，说他们把一个悲剧演绎成了过于感伤的情节剧。一些个别的演员，如莫・伊・皮萨列夫和彼・阿达米扬在19世纪70年代至80年代已经开始努力脱离那种传统的演绎方式，试图更接近于莱蒙托夫最初的构思。他们所演绎的是一位身上充满了“生命之火”的人物，因着走上了一条谎言之路，这一火焰变成了一种可怕的破坏力量。

对莱蒙托夫剧作进行颓废象征式的重新阐释是在20世纪初。透过“神秘主义”眼镜来看《假面舞会》的第一人是阿・列・季诺维也夫，（1912年，科尔什剧院，舞台设计：科斯京，音乐：阿・安・阿尔汉格尔斯基，阿尔别宁的扮演者为阿・伊・恰林，尼娜的扮演者为瓦洛娃，陌生人的扮演者为斯穆尔斯基，施特拉里男爵夫人的扮演者为克列切托娃，施普里赫的扮演者为鲍・萨・鲍里索夫，卡扎林的扮演者为戈里奇）。充满了激情的剧本用半音的音调来演绎，节奏拖沓，光线暗淡，压低的声音，这一切本该能够营造出一种可怕的感觉。评论家们指出，剧中笼罩的不是神秘的恐惧，而是无聊，从一出场恰林那张脸就让人感觉他是一位实施了几次谋杀的人，那么最后一个场景中黑暗色调对于这个角色来说显然是不够的。整个媒体都异口同声地对季诺维也夫的演绎进行了谴责。基辅索洛夫佐夫剧院上演的该剧也具有颓废主义倾向。1914年由别列日诺伊执导的该剧着重体现了“生活如游戏”、“万物皆虚空”的思想。

1917年带有象征主义色彩的《假面舞会》在亚历山德拉剧院

上演（导演：弗·埃·梅耶尔霍利德，舞台设计：阿·亚·戈洛温，音乐：阿·卡·格拉祖诺娃，角色：阿尔别宁的扮演者为尤·米·尤里耶夫，尼娜的扮演者为叶·尼·罗辛娜--因萨罗娃，后来是尼·米·热列兹诺娃、叶·米·沃尔夫—伊兹拉埃尔，兹维斯季奇的扮演者为叶·巴·斯图坚佐夫，施特拉里男爵夫人的扮演者为叶·伊·季梅，卡扎林的扮演者为鲍·阿·戈林-戈里亚伊诺夫，陌生人的扮演者为尼·谢·巴拉巴诺夫，后来是伊·尼·佩夫佐夫和亚·奥·马柳京，施普里赫的扮演者是阿·拉夫罗夫）。首演是在1917年的2月25日，而最后一场是在1941年的6月6日。1919年和1923年梅耶尔霍利德对该剧的排演进行了调整，而在1933年和1938年又创作出了新的版本。舞台上笼罩着浓重的神秘主义情绪，整部剧以陌生人为标志，他是剧中的主要人物。他戴着一双黑色的手套和面具跳着摇摆舞出现在舞台上，伴着神秘的音乐说着台词。在话剧快要结束的时候他跟着那透明的黑幕穿过整个舞台。话剧神秘音乐的高潮是阿·安·阿尔汉格尔斯基合唱团在尼娜的棺材前所唱的安魂弥撒曲。场景的设计也反映了该剧的主题思想。开启舞台的宏伟门框在任何一幕中都没有被撤下，剧场大厅中的灯光一直没有被熄灭。在舞台的门框内不断重复着大厅内的建筑主体，舞台场景与彼得堡的建筑群融为一体，同时，半幕布的形式与屏风使得每一场的舞台空间都在变化。这种变换性营造出了一种不协调的、充满神秘的总体感觉，而这些正是导演与舞台设计所追求的。

尽管梅耶尔霍利德迷恋恶魔威力思想，但他同时也试图在《假面舞会》中找到悲剧的现实主义源头，试图将阿尔别宁的悲剧与其所处的时代悲剧联系起来。“时代的声音”透过神秘主义氛围传来。这一点让他在后来排演中从对神秘性的崇拜转向对主人公与社会冲突的历史评价。

表面上该剧似乎变化很少。舞台设计中的次要元素、舞台调度的复杂性已经消失了，幕布的数量也减少了。1938年陌生人所戴的古怪的面具也被摘下。该剧获得了一种心理上的潜台词。伟大的卫国战争之后该剧在列宁格勒音乐大厅的上演恰是对其协调性、结构上的稳固性的一种检验。尽管该剧没有戈洛温所设计的舞台背景（被烧毁），但总体的设计还是没有变化的。该剧的结构、梅耶尔霍利德导演的动作程式、舞台调度的设计等都对后来《假面舞会》的排演产生了重要的影响，尤其是在外省的一些剧院中。

19世纪30年代，《假面舞会》被列入到了许多外省剧院的演出剧目中。其中一些演出（如库尔斯克，1935年；塔甘罗格，1935年；奥尔忠尼启则，1936年）响应了当时一些庸俗社会学家们的号召，批判性地对待经典。悲剧被演绎成了讽刺喜剧或者悲喜剧。莱蒙托夫主人公的复杂性被全盘否定。批评家们指责阿尔别宁的扮演者过于信任作者，并号召揭露这一人物的内在的本质、虚伪和自私。这种剧本的阐释与形式上的手段相结合表现在该剧的舞台设计上。奥尔忠尼启则市剧院的舞台设计师哈·科斯克用一口棺材和两根巨大的蜡烛占据了半个舞台，留给演员们的只是很小的空间，据评论家说，是“阴间”。

这一时期对《假面舞会》的舞台阐释也开始转向社会悲剧类型。首先这是一个聪明的、刚强人的悲剧，他在自己所处的环境中感到孤独，藐视上流社会，但却无力与其决裂，他本身就是一个悲剧，正如这个社会其他人一样，有意识或无意识都是一个悲剧。这种阐释方式曾在下列城市的演出中使用过，如：

沃罗涅日市，1936年，导演：亚·阿·瓦尔沙夫斯基，

阿尔别宁的扮演者：

阿·瓦·波利亚科夫

喀山市，1940年，导演：亚·阿·瓦尔沙夫斯基，

阿尔别宁的扮演者：

格·巴·阿尔达罗夫

高尔基市（现下诺夫哥罗德），1940年，导演：

弗·列·列尔明

阿尔别宁的扮演者：

彼·鲍·尤金

图拉市（1939，导演：阿·巴·韦利热夫，

阿尔别宁的扮演者：

巴·谢巴斯季亚诺夫

基于对角色总的理解，每个演员都在表演中加入了自己的阐释元素。尤金扮演的阿尔别宁充满狂热的激情，阿尔达罗夫扮演的阿尔别宁是善于嘲讽的，波利亚科夫扮演的阿尔别宁是易怒的，而谢巴斯季亚诺夫扮演的阿尔别宁是好进行说教的。在每个演员扮演的角色中都能找到属于各自独特的东西。阿尔达罗夫扮演的阿尔别宁在手镯丢失后变成了法官和复仇者。波利亚科夫扮演的阿尔别宁更接近角色为自己的定位："我是一个赌徒"。谢巴斯季亚诺夫所扮演的阿尔别宁在尼娜被杀的那一幕恢复到了之前的那种高傲。在他的演绎中可以感觉到阿尔别宁更加接近莱蒙托夫后来的反叛者的主人公形象。对尼娜这一形象的阐释在许多剧院都引起了争论。女演员们经常把她演绎成一位感人的、并不起眼的形象（如沃罗涅日的萨莫依洛娃，高尔基市的格利诺耶茨卡娅）。也有一些女演员把这一形象演绎成了一位充满爱意、因意识到与爱人之间的隔阂而痛苦的女性（如喀山的卡布斯京娜，沃罗涅日的涅兹万诺娃）。在对陌生人这一形象的阐释中除了鲜明的现实主义元素之外还夹杂着象征主义元素。将这两种元素结合阐释得最好的当属列宁格勒国家话剧院的尼·伊·佩夫佐夫和亚·奥·马柳京，沃罗涅日的亚·帕尔明，喀山的亚·马茨凯维奇。

1940年4月全俄戏剧协会的亚·尼·奥斯特洛夫斯基及俄国经典作品办公室组织了一次学术创作会议，会议的主要内容就是对当代剧院对《假面舞会》的研究成果进行总结。会上讨论了戏剧上演过程中现实主义元素与英雄浪漫主义之间的关系问题，也探讨了戏剧基础文本的问题（艾亨巴乌姆的报告）。报告人认为，4幕戏剧与莱蒙托夫的艺术原则是相矛盾的。为解决现有的“文本死胡同”的问题，他建议剧院自己解决舞台剧本的文本问题。艾亨巴乌姆的观点遭到了米·鲍·扎戈尔斯基、谢·尼·杜雷林、康·尼·洛姆诺夫以及其他一些学者强有力的反对，然而艾亨巴乌姆的观点恰恰迎合了一些剧院在实际排演过程中的一些做法。事实上，舞台剧本的文本融合了作家戏剧的不同版本。在2幕版本中融入了此前多个版本中被莱蒙托夫本人所删除的片段，这个版本的《假面舞会》被导演亚·阿·瓦尔沙夫斯基搬上沃罗涅日（1936年）及喀山（1939年）的舞台。而在约什卡尔-奥拉剧院上演的4幕剧的版本中剩下的只有发疯了的阿尔别宁的独白。他站在镜子面前，看着自己的影像，一会儿觉得自己是兹维斯季奇，一会儿觉得自己是陌生人。此次会议显示，最尖锐的问题是对戏剧风格的理解问题。在与象征主义阐释斗争的过程中产生了另外一个极端，那就是神秘主义与浪漫主义之间的转换。导演们担心陷入神秘主义，因此把剧排成了表现日常生活的体裁。在这次会议上还提出了大家共同的缺点，那就是对剧本浪漫主义元素不够重视。在后来的排演中大家都力图将现实主义背景与浪漫主义激情相融合。

在卫国战争前夕，1941年6月21日，由图特什金执导的《假面舞会》在瓦赫坦戈夫剧院进行首演。出演角色的有：

阿尔别宁的扮演者：伊・莫・托尔恰诺夫

尼娜的扮演者：阿・亚・卡赞斯卡娅

兹维斯季奇的扮演者：瓦・瓦・库扎

施特拉里男爵夫人的扮演者：玛・达・西涅利尼科夫

陌生人的扮演者：奥・费・格拉祖诺夫

卡札林的扮演者：弗・亚・波克罗夫斯基

施普里赫的扮演者：尼・维・帕日特诺夫

据导演说，该剧力图创作出一部真正的浪漫主义戏剧，带有对资本主义社会进行讽刺的元素。而由阿・伊・哈恰图良创作的音乐充满了紧张的戏剧冲突感，与莱蒙托夫的戏剧有机地结合在一起。

战后年代，《假面舞会》成了心理主义学派的剧本。这一时期较为突出的是莫斯科人民代表苏维埃剧院和小剧院的阐释版本。前者于1952年和1964年分别上演过该剧。1952年的演出阵容包括：

导演：尤・亚・扎瓦德斯基

舞台设计：鲍・伊・沃尔科夫

阿尔别宁的扮演者：尼・德・莫尔德维诺夫

尼娜的扮演者：列・斯梅什利娅耶娃

施特拉里男爵夫人的扮演者：薇・彼・马列茨卡娅和瓦・弗・索沙利斯卡娅

陌生人的扮演者：鲍・尤・奥列宁

兹维斯季奇的扮演者：康・康・米哈伊洛夫

卡札林的扮演者：罗・亚・普利亚特

施普里赫的扮演者：鲍・亚・拉夫罗夫

这次演出事实上是针对梅耶尔霍利德的一次论战。戏剧的浪漫主义激情被削弱。这次演出的特点在于对人物塑造的准确性和舞台人物具有极强的表现力。该剧的自然、简洁、和准确与亚历山德拉剧院演出所充满的丰富而奢华的想象形成鲜明的对比。

布景结构、音调的选择、严格精选的细节等，所有这一切都是为表现主人公内心世界、心理活动而服务的。演员柔和的声调并未影响观众对他们的关注。双人表演的舞台以黑色天鹅绒为背景，营造出了一种造型艺术的氛围。由于该剧对所有剧中人物都十分重视，因此表演取得了很大的成功。普利亚特塑造了一位老奸巨猾的无耻之徒，拉夫罗夫塑造了一位独特的、无所不在的传播谣言之人。该剧所表现的假面舞会主题在广义的哲学意义上也是成功的，深刻揭露了上流社会以及人类感情的虚伪。剧中那群穿着跳舞服装的人积极参与剧情的发展，他们不怀好意地、充满好奇地关注着事件的发展。该剧中的浪漫主义激情已经被削弱，这表现在对阿尔别宁和陌生人这两个剧中人物的处理上。在莫尔德维诺夫的表演中，理智战胜了情感和激情，而陌生人只不过是一位对阿尔别宁进行报复的具体的“小人物”。

1964年，扎瓦德斯基与伊·阿尼西莫娃-沃尔夫一起又对《假面舞会》进行了新的舞台阐释。此次演出的演员如下：

阿尔别宁的扮演者：摩尔德维诺夫和列·瓦·马尔科夫

尼娜的扮演者：塔·亚·切尔诺娃

陌生人的扮演者：阿·阿·孔索夫斯基

兹维斯季奇的扮演者：瓦·鲍·别罗耶夫

卡扎林的扮演者：谢·谢·戈济和康·康·米哈伊洛夫

男爵夫人施特拉里的扮演者：伊·巴·卡尔塔绍娃和埃·利·科文斯卡娅

施普里赫的扮演者：鲍·亚·拉夫罗夫

在这次演出中剧中添加了一个没有台词的新角色—指挥（亚·伊·科斯托马洛茨基扮演），他的主要任务就是表现该剧的浪漫主义激情。这一角色在指挥乐队的同时还会转向观众，用表情和动作来表现他对舞台上所发生事件的态度：或绝望或鄙视，或痛苦或嘲笑。该新版剧的主题思想是崇高与冷酷之间的冲突，浪漫主义与日常生活琐事之间的冲突。因此陌生人这一角色不仅很普通，同时也很平庸。而男爵夫人这一角色与传统的处理方法不同。该剧中她像阿尔别宁一样，是一位善于思考的、充满痛苦的女人，她是自己时代的产物，也是自己时代的牺牲品。1964年在喀山的演出中娜·阿法纳西耶夫娜也如此阐释该角色。米哈伊洛夫饰演的卡扎林没有使用日常生活的词语，他主导着罪恶的生活，这一罪恶生活将阿尔别宁从善引向暴力。

1962年《假面舞会》重返小剧院的舞台，演职人员如下：

导演：列·维·瓦尔帕霍夫斯基

舞台设计：埃·格·施藤贝格

音乐：谢·谢·普罗科菲耶夫

阿尔别宁的扮演者：米·伊·察廖夫

尼娜的扮演者：康·弗·罗耶克

陌生人的扮演者：弗·弗·克尼戈松

男爵夫人施特拉里的扮演者：埃·阿·贝斯特里茨卡娅

卡扎林的扮演者：叶·巴·韦利霍夫

兹维斯季奇的扮演者：瓦·亚·特卡琴科

施普里赫的扮演者：尼·弗·波德戈尔内

该剧展示了莱蒙托夫思想的深度与广度，揭示出该剧与《智慧的痛苦》之间的联系。主人公们都失去了恶魔的特质，他们的生平都是非常具体的。舞台布景创造出了一个19世纪30年代极具吸引力的美丽彼得堡形象。但这种精心的设计也只不过是一个假面具。剧中主人公悲剧的特殊性在于他们生活的公开性。周围的人群总是在关注着他们的一举一动，而这一点正是这一角色被赋予的重要意义。该剧以假面舞会这一场景作为序幕而开始。周围一对对舞者有节奏的运动着，如行尸一般的节奏，就好像一群被共同的贪婪追求而联合在一起的人。周围群众演员的这种动作正是该剧的主旋律。

外省及共和国的一些剧院在20世纪50-70年代上演的《假面舞会》大多都是运用传统的阐释方式。主人公被阐释为自己时代的产物和牺牲品。有些戏表现出了导演构思的论战性和独特性，同时也有一些演员的表演可圈可点。在1953年托木斯克话剧院上演《假面舞会》特别强调了阿尔别宁的反抗精神。在1966年克拉斯诺亚尔斯克剧院上演的《假面舞会》中，贯穿整部戏的是关于上流社会具有致命力量的思想，上流社会可以在精神上摧毁所有与其不一致的人。在1958年符拉迪沃斯托克剧院、1964年阿穆尔河畔共青城剧院上演的《假面舞会》对剧本进行了更现代化的阐释。他们摒弃了悲剧性的假面生活主题，认为其不具现实性。他们有意识地将关注点转移至主人公的道德特征。评论界特别提到了亚美尼亚孙杜克杨剧院（1949）和明斯克高尔基话剧院（1966）的演出。埃里温剧院展示了一部充满深刻心理分析的戏。瓦·鲍·瓦加尔尚扮演的阿尔别宁是一位已经失去了幻想的人。他的爱情是快乐的，是一位思想家突然找到了和谐的快乐。他竭力摒弃关于背叛的想法，甚至愿意欺骗自己，只是明显的罪证（他所截获的信件）迫使他最终实施报复。在尼娜死的那场戏中他表现得很痛苦。明斯克米哈伊洛夫导演将这部剧阐释为具有总结意义的社会剧。戏中陌生人（安·科尔萨科夫斯基扮演）这一角色不同寻常，他的平庸与渺小却使阿尔别宁（罗·扬科夫斯基扮演）遭受到了巨大的打击。导演认为，这是因为无论是平庸的陌生人还是非凡的阿尔别宁，他们的共同特征都是不相信人。

第二节 其他剧本演出史

《两兄弟》的演出史

该剧首次上演是在1915年1月10日，在彼得格勒（现圣彼得堡）。当时由马林斯基剧院的文学基金会组织，而由亚历山德拉剧院的演职人员完成。演职人员名单如下：

导演：弗·埃·梅耶尔霍利德

舞台设计：阿·亚·戈洛温

拉京的扮演者：巴·达·达维多夫

尤里的扮演者：尤·米·尤里耶夫

亚历山大的扮演者：阿·列·康斯坦丁诺夫

薇拉的扮演者：尼·格·科瓦连斯基

公爵的扮演者：鲍·阿·戈林-戈里亚伊诺夫

沉稳的声调、简单的舞台设计更加突出了事件发展的快速性。尤里与亚历山大的形象被阐释为同一个心灵在惨剧发生前后的两个不同形象。当代，《两兄弟》是继《假面舞会》被列入上演剧目次数最多的剧本。1936年该剧首次登上列宁格勒广播电台，导演为伊·费·叶尔马科夫，演员有尼·米·热列兹诺娃、弗·艾·克吕格尔、达·利·沃洛索夫、尼·米·茹科夫。

1939年叶尔马科夫又带着原班人马（薇拉的扮演者换成了伊·普·戈舍娃）将剧本搬上电视荧幕。1954年，导演叶尔马科夫将该剧本的电视版再次更新（演员有利·彼·什特康、弗·伊·斯特热利奇克、格·伊·索洛维约夫、弗·艾·克吕格尔等）。1964年，叶尔马科夫根据剧本拍摄了一部电视电影（演员有利·加·阿斯方季亚罗娃、尤·谢·罗季奥诺夫、尼·谢·马尔东、格·伊·索洛维约夫等）。导演在一段遭遇欺骗的爱情故事背后看到了一个吞噬纯洁感情、残酷自私的时代。在叶尔马科夫导演的前两部剧中充满了浪漫主义激情，而后来剧本的演绎更接近莱蒙托夫后来在小说中所表现的心理主义倾向。从1939年开始，该剧不断在首都及外省各剧院上演。

《怪人》演出史

该剧本首次上演是在1936年，在莫斯科苏霍多利斯基话剧院的早场戏中。演职人员如下：

导演：尤·艾·奥扎罗夫斯基

阿尔别宁的扮演者：米·谢·纳罗科夫

弗拉基米尔的扮演者：亚·伊·莫茹欣

索菲娅的扮演者：瓦利茨卡娅

娜塔莎的扮演者：列辛斯卡娅

该剧受到评论界的好评。由于演员们忠实原剧本，因此较好地保留了原作当中那种充满朝气的、年轻人的情绪。近些年（1964年）上演该剧最有名的是奔萨剧院，演职人员如下：

导演：尤·格拉纳托夫

舞台设计：格·叶皮申

阿尔别宁的扮演者：弗·斯捷巴科夫

阿尔别宁娜：艾·亚历山德拉

弗拉基米尔：艾·索洛维扬

扎格尔斯金娜：塔·科科夫金娜

娜塔莎：玛·塔布拉托娃

索菲娅：柳·阿·洛济茨卡娅

扎鲁茨基：伊·斯马金

该剧导演认为剧本已经不符合舞台的要求了，应该更深刻地展示该剧的思想激情，因此，导演创作出来自己独特的舞台版本，其中加入了剧本《人与激情》中的片段，在剧中加入了舞会场景，舞会上弗拉基米尔当众朗诵了莱蒙托夫的讽刺短诗，加入了一些只有通过人物对话才能明白的片段。

《西班牙人》演出史

《西班牙人》开始上演于1923年，在莫斯科的罗曼涅斯克剧院。其中导演是康·弗·埃格特，舞台设计是弗·列·特里维斯，演员有费·米·尼基京、纳·亚·罗泽奈尔等。《西班牙人》为当代剧院的导演们提供了更广阔的舞台阐释空间。对剧本思想阐释侧重点的变换使其在各个不同历史阶段都可上演。埃格特的阐释版本表达了对各种压迫的反抗。20世纪30年代中期上演的剧中便明显强调解放斗争的主题，而在20世纪30年代末期在鄂木斯克、伊尔库茨克、克拉斯诺亚尔斯克、沃洛格茨克等剧院中上演的该剧《西班牙人》被阐释为一部关于“当代青年英雄”的作品。主人公费尔南多那充满热情的心灵、他那勇敢无畏的精神成了当时年轻一代人的典范。1941年4月在莫斯科国家犹太剧院索·米·米霍埃尔斯将《西班牙人》搬上舞台。他认为主人公与西班牙宗教法庭的悲剧性冲突这一主题在二战期间是非常具有现实意义的，他将索里尼这一形象及其党羽同法西斯主义联系起来。二战后《西班牙人》这种表达人类遭受压迫的主题使得该剧成为令人鼓舞的戏剧。主人公费尔南多的英勇精神唤起了人们对正义必将胜利的信心。而也有一些剧院（如伏罗希洛夫格勒剧院，1954年）把揭露伪善和宗教残忍性作为首要表达的主题。

第五章

莱蒙托夫戏剧与诗歌创作之间的联系

第一节 悲剧性意识

莱蒙托夫的戏剧创作集中在1830~1836年间，而他在此间创作戏剧的同时也在创作着诗歌。尽管是不同的体裁，不同的语言表达方式，但有一种内在的情绪弥漫在这些不同体裁的作品中，那就是莱蒙托夫的悲剧性意识。在戏剧作品中莱蒙托夫把他的悲剧性意识赋予了游走于戏中的主人公，而在诗歌中他通过抒情主人公之口直接表达了他的这种情绪。是抒情主人公的情绪影响了戏剧主人公，还是戏剧主人公的情绪影响了抒情主人公，这并不重要，重要的是这种悲剧性情绪的存在。戏剧是通过悲剧性的情节与悲剧性的结局来突显这种情绪的力量，而抒情诗则直接从字里行间迸发出悲剧性的力量来撞击我们的心灵。

莱蒙托夫悲剧性意识的表现是他对爱情的悲剧性体验，以及对死亡的悲剧性思索。

莱蒙托夫的每一部戏剧都涉及了爱情的主题。对爱情的诠释几乎是每一位诗人的必点之笔。抒情诗是抒情主人公的直接表白，寥寥数语便可道明其对爱情的态度，而戏剧中主人公的爱情命运便是对其爱情观的最好诠释。莱蒙托夫的第一部戏剧《西班牙人》中费尔南多与埃米利娅是一对真诚相爱的恋人，可他们之间的爱却遭遇了种种的障碍。爱情不得不以肉体的死亡而消亡，而毁灭他们之间爱情的，表面上是男主人公自己，实则是无奈的现实，面对耻辱与死亡的选择时，费尔南多选择了死亡，同时也意味着他选择了爱情的死亡。而他选择死亡正是要维护他们之间爱情的纯洁。在费尔南多看来，只有维护爱人免受耻辱才是他们对爱情的延伸。在莱蒙托夫这里不允许存在充满耻辱的爱情，纯洁美好的爱情本该给人带来希望，带来幸福，然而充满悲剧性意识的莱蒙托夫不会让这样美好的爱情永恒。在尘世的生活中美好的爱情是必遭破坏的，唯其如此，才可昭示爱的意义。

在莱蒙托夫的抒情诗中何尝又不是弥漫着这种悲剧性的情绪呢？抒情主人公的爱总是伴着忧伤、无奈与无望。1829年，年仅15岁的莱蒙托夫便写下了这样伤感的诗句：

"谁要是曾经尝过痛苦，
谁要是对爱情闭上眼睛，
那么由于恐惧和希望，
他的心将不会再次跳动。
他只爱孤独中的黑暗，
他再也不知何为眼泪……" [1]

[1] М.Ю.Лермонтов. сочинения в шести томах. том первый. Стихотворения 1828-1831. издательство Академии наук СССР. .Москва• Leниград. 1954г. Стр.52.

写这首诗的时候莱蒙托夫还没有创作戏剧《西班牙人》，但他已经对爱情表现出了幻灭的情绪。而与《西班牙人》同出于一年的一首小诗更加直白地抒发了他对爱情的失望：

“没有一个人，没有一个人，没有一个人来安慰，
在这放逐中不安的忧伤，
要爱吗？——我曾爱过三次，
无望地爱过三次。”❶

这首诗作于1830年，当时的莱蒙托夫年仅16岁，而他已经爱过了三次，无望的爱带给他的是无尽的哀伤。年少的他已然经历了悲剧性的爱。也正如他对朋友的倾诉中所表现的那样，他很少尝过幸福的爱：

“永远痛苦的爱我已经尝够了，
幸福的爱却很少尝过，
不过算了，为什么要打开心灵呢，
为什么我不是过去的我？”❷

在第一部戏剧后不久，莱蒙托夫又写了《人与激情》和《怪人》两部戏剧。这几部剧作可以说是莱蒙托夫早期的悲剧三部曲。《人与激情》中的男主人公与女主人公的爱情是以美好的一幕开始的，但男主人公除了爱情之外还要痛苦地面对家庭的纷争，而他成长的背景又注定了他个性中的悲剧性意识，这种意识

❶ М.Ю.Лермонтов. сочинения в шести томах. том первый. Стихотворения 1828-1831. издательство Академии наук СССР. .Москва•Лениград. 1954г. Стр. 138.

❷ М.Ю.Лермонтов. сочинения в шести томах. том первый. Стихотворения 1828-1831. издательство Академии наук СССР..Москва•Лениград . 1954г. Стр. 269.

使他充满了怀疑。因此悲剧性的结局除了由于他所面对的压力之外，同时也是他自身的个性造成的。当他怀疑自己心爱的姑娘柳博芙背叛了自己之后，又受到了父亲的诅咒，因此他感觉生命于他已经毫无意义。他在现实中已经找不到生的意义了，于是他选择了死。如果说费尔南多(《西班牙人》)选择死是为要捍卫爱人的贞节与名誉的话，那么尤里·沃林（《人与激情》）选择死则是为了摆脱他所承担不起的沉重现实。而现实中的爱情对他来说又是及其重要的。当他武断地认为爱人背叛了自己时，充满怀疑的个性使他不愿意听爱人的解释，这就势必导致他走向极端。他通过毁灭自己来毁灭自己心中的爱情。这又是以死亡来结束的一段爱情。

莱蒙托夫的戏剧主人公们都有着强烈的愿望去爱，也曾经历过爱，但更多的是经历着由爱而生的痛。而痛与死亡的结局彰显着爱的悲剧性。而他的抒情主人公即便是在爱中也同样是在经历着痛苦的煎熬：

“我怎能不爱那眼神？
那一支女人的轻蔑之剑
刺穿了我……但不——从那时起
我一直在爱——一直在煎熬。
这眼神让人难以忍受，
它像幽灵一样紧紧跟随我，
而且注定了我直到坟墓
无论如何都不能爱上别人……
可能这样吗！初恋
就如此痛苦，
用虚假来激动我热血，

还想用嘲笑再使它冷却。

我希望把自己的热情之火

注入别的什么事情当中。

但记忆、还有那些最初的眼泪

有谁能经得住它们的攻击呢？”[1]

1831年莱蒙托夫创作了戏剧《怪人》。该剧的主人公所经历的又是悲剧性的爱情。这里主人公也同样是面对家庭中的矛盾与爱人的背叛问题。然而这里的背叛却是真实的，并非是怀疑，误会。主人公弗·阿尔别宁所深爱的姑娘娜塔莎背叛了他，并嫁给了他的好友别林斯基。对于弗·阿尔别宁来说爱情是神圣的，爱让他找到了避难所。因为他深怕受到上流社会的中伤。他曾经像相信上帝一样相信他的爱人娜塔莎，甚至爱她甚于爱上帝。他曾发誓永远爱她，然而这种誓言只能招致悲剧性的结局。他能把握自己的爱不变，却无法控制别人的爱不变。永恒的誓言出自他之口，却是无法约束别人的。对于弗·阿尔别宁来说，失去了爱情就等于失去了一切。这在莱蒙托夫的所有戏剧主人公身上都是一样的。他不堪这样的打击，他已经预感到了自己生命也将随着爱的终结而终结。因此，他会对爱人说出“婚礼和葬礼同一天举行”这样的话。非爱即死，这就是主人公生命轨迹的两极。戏剧中莱蒙托夫让他的主人公惨痛地经历着这一切，让他尽遭爱所带来的痛苦。爱之美好、神圣对主人公来说遥不可及。莱蒙托夫通过编造这样的戏剧情节将自己的悲剧性意识注入主人公悲剧性的

[1] М.Ю.Лермонтов. сочинения в шести томах. том первый. Стихотворения 1828-1831. издательство Академии наук СССР.. Москва•Ленинград. 1954г. Стр. 163-164.

爱情命运之中。事实上，爱真的能消解主人公身上那种独有的孤独情绪吗？莱蒙托夫在同年（1831年）写的一首抒情诗中已经直接赋予主人公这样的观念：

“即使我在爱着什么人，
爱也无法美化我的生活。
它像黑死病的一粒斑点
虽然乌黑，却燃烧在心上。
我被敌对的力量所驱赶，
以给他人以死亡为生
我活着——像天上的主宰者——
在那美丽的世界中，——却孤独一人。”❶

假设没有爱人的背叛，假设相爱的主人公们走到了一起。他们的爱情命运在莱蒙托夫这里也必遭悲剧性的命运。《假面舞会》中的叶·阿尔别宁怀疑无辜的妻子不忠，亲手毁掉了自己的爱情。所以我们可以看到，莱蒙托夫式的爱情很少有阳光的、欢快的，而总是充满着阴郁的、孤独的情绪，而最后又都伴着死亡。正如他的一首抒情诗写道：

“要提防爱情：它会过去的，
它用幻想去激动你的心，
为它而焦心会戕害了你，
任什么都不能使你复生。

❶ М.Ю.Лермонтов. сочинения в шести томах. том первый. Стихотворения 1828-1831. издательство Академии наук СССР. Москва•Лениград. 1954г. Стр. 236.

你所钟爱的美貌姑娘，
我们假定，会把手伸给你……
岁月转眼即逝……时光老人
会给你指出永恒的别离……

只身无伴度着自己的一生
而从容不迫地走向死神，
比受两次打击、为两人而
费尽心机，更为轻松愉快！……”[1]

爱情对于抒情主人公来说是不可靠的，是必然要终结的，即便是最后结为伴侣的幸福爱情，也会因感情衰竭或年龄衰落而化为乌有。因此，无论是戏剧还是抒情诗中的爱情主题都贯穿了莱蒙托夫的悲剧性意识，而这种意识的物质表现就是在作品中死亡主题的彰显。莱蒙托夫的5部戏剧无一不涉及到死。如果说戏剧的悲剧性要靠编制一个死亡性的结局来表现，那么抒情诗的悲剧性意识也莫过于对死亡问题的思索。在莱蒙托夫的抒情诗中有许多诗句都是关于死亡问题的。就在他写悲剧三部曲的1830-1831年间，他曾经直接以《死亡》（«Смерть»）为题写过三首抒情诗。除此之外，在《一八三〇年。五月。十六日》一诗中，诗人想到了死和死后诗人的创作命运。

“我并不怕死，啊，我并不怕！
我只怕消失得无影无踪，

[1] М.Ю.Лермонтов. сочинения в шести томах. том первый. Стихотворения 1828-1831. издательство Академии наук СССР. .Москва•Лениград. 1954г. Стр. 76.

只希望不管在什么时候
世人看到我灵感的劳动；
我希望——再遇到一次艰难！……
心灵中没有足够的权力——
去热爱这人世间的痛苦。
而这个形影，他紧跟着我
匆匆地拼命地奔向坟墓，
奔向那里，你在那个地方
给我许诺过永恒的静穆。
但我觉得静穆本无其事——
就在那里、在那里也没有；
那些漫长的惨痛的岁月，
苦难的人永远记在心头！……”❶

而在另外一首诗歌《致……》中，诗人预感到了过早的死亡：

“当你的朋友怀着宿命的悲哀
把如许的心思交给你去安排，
你纯真的心灵根本不晓得：
耻辱的死在呼唤他早日到来……
不晓得你所钟爱的那颗头颅
将要从你的胸前搬上断头台。
他为了平静的灵感、为了光荣、
为了希望而诞生；——但他不适于
生存在人们当中；敌对的精灵

❶ М.Ю.Лермонтов. сочинения в шести томах. том первый. Стихотворения 1828-1831. издательство Академии наук СССР. .Москва•Ленинград. 1954г. Стр. 195.

并没有把他的心灵关进囹圄；
造物主也没有听取他的祈祷，
而他就在最好的年华中死去；……”❶

这里抒情主人公处于绝对孤独的境地，这决定了他悲剧性的命运。他被人所抛弃，上帝也不垂听他的祷告，于是他“就在最好的年华中死去”。“他的一生将沉入忘怀，像空洞的声音，杳无踪影”。

即使是在非死亡主题的诗中，诗人有时也会在最后的几句诗行中转到对死亡的沉思。例如在一首名为《小舟》的诗中，前三节描述的是一只行驶在大海上的小船，以及船上的俘虏；然而最后结尾的第四节却又是莱蒙托夫所特有的对于死亡问题的思索：

“对于死亡永远是这样：离开死亡越近，
我们对人世就越不惋惜；
我们觉得两个坟墓也不比一个可怕，
因为这里已经没有希冀。
如果我根本不等待什么幸福的日子，
那么，我的胸膛恐怕老早就不再呼吸！……”❷

人如其诗，其诗如人。莱蒙托夫悲剧性意识对其作品的渗透，让我们看到，无论他选择怎样的表达方式，他都没有走出悲剧性的情绪。也许是巧合，也许是命定，莱蒙托夫本人的生

❶ М.Ю.Лермонтов. Сочинения в шести томах. том первый. Стихотворения 1828 – 1831. Издательство Академии наук СССР.. Москва•Ленинград. 1954г. Стр.255.

❷ М.Ю.Лермонтов. Сочинения в шести томах. том первый. Стихотворения 1828 – 1831. Издательство Академии наук СССР. .Москва•Ленинград. 1954г. Стр. 166.

命也悲剧性地过早结束了，留给我们的只是他思想及情绪的印迹——其诗、其剧、其散文。

第二节　恶魔形象

在第三章的第三节我们已经提到了相关的恶魔主题。这是莱蒙托夫钟爱一生的主题，恶魔形象贯穿了他的整个创作生涯。从最初创作的抒情诗、到长诗《恶魔》，再到戏剧体裁创作，恶魔形象的特质无不渗透其中。

在抒情诗创作方面，早在1829年莱蒙托夫便创作了《我的恶魔》（他的本性是罪恶的总汇），而在1831年又写了题目相同的第二首抒情诗 ，只是第一首诗中的前四行只改动了一个词引用到了第二首诗中。第一首诗抒情主人公描述的恶魔形象是“罪恶的总汇”，他蔑视纯真的爱情，他也不承认对上帝的祈祷，是否定一切的恶魔形象。第二首诗抒情主人所刻画的恶魔经成了一位“高傲的恶魔”，他蔑视人间的疾苦，不懂得爱情和怜悯，他让抒情主人公在永恒的寻求、幻灭、怀疑过程中永远找不到至善与幸福。抒情诗中的恶魔形象是孤独的：“在枯黄的飘零的树叶间/有他的坚如磐石的宝座；在狂风怒吼中，他忧郁地/ 阴沉地在他的宝座上端坐”。“枯黄的”“飘零的”“树叶间”“狂风怒吼”这一系列词汇传达出一个满目萧瑟的自然的景观。恶魔所处的尘世环境并非和谐悦目，而是充满凄凉与躁动。因此，恶魔忧郁地、孤独地端坐在自己的宝座上。

1831年莱蒙托夫的一首《那全能的上帝创造了我》再次刻画了恶魔的形象：“如同恶魔，我是恶的选手 /如同恶魔，我有高傲的心/我是人间无忧的流浪者/对人世、对天国都没有缘分”。

这其中隐含着对造物主的抱怨，因为他不属于尘世也不属于天国，几乎无处安身。同样的抱怨也出现在抒情诗《三棵棕榈》中，具有象征意义的棕榈树也在抱怨着自己的孤寂处境，抱怨上帝的不公。

如果说莱蒙托夫的抒情诗中恶魔形象无法充分地展开，那么在著名的长诗《恶魔》中对恶魔形象的刻画可谓淋漓尽致。该诗创作历程长达十年（1829-1839年），莱蒙托夫曾8易其稿，足见作家对该诗的重视程度。长诗的主要情节基础是：否定与恶的灵魂对善、对美与和谐的渴望。恶魔对塔玛拉的爱即象征着这种渴望，而最终的悲剧性结局昭示着恶魔无法获得至善、无法战胜孤独、无法与世界和解。尽管长诗的情节比较简单，但却包含了错综复杂的哲学思想内涵。对该诗的阐释也可是多元的，可以是社会历史层面的，可以是心理层面的，也可以从整个宇宙、世界本源层面来阐释。

《恶魔》在1829年的初稿中包括献词和92行诗，以及两个散文提纲，其中第二个提纲基本上没有明显变化地运用在其早期所有长诗版本中。甚至在很大程度上运用在了第六个版本中：恶魔爱上了濒死的修女，而她最终也爱上了他，但是恶魔看到了她的保护天使，并由于嫉妒和恨而决定杀害她。她死了，她的灵魂飞向地狱，恶魔遇到了天上哭泣的天使，用讥讽的微笑来指责他。《恶魔》的第二稿（1830年年初）共有442行诗，也描述了上述的情节。后来的第三稿（1831年）和第五稿（1832-1833年或1833-1834年）中莱蒙托夫对恶魔与修女形象不断进行细节化，对有些主题或使用或摒弃，加添了描写性元素，比如象征着浪漫主义的自然景观，山、大海的形象。1831年莱蒙托夫还写了第四稿，在这一版本中，长诗开头的七行诗是关于恶魔的，用五音步抑扬格写成。在早期的版本中，恶魔是有意识的杀死女主人公的。后来更为成熟的版本中，莱蒙托夫的思想更具深度，象征性也更为多元，描述更为具体，叙述更加客观。这一切使得《恶魔》变成了一部东方故事，里面充满了民间主题、古代格鲁吉亚日常生活的画面，细节处理更具民族特色。但《恶魔》的最后两部手稿，即第七稿（结束日期为1838年12月4日）和第八稿并没有保存下来。

《恶魔》所经历的复杂的创作历程彰显了其永恒的艺术魅力。莱蒙托夫对恶魔形象的偏爱说明，恶魔意识反映了诗人个人精神生活的体验，这在某种程度上也反映了莱蒙托夫对世界的态度。长诗中的恶魔形象也如同抒情诗中的恶魔形象一样，充满了对上帝的控诉，他抱怨上帝创造的不公。恶魔怪罪上帝创造了一个不完善的世界，他高傲的灵魂选择进行报复，恶进入他的心灵并开始操纵他。他也曾试图经历重生，他试图通过对尘世女子的爱来拯救自己。在某一时刻他也充满了对尘世的眷恋，正如抒情诗的主人公一般，向往在天国享受极乐，但又不舍得同人世诀别。这样的思想也同样体现在莱蒙托夫戏剧主人公的身上。在《假面舞会》中，阿尔别宁已经告别赌坛，他也试图通过爱情来摆脱这个罪恶的世界。他本以为已经在妻子、在家庭生活中找到了生活的意义，获得了重生，可是仅仅因为妻子莫须有的背叛，亲手杀害了妻子。杀害妻子尼娜是阿尔别宁恶意志的表现，同时也反映了这个世界秩序的不公平。剧中的悲剧结局是主人公主观恶与世界的客观恶相互作用的结果。因此，可以理解阿尔别宁的呼喊，“杀害她的不是我”。这一点又与长诗《恶魔》的思想相呼应。成熟版本中的恶魔形象被他所处的环境界定为危害者、破坏者的角色，因此可以认为，女主人公塔玛拉的死并非有意识的故意行为。而最终罪过将转向这个世界的缔造者——上帝。

贯穿于莱蒙托夫诗歌与戏剧中的恶魔形象还具着一个共同特征，那就是拯救的意识，这个拯救意识不是上文的拯救自己，而是拯救别人，更确切地说，是拯救自己所爱的女人。长诗中的恶魔向塔玛拉祈求爱，为了那一瞬间，他向塔玛拉承诺了永恒。恶魔用地上人所不知的、天上的美来引诱塔玛拉，希望她像他一样成为对人类世界冷漠的人。塔玛拉同情恶魔，把自己变成了爱情的牺牲品。尽管恶魔成功地引诱了塔玛拉，为她提供了一个超凡脱俗的世界，他深信这会使她从这罪恶的世界中解放出来。但恶的灵魂遭遇到了天使般的灵魂，恶魔意识到自己注定要像从前一样在宇宙中孑然一身，既没有爱情，也没有希望。

类似的情形也出现在戏剧《假面舞会》中。阿尔别宁也同样相信他杀死尼娜是对她的拯救，即将她纯洁的心灵从具有腐蚀作用的社会中拯救出来。剧中作者用情景说明来引起读者的注意，当尼娜死后，阿尔别宁“返回来，疯狂似地呻吟着”，发出了对上帝的痛诉：“你实在太残忍了！我要告诉你！”[1]事实上，尼娜在死前说的最后一句话是：“现在我反正都一样了……我在上帝面前是无罪的”[2]。因此阿尔别宁的那句话似乎是对尼娜最后一句话的回应。这是在阿尔别宁明白一切真相之后所发出的痛诉，他深知自己的过错已经无法纠正，他抱怨上帝是因为上帝知道这一切，眼看着无辜的尼娜忍受着被冤枉的痛苦死去却不挽救她，只能痛斥上帝的“残酷”。

恶魔与阿尔别宁的相似之处在于他们都全然否定周围世界，

---

❶ 莱蒙托夫. 莱蒙托夫文集：西班牙人戏剧（1829 – 1831）[M]. 金留春，黄成来译. 上海：上海译文出版社，1998：189.

❷ 同上，1998：165.

否定是因为他们对这个世界具有深刻的认识，认识其本质。这两部作品中甚至用相同的修辞手段来表达这一思想。多次重复名词化了的代词“一切”，该词使得诸如“蔑视、仇恨、痛苦”等动词的语义更加深刻。《恶魔》中主人公发出这样的感叹：“知道一切、看见一切、感觉一切、竭尽全力憎恨一切；而且去蔑视世上的一切！……”[1] 而《假面舞会》中恶魔主人公发出了同样的感叹：“我预见一切、理解一切、认清一切，我经常在爱，更为经常的是恨，同时苦恼得如愁肠百结！起初我向往一切，后来我蔑视一切”[2]。恶魔主人公们对现存世界否定的结果就是遭受上帝的惩罚。

长诗中的恶魔形象与戏剧中的恶魔形象共同之处还在于，莱蒙托夫将其置于对立的二元世界中，不仅仅是上文提到的恶魔主人公们内在的精神世界与现实世界的对立，对立的二元世界还包括属于人类特质方面的对立，恶魔主人公们恶的本质与他们爱人纯洁、善良本质之间的对立。莱蒙托夫没有将自己的恶魔主人公置于完全毫无出路的境地，而是为他们预备了重生的道路。他们本可以通过女人之爱来获得重生。因此尼娜与塔玛拉象征着具有纯洁本质的天堂之路。尼娜对于阿尔别宁来说就是上帝派来的天使，但却是为了主人公获得尘世之爱。恶魔与阿尔别宁都试图改变自己的命运，在他们的身上表现了对善的渴望，对美好理想的憧憬。“我想与上天和好”，恶魔曾这样坚定的宣称道。阿尔别宁也准备去爱并相信。失去的天堂在他们身上开始复活：“他心里的情感突然开腔，用的是

[1] 莱蒙托夫. 莱蒙托夫文集：西班牙人戏剧（1829－1831）[M]. 金留春，黄成来译. 上海：上海译文出版社，1998：263.

[2] 莱蒙托夫. 莱蒙托夫文集：西班牙人戏剧（1829－1831）[M]. 金留春，黄成来译. 上海：上海译文出版社，1998：51.

过去亲切的语言。这个是不是复活的征兆？”[1]他们都愿意顺服于尘世的爱，带着强烈的渴望，希望能在与女人的联盟中找到失去的和谐。阿尔别宁曾表达过强烈希望：“美丽的世界不是徒然地展现在我的眼前，而我又为人生和至善而复活”[2]。然而两位恶魔主人公都没能真正“复活”，他们重生的希望破灭了。他们仍旧无法战胜自己的孤独。阿尔别宁无意中成了假面上流社会的“玩具”，他把上流社会的谎言视为真理，亲手杀害了自己深爱的女人，消灭了重生的希望。他们已经无法逆转自己的命运。《恶魔》中“傲慢、孤独的他在宇宙间/又孑然一身，同以往一样，既没有爱情，也没有期望！”《假面舞会》中：“是的，你就要死去—— 我站在这里，孤单一人……年月将逝去，我也会死去—仍是一个人！”这不同作品中类似的文本昭示着两位恶魔主人公相同的命运，他们在世界中的孤独是永恒的。这就是莱蒙托夫笔下的恶魔形象，他们高傲、孤独、叛逆……

---

❶ 莱蒙托夫. 莱蒙托夫文集：西班牙人戏剧（1829 - 1831）[M]. 金留春，黄成来译. 上海：上海译文出版社，1998：241.

❷ 莱蒙托夫. 莱蒙托夫文集：西班牙人戏剧（1829 - 1831）[M]. 金留春，黄成来译. 上海：上海译文出版社，1998：51.

结束语

有人说，人在年少的时候会更喜欢莱蒙托夫，而在成熟的时候会更喜欢普希金。说者首先是把他们作为诗人来看的。的确，他们二者都是俄罗斯伟大诗人的典范，各代表着一种诗歌的理想。也许没有人会首先因为戏剧而喜欢上莱蒙托夫的。然而，本课题却选择了他的戏剧。选择他的戏剧源于先是喜欢上了他的诗歌。每一种艺术的表现方式都会在某种程度上实现作者的表达意图。莱蒙托夫之所以选择戏剧这种体裁形式，是因为戏剧可以获得更为广阔的、诗歌体裁所不能承载的表达空间。莱蒙托夫通过戏剧这一体裁形式实现了一定的表达目的。

莱蒙托夫的戏剧创作与西欧和俄国的戏剧传统紧密相连。与西方传统联系最为紧密的是悲剧《西班牙人》。它的某些片断与戏剧原则源自于西欧的戏剧大师，如席勒、莱辛和雨果。从戏剧《人与激情》开始，俄罗斯的传统就越来越明显了。这表现在一些情节线索和日常生活场景的特征上。莱蒙托夫悲剧性的短暂一生无疑在他的戏剧中留下了痕迹。幼年丧母，父爱又被割离，莱蒙托夫所经历的家庭悲剧明显地再现于他的戏剧中。几次失败的爱情经历被他赋予其戏剧主人公。但他并没有仅仅沉浸在自己的世界与情绪中。年少的他还是注意到了当时的社会问题。在戏剧中他触及了当时的农奴制，他借农夫之口对农奴制进行了强烈的控诉和抨击。同时，他所生活的上流社会也是他所痛斥的对象之一。

莱蒙托夫戏剧主人公都具有某种意义上的共性。他们渴望完美，然而他们所处的世界与心目中所向往的理想世界不同，于是他们便向上帝所创造的这个世界进行反抗与报复，亲手毁灭上帝的创造物，即自己或心爱的人。但他们又非真正的恶魔，恶是来自于对善的强烈渴望，恨是来自于对理想典范的强烈之爱。他们报复的结果或是自己死亡，或是给自己造成更为极端的痛苦。就是在主人公的痛苦中，我们感受了莱蒙托夫矛盾的宗教观：既想反抗上帝，又想与上帝和好。

莱蒙托夫在戏剧创作上的探索从早期的悲剧三部曲到后来的巅峰之作《假面舞会》，逐渐形成了他的戏剧创作体系。无论是从形式上还是从内容上，他都试图超越自己。戏剧探索的过程大约持续有6年的时间，每一部戏剧之间的间隔都不是很长，但每一次他都尝试掌握新的体裁形式。在不重复前面剧本的前提下，尽力达到更高的艺术水准。从体裁的变化上看：诗体—散文体—诗体—散文体，每一次对新体裁的尝试都为莱蒙托夫开启了更为广阔的视界。在最初的试作中他已经以惊人的速度掌握了对话艺术、情节发展的戏剧原则。但作者最主要的注意力还是集中在独白上，而独白在浪漫主义戏剧原则体系中占有重要地位。他试图探索出浪漫主义戏剧最完善的形式。而《假面舞会》正是这条探索之路上所达到的最后的巅峰。这部剧的优势体现在结构的严整、局部对整体的从属性、结构的动感性上；同时还表现在对一些细节的处理上。

莱蒙托夫生前没有在舞台上看到自己的戏剧上演，尽管他这一强烈的愿望没有实现，尽管由于他的过早离世，他思想中的许多精华可能还没有来得及在戏剧创造中得到充分的体现，然而，若干年后他的所有戏剧创作都被搬上了俄国的舞台。而且在俄国的经典剧目中，《假面舞会》作为浪漫主义戏剧的典范独树一帜。这就使得我们有权来谈论他的戏剧。一方面，在他的戏剧中体现出了对不朽传统的继承，另一方面，他也为浪漫主义戏剧的发展做出了自己的贡献。

本书还有许多相关的问题没有涉及或没有深入展开，如：莱蒙托夫的戏剧中恶魔主题与作者本人世界观之间的联系，戏剧中所表现的心理分析在后来散文创作中的延伸，莱蒙托夫戏剧对后来戏剧家们的影响等。这些都有待于在以后的研究中进一步思考和深入。

参考文献

[1] Библия книги священного писания ветхого и нового завета. Москва: Российское библейское общество. 2003.

[2] Алексеев Д.А. «Демон». Тайна кода Лермонтова[M]. М.: Гелиос АРВ, 2012.

[3] Андреев Д.Л. Роза Мира[M]. М.: Руссико, 1999.

[4] Андроников.И.Л. Лермонтов Исследования и находки[M]. Москва: «Художественная литература». 1964.

[5] Анненский И. Ф. Об эстетическом отношении Лермонтова к природе[A]. «Литературные памятники». Москва: «Наука». 1979.

[6] Антышева В.Ю, Капитанова.Л.А., Карпов.И.П., ЛитвиненкоА.А., СтарышнаН.Н., Фёдорова.С.В., Шапошникова.В.В. М.Ю.Лермонтов Маскарад[C]. Москва: Гуманитарный издательский центр ВЛАДОС.2000.

[7] Архипов В.А. М.Ю.Лермонтов[M]. московский рабочий 1965.

[8] Афанасьев В.В. Лермонтов[M]. Москва. «Молодая гвардия».1991.

[9] Бердников Г. П. и др. Русские драматурги XⅧ—XIXвв. Монографические очерки в трёх томах[M]. Том 2. Л-М.:Искусство. 1961.

[10] Будур Н. В. Православный словарь. Москва.: «ОЛМА-ПРЕСС», 2002.

[11] Бурштейн А. Слушающий голоса Тьмы (медитация над поэмой М.Ю.Лермонтова «Мцыри»)[J]. Уральская новь. 2001,(11).

[12] Висковатов П. А. Михаил Юрьевич Лермонтов. Жизнь и творчество[M]. М.: «Современник», 1987.

[13] Владимирская Н.М. «Маскарад» в системе драматургических произведений М.Ю.Лермонтов[A], в кн.: Русская литература 30-40-х годов ⅩⅨ в., Рязань, 1976.

[14] Владимирская Н.М. Стихотворная и прозаическая форма драм Лермонтова как элемент художественного стиля[J]. в кн.: Вопросы литературы, в. 10, Владимир, 1975.

[15] Вольперт Л. И. Лермонтов и литература Франции[M].Изд. 2-е. испр. и доп.—СПб.: Алетейя, 2008.

[16] Герасименко А. А. Невольник чести. –М.: «Три Л», 2004.

[17] Герасименко А. А. «Из Божьего света...» Книга 5. Критические статьи: М.Ю. Лермонтов. Пути познания [C]. М., МГО СП России. М. 2009.

[18]Герасимов.Ю.К., Лотман.Л.М. (ответственный редактор),Прийма.Ф.Я. Академия Наук СССР История русской драматургии ⅩⅦ – ⅩⅨвека[C]. Ленинград: «НАУКА» .1982.

[19] Герштейн Э. Г. Судьба Лермонтова[M]. Москва: «Художественная литература». 1986.

[20] Голованова.Т.П. Наследие Лермонтова в советской поэзий[M]. Ленинград: «наука»1978.

[21] Гольдфаин И. Ещё раз о Печорине[J]. Вопросы литературы. 2002,(2).

[22] А. М. Гуревич. Романтизм в русской литературе[M]. М.: Просвещение. 1980.

[23] Жезлова Е. (редактор). Лермонтов в воспоминаниях современиков[C]. Москва: «Художественная литература» 1972.

[24] Давид Рудман. Жизнь и смерть Лермонтова[M]. М.: Человек, 2007.

[25] Дубшан Л. Близнец демона[J]. Звезда. 2000,(9).

[26] С. Н. Дурылин. Пушкин на сцене[M]. М.: Академия Наук СССР. 1951.

[27] Журавлёва .А.И. Лермонтов в русской литературе[M]. Москва.: Прогресс—Традиция 2002.

[28] Заславский И.Я. М.Ю.Лермонтов и современность[M]. Киев: Издательство киевского университета 1963.

[29] Захаров В. А. Летопись жизни и творчества М.Ю. Лермонтова[M].—М.: «Русская панорама», 2003.

[30] Иванова Т.А. Юность Лермонтова[M]. Москва: Советский писатель. 1957.

[31]КарташоваИ.В.Романтизм и Формирование драматургической системы Пушкина （«Борис Годунов»）[A]. А.В. Студецкий. Романтизм в художественной литературе: сборник статьей [C]. Казань: Издательство Казан.ун-та.1972. 23-38.

[32] Карушева М.Ю. к идее рока в драме М.Ю. Лермонтова «Маскарад»[J]. Русская литература. 1989, (3).

[33] Красильников Р. Зарубежное лермонтоведение[J]. Октябрь. 2001, (5).

[34] Кулешов В.И. История русской литературы Ⅹ－ⅩⅩвека[M]. Москва: «Русский язык» 1989.

[35] Киселев В. Лермонтовский сборник [J]. Вопросы литературы. 1964, (6).

[36] Корнилов В. Званные и избранные[J]. Дружба Народов. 1999,(12).

[37] Красухи Г. Над страницами «маленьких трагедий» Пушкина[J]. Вопросы литературы. 2001,(5).

[38] Литвиненко Н. Г. Пушкин и театр[M]. М.: Искусство. 1974.

[39] Ломинадзе С. Поэтический мир Лермонтова[М]. Москва: «Современник» 1985.

[40] Лотман Ю.М. О русской литературе Статьи и исследования (1958-1993) [М].Санкт-Петербург: «Искусство-СПБ». 1997.

[41] Лотман Ю.М. Учебник по русской литературе[М]. Москва: «Язык русской литературы». 2001.

[42] Любимов Б.Н. драмы Лермонтова на современной сцене в свете романтизма и антиромантизма[J]. Новый мир. 2002, (3).

[43] Макогоненко Г.Лермонтов и Пушкин: Проблемы преемственного развития литературы: Монография[М].-Л.:Сов. Писатель. 1987.

[44] Максимов Д.Е. Поэзия Лермонтова[М]. Ленинград: Советский писатель. 1959.

[45] Мануйлов.В.А. (Гл.ред.) Лермонтовская энкциклопедия. Москва: Издательство «Советская энкцилопедия» 1981.

[46] Маркович В.М., Потапова Г.Е. М.Ю.Лермонтов: proet contra[C]. Санкт-Петербург: «РХГИ». 2002.

[47] Мартьянов П.К. Последние дни жизни М.Ю. Лермонтова[М]/Сост. и авт. Предисл.Д.А.Алексеев.-М.: Гелис АРВ, 2008.

[48] Марченко А.М. Михаил Лермонтов. Жизнь и творчество[М]. Москва: «Русский язык». 1983.

[49] Миллер О.В. Литература о жизнь и творчестве М.Ю. Лермонтова. Библиографический указатель. 1978-1991[М]. СПб.: Издательство «Русско-Балтийский информационный центр «Блиц»,2003.

[50] Мильдон В. Лермонтов и Киркегор: феномен Печорина[J]. Октябрь.2002, (4).

[51] Михайлов В.Ф. Михаил Лермонтов: роковое предчувствие[М]. М.:

Эксмо: Алгоритм. 2012.

[52] Михайлова И.П. Библейские мотивы в творчестве М.Ю.Лермонтова[D]. Чувашский государственный педагогический институт им.И.Я.Яковлева. Чебоксары. 1996.

[53] Нетбай И. Кто такой Печорин? Что такое Печорин?[J]. Вопросы литературы. 1999,(4).

[54] Основин В.В. Русская Драматургия второй половины ⅩⅨвека[M]. Москва: «Просвещение» 1980.

[55] Основин.В.В. Драматургия Л.Н. Толстого[M]. Москва: «Высшая школа». 1982.

[56] Пустовойт П.Г От слова к образу[M] . «Радянська школа» .1974.

[57] Сахаров. В. «Онегинское» у Лермонтова[J]. Вопросы литературы. 2003,(2).

[58] Свинцов В. Вера и неверие: Достоевский, Толстой, Чехов и другие[J]. Вопросы литературы. 1998,(5).

[59] Серман И.З. Михаил Лермонтов: Жизнь в литературе: 1836-1841[M]. Москва: РГГУ. 2003.

[60] Славникова О. Призрак Лермонтова. Октябрь. 2000,(7).

[61] Скатов Н.Н., Лебедев.Ю.В., ЖуравлеваА.И. и др. История русской литературы ⅩⅨвека. Вторая половина[M]. Москва: «Просвещение» 1991г.

[62] Соколов. А.Н. История русской литературы ⅩⅨвека. Первая половина[M]. Москва: «Высшая школа». 1985.

[63] Усыскин. Л. Путешествие в город Велиж(J). Отечественные записки.2001,(1).

[64] Фёдоров.А.В. Лермонтов и литература его времени[M]. Ленинград:

«Художественная литература». 1967.

[65] Фохт.У.Р.(ответственный редактор) Творчество М.Ю.Лермонтова[М]. Москва: «Наука».1964.

[66] В. Фролов. Судьбы жанров драматургии. Анализы драматических жанров в России ⅩⅩ века[М]. М.: Советский писатель. 1987.

[67] Е.В. Хаецкая. Лермонтов[М]. М.:Вече, 2011.

[68] Цимбаева В. Художественный образ в историческом контексте(анализ биографий персонажей «Горе от ума») [J]. Вопросы литературы. 2003,(4)

[69] Чичерин А.В. Очерки по истории русского литературного стиля[М]. Москва: «Художественная литература». 1985.

[70] Шаврыгин С.М. О сюжете комедии А.С. Грибоедова «Горе от ума»[J]. Русская литература. 1994, (1).

[71] Щербина В.Р.(редактор). Жизнь и творчество М.Ю.Лермонтова[М]. Москва: «Государственное Издательство художественной литературы». 1941.

[72]〔美〕乔治・贝克. 戏剧技巧[M].于上沅译. 北京:中国戏剧出版社，1985.

[73] 尼・亚・别尔嘉耶夫. 俄罗斯思想的宗教阐释[M]. 邱运华,吴学金,等译. 东方出版社，1998.

[74] 别林斯基. 别林斯基选集第二卷[M]. 满涛译. 上海：上海译文出版社，1979.

[75] 别林斯基. 文学的幻想[M]. 满涛译. 合肥：安徽文艺出版社，1996.

[76] 波斯彼洛夫. 文艺学导论[M]. 邱榆若, 陈宝维, 王先进,等译. 长沙：湖南出版社，1987.

[77 陈鸿. 迷茫、堕落的“英雄”——评莱蒙托夫笔下的“多余人”形象[J]. 南昌职业师范学院学报，2001 (12).

[78] 陈思和. 试论阎连科的《坚硬如水》中的恶魔性因素[J]. 当代作家评论，2002 (4).

[79] 陈松岩. 从《贝拉》的中心冲突看莱蒙托夫的自然人类观[J]. 国外文学，1995 (4)

[80] 陈瘦竹, 沈蔚德. 论悲剧与喜剧[M]. 上海：上海文艺出版社，1983.

[81] 陈新宇. 莱蒙托夫的高加索情结[J]. 浙江大学学报，2000 (12).

[82] 程孟辉. 悲喜剧艺术的美学历程[M]. 长春：东北师范大学出版社，1997.

[83] 程正民. 俄国作家创作心理研究[M]. 天津：百花文艺出版社，1999.

[84] 斯蒂芬·茨威格. 与魔鬼作斗争：荷尔德林、克莱斯特、尼采[M]. 徐畅译. 北京：西苑出版社，1999.

[85] 弗兰克. 俄国知识人与精神偶像[M]. 徐风林译. 上海：学林出版社，1999.

[86] 玛·阿·弗烈齐阿诺娃. 斯坦尼斯拉夫体系精华[M]. 北京：中国电影出版社，1990.

[87] 高尔基. 俄国文学史[M]. 缪灵珠译. 上海：上海译文出版社，1979.

[88] 顾蕴璞. 莱蒙托夫[M]. 北京：华夏出版社，2002.

[89] 顾蕴璞. 普希金与莱蒙托夫[J]. 俄罗斯文艺，1999(2).

[90] 何怀宏. 道德·上帝与人—— 陀斯妥耶夫斯基的问题[M]. 北京：新华出版社，1999.

[91] 河竹登志夫. 戏剧概论[M]. 陈秋峰,杨国华,等译. 上海：中国戏剧出版社，1983.

[92] 赫尔岑. 赫尔岑论文学[M]. 辛未艾译. 上海：上海译文出版社，1989.

[93] 赫克. 高骅, 俄国革命前后的宗教[M]. 杨缤译. 上海：学林出版社，1999.

[94] 约翰·霍华德·劳逊. 戏剧与电影的剧作理论与技巧[M]. 邵牧君，齐宙，等译. 北京：中国电影出版社，1978.

[95] 霍洛道夫. 戏剧结构[M]. 李明琨，高士彦，等译. 上海：华东师范大学出

版社，1981.

[96] 景文山. 莱蒙托夫对俄国文学的贡献[J]. 青海民族学院学报，1995(2).

[97] 李云峰. 试论西方戏剧的潜在叙事[J]. 河南教育学院学报，1999(3).

[98] 梁工. 基督教文学[M]. 北京：宗教文化出版社，2001.

[99] 刘功成. 浅论契诃夫小说的戏剧特点[J]. 辽宁师范大学学报，1997(5).

[100] 卢黎. 试论拜伦、普希金、莱蒙托夫创作的异同[J]. 乌鲁木齐成人教育学院学报，2001(1).

[101] B . A .马努伊洛夫. 莱蒙托夫[M]. 郭奇格译. 北京:北京出版社,1988.

[102] 米・赫拉普钦科. 作家的创作个性和文学的发展[M]. 满涛，岳麟，杨骅，等译. 上海：上海译文出版社，1982.

[103] 阿・尼柯尔. 西欧戏剧理论[M]. 徐士瑚译. 北京：中国戏剧出版社，1985.

[104] 任生名. 西方现代悲剧论稿[M].上海：上海外语教育出版社，2000.

[105] 什克洛夫斯基等. 俄国形式主义文论选[C]. 方珊译. 北京：生活・读书・新知三联书店，1989.

[106] 宋建福. 试论“戏剧独白”的艺术规律性[J]. 贷宗学刊，2000(4)

[107] T・苏丽娜. 斯坦尼斯拉夫斯击与布莱希特[M]. 中平译. 北京：北京大学出版社，1986.

[108] 苏联科学院,苏联文化部艺术史研究所. 苏联话剧史（一）[M]. 白嗣宏译. 北京：中国戏剧出版社，1986.

[109] 苏联院历史所列宁格勒分所. 俄国文化史纲（从远古至1917年）[M]. 张开,张曼真,王新善,房书伦,等译. 北京：商务印书馆，1994.

[110] 谭霈生. 论戏剧性[M]. 北京：北京大学出版社，1981.

[111] 汤普逊. 理解俄国・俄国文化中的圣愚[M]. 杨德友译. 生活・读书・新知三联书店，牛津大学出版社，1998.

[112] 王爱民,任何. 俄国戏剧史概要[M]. 北京：中国戏剧出版社，1984.

[113] 王柯. 论莱蒙托夫诗风的巨变及对中国诗坛的启示[J]. 四川外语学院学报，2003(2).

[114] 王淑凤. 19世纪俄罗斯文学与宗教[J]. 中国民航学院学报，1997(5).

[115] 王西彦等. 屠格涅夫[M]. 贵阳：贵州人民出版社，1987.

[116] 王臻中,王长俊. 文学语言[M]. 南京：江苏人民出版社，1983.

[117] 吴光耀. 西方演剧史论稿[M]. 北京：中国戏剧出版社，1989.

[118] 吴中杰. 文艺学导论[M]. 上海：复旦大学出版社，2000.

[119] 徐忠明. 戏剧人物语言的动作性[J]. 浙江大学学报,1995(3).

[120] 叶夫多基莫夫. 俄罗斯思想中的基督[M]. 杨德友译. 上海：学林出版社，1999.

[121] 谢・瓦・伊万诺夫. 莱蒙托夫[M]. 克冰译. 上海：上海译文出版社，1993.

[122] 于沛,戴桂菊,李锐. 斯拉夫文明[M]. 北京：中国社会科学出版社，2001.

[123] 余秋雨. 戏剧理论史稿[M]. 上海：上海文艺出版社，1983.

[124] 张建华. 洞察社会、凝视灵魂、解读人生的艺术杰作—— 开启莱蒙托夫《当代英雄》新的审美空间[J]. 外国文学，2003(2).

[125] 邹平. 戏剧的自我劫难[M]. 上海：上海文艺出版社，1993.

文学作品

[1] М.Ю.Лермонтов. сочинения в шести томах. том первый Стихотворения 1828-1831. Издательство Академии наук СССР.Москва•Ленинград 1954г.

[2] М.Ю.Лермонтов. сочинения в шести томах. том второй Стихотворения 1832-1841. Издательство Академии наук СССР.Москва•Ленинград 1954г.

[3] М.Ю.Лермонтов. сочинения в шести томах. том третий Поэмы 1828-1834. Издательство Академии наук СССР.Москва•Ленинград 1955г.

[4] М.Ю.Лермонтов. сочинения в шести томах. том четвёртый .Поэмы 1835-1841. Издательство Академии наук СССР.Москва•Лениград 1955г.

[5] М.Ю.Лермонтов. сочинения в шести томах. том пятый. Драмы. Издательство Академии наук СССР.Москва•Лениград 1956г.

[6] М.Ю.Лермонтов. сочинения в шести томах. том шестой Проза, Письма. Издательство Академии наук СССР.Москва•Лениград 1957г.

[7]А.С Пушкин. Драматические произведения. Ленинград: «Детская литература». 1968.

[8] 莱蒙托夫.莱蒙托夫文集 独白 抒情诗（1828~1831）[M]. 余振译. 上海：上海译文出版社，1998.

[9] 莱蒙托夫. 莱蒙托夫文集 海盗 叙事诗（1828~1835）[M]. 智量译. 上海译文出版社，1998.

[10] 莱蒙托夫.莱蒙托夫文集 西班牙人 戏剧（1829~1831）[M]. 金留春，黄成来，等译. 上海：上海译文出版社，1998.

[11] 莱蒙托夫. 莱蒙托夫文集 诗人之死 抒情诗（1832~1841）[M]. 余振译. 上海：上海译文出版社，1998.

[12] 莱蒙托夫. 莱蒙托夫文集 当代英雄 散文（1833~1841）[M]. 冯春译. 上海：上海译文出版社，1998.

[13] 莱蒙托夫. 莱蒙托夫文集 恶魔 叙事诗（1835~1841）[M]. 余振，智量，等译. 上海：上海译文出版社，1998.

[14] 莱蒙托夫. 莱蒙托夫文集 假面舞会 戏剧（1834~1841）[M]. 余振，金留春，黄成来，等译. 上海：上海译文出版社，1998.

[15] 莱蒙托夫. 莱蒙托夫全集 第1卷 抒情诗I. [M]. 顾蕴璞译. 石家庄：河北教育出版社，1996.

[16] 莱蒙托夫. 莱蒙托夫全集 第2卷 抒情诗 II [M]. 顾蕴璞译. 石家庄：河北教育出版社，1996.

[17] 莱蒙托夫. 莱蒙托夫全集 第3卷 长诗[M]. 顾蕴璞，张勇，谷羽，等译. 石家庄：河北教育出版社，1996.

[18] 莱蒙托夫. 莱蒙托夫全集 第4卷 剧本[M]. 顾蕴璞，乌兰汗，等译. 石家庄：河北教育出版社，1996.

[19] 莱蒙托夫. 莱蒙托夫全集 第5卷 抒情诗[M]. 顾蕴璞译. 石家庄：河北教育出版社，1996.

[20] 亚・谢・格里鲍耶多夫[M]. 李锡胤译注. 北京：商务印书馆，1983.

[21] 普希金. 普希金戏剧集[M]. 戴启篁译. 南宁：漓江出版社，1982.

[22]普希金. 普希金小说戏剧选[M]. 卢永选编. 北京：人民文学出版社，1994.

后记

本书基于博士论文补充、修改而成，只是恍惚间，十年时光已倏然而过。“弹指一挥间”此刻念来似有切肤之痛。冥冥中似乎等待着2014的到来，因这一年是莱蒙托夫200周年诞辰。十年间，无论是在繁忙的教学工作之余，还是在俄罗斯访学期间，我一直关注着有关作家的研究动态，参加相关学术会议，发表有关莱蒙托夫的俄语或汉语论文。令我感到莫大鼓舞的是，2012年有幸获得国家社科基金项目，课题依旧是围绕这位让人不忍离弃的作家：《莱蒙托夫诗学研究》。这更加坚定了我对莱蒙托夫研究的决心与信心。十年对莱蒙托夫的不离不弃最终让我有勇气拿出拙稿面对作家与读者，作为我对作家诞辰200周年的虔诚献礼。

书稿即将付梓之际，我情感中更多的似乎不是轻松，而是遗憾。遗憾自己能力有限，未能为作家献出一份丰厚的大礼。但遗憾鞭策我更加努力前行，因此我感恩。是的，情感中除去遗憾所占的位置剩下的唯有感恩。某些环境，某些人在我的生命历程中已成为那上好的福分。

首先，我非常感谢天津外国语大学俄语系的所有老师们，是你们为我营造了一个天俄之家的美好氛围。十年的共同工作中，我学到了许多，也收获了许多。感谢你们的真诚、包容与爱护。

其次，我要感谢我的三位恩师，俄罗斯圣彼得堡基洛夫军医学院对外俄语教研室主任尼·尼·基图尼娜（Н.Н. Китунина）教授、黑龙江大学的邓军教授和上海外国语大学的冯玉律教授，感谢你们一直以来对学生的关爱与鼓励，正是你们那柔和的鼓励话语、孜孜不倦的奋斗精神让学生受益终生。

再次，我要感谢南开大学的谷羽教授、天津师范大学的曾思艺教授、哈尔滨工业大学的谢春艳教授、中国人民大学的陈方副教授，感谢你们一直以来对我的帮助和鼓励。在我遇到科研难题想退缩的时候，是你们安慰我并鼓励我，让我鼓起勇气继续前行。你们的严谨治学精神、你们的谦卑为人之道都让我深深佩服。

最后，我要感谢我的家人，是你们一直让我在爱中慢慢成长，给我力量，这是我今生最大的福分。

黄晓敏

2014年5月

天津浦口道老宅